Mars an Erde

Jürgen Lodemann
1936 in Essen geboren, lebt in Freiburg und Essen, war von 1965 bis 1995 Filmemacher, Kritiker und Moderator beim Fernsehen in Baden-Baden, etwa der legendären Formate „Literaturmagazin" und „Café Größenwahn". Erfand die noch jetzt monatlich als Anti-Bestsellerliste wirksame „Bücher-Bestenliste" des SWR. Ausgezeichnet u.a. mit dem renommierten Alfred-Kerr-Preis für Literaturkritik, dem Literaturpreis des Ruhrgebiets, dem Literaturpreis der Stadt Stuttgart.
Seit 2007 veröffentlichte er bei Klöpfer & Meyer mit großem Erfolg die mehrfach aufgelegte Anthologie „Schwarzwaldgeschichten", 2008 seinen Roman „Paradies, irisch", 2011 den Gesellschafts- und Politikroman „Salamander", 2013 die brisante, immer noch hochaktuelle AKW-Novelle „Fessenheim", 2015 „Siegfried", das „deutsche Volksbuch", ein Theaterstück in 33 Szenen. Zuletzt, 2017: „Gegen Drachen. Reden eines Freibürgers".

www.juergen-lodemann.de

Jürgen Lodemann

Mars an Erde

Beschreibung eines Planeten

Inhalt

I	FLUCHT	8
II	INS VORHANDENE	60
III	IM BLINDSCHACHT	115
IV	ENDSPIELE	195

„mit der Erklärung der Menschheitsrechte,
den zehn Geboten des neuen Weltglaubens"
Heinrich Heine, 1840

PERSONEN

Astronauten	James Cocksfield, *Captain*
	John Green
	Martin Miller
	Frank Brandt
Reporter	Marc Hecker
	Lu Wang
Psychotrainer	Morton McDean
	Doc Irwin
Airline-Personal	Kapitän Paul Hoffmann
	Stewardess
Verantwortlicher	Z
Arzt	Mediziner
Whistleblower	XY

betr.: MARS

Vom Nachbarplaneten Mars lieferten unbemannte Sonden präzise Informationen. Auch mysteriöse. Endgültig rätselhaft ist, warum nun die ersten Astronauten, die den Mars erreichten, bei ihrer Rückkehr zur Erde isoliert wurden, in absoluter Mediensperre.

Immerhin gelang jetzt einem von ihnen die Flucht, dem Europäer Frank Brandt. Wir entdeckten ihn in den hinteren leeren Sitzreihen eines Linienflugs von Denver nach Berlin, wollten ihn interviewen. Erst nach zähem Zögern, als er einsah, uns lenkt kein US-Geheimdienst, war er bereit zu reden. Grund für die Isolierung des Teams, sagt Brandt, sei ein massiver Konflikt amerikanischer Vorstellungen mit europäischen.

Ehe wir uns da meinungsstark einmischen, kommt hier der Marsfahrer zu Wort. Seine Aussagen blieben unverändert. Zunächst ging es um die Isolierung des Teams und wie er der Sperre entkam. Dann um Entdeckungen auf dem Mars. Am Ende um Unfassliches. Mehrfach bat er um Nachsicht, suchte nach Worten.

Da öffnete sich ein Spiegelblick. Auf die Zukunft der Erde. „Das kippt unsere Zeittafeln."

M. H.

I FLUCHT

HECKER: Von hier aus, in der tiefen Sonne, da sieht man das jetzt alles sehr deutlich. Quer durchs eisige Weiß grünliche Kanten. Eisspalten? Das Grün scheint zu leuchten, wie Glas. Das da unten, das ist doch nun, Verzeihung, das ist doch weiterhin Grönland? Immer noch „ewiges" Eis? Das dürfte alles noch Grönland sein, diese ölig glänzende Kuppe jetzt, wie eine Glatze, die schwitzt. Schmilzt bekanntlich alles weg. Wurden da nicht seltene Erden gefunden, wertvolle Erze, sogar Gold? Im vermeintlich ewigen Eis auch Plastik? Und eine Atomstation? Und sollte nicht auch Grönland Beute einer Macht werden, deren Präsident sich und seine Nation für die Großartigsten der Welt hält?

BRANDT: Und nun eine herzliche Bitte, verschwinden Sie wieder.

HECKER: Man stellt eine Frage, möchte wissen, ob dies hier noch Grönland ist –

BRANDT: Sie merken doch, dass Sie mich stören. Wie wär's, Sie sitzen beide wieder vorn, dort, wo Sie bisher gesessen haben.

HECKER: Hier sind sehr viele Reihen frei, da wird man ja wohl am Fenster Platz nehmen dürfen. Zumal jetzt, in diesem grandiosen Abendlicht, bei so phantastischer Sicht.

BRANDT: Die mir vermiest wird von Ihrem Gerede.

HECKER: Wie Sie das so sagen, macht mich das endgültig sicher. Sie sind Brandt.

BRANDT: Wer, bitte, bin ich?

HECKER: Schon Ihre Gereiztheit kommt mir bekannt vor. Sie sind Doktor Frank Brandt. Fabelhaft, Wang, wir haben ihn. Den Mann, den im Moment alle Welt sucht. Die Rätsel des Mars wurden plötzlich gelöst?

BRANDT: Sie verwechseln mich. Bitte verschwinden Sie.

HECKER: Wir beobachten Sie seit unserem Start in Denver.

BRANDT: Wer „wir"?

HECKER: Redaktion in einem namhaften Magazin, Redaktion Wissenschaft. Und Sie sind der Erste, der wirklich im Weltraum war, wir gratulieren. Aber warum nur wurden Sie isoliert? Wurde jemand krank, verrückt? Einer der drei Amerikaner? Sie selbst? Wozu diese totale Quarantäne? Wie auch immer, Sie sind der

Erste, der jenseits der Erdkräfte lebte. Wochenlang auf einem anderen Planeten. Sie sind Doktor Brandt.

BRANDT: Der Brandt soll ich sein?

HECKER: Ihr Bart irritiert uns nicht. Ihre Brille könnten Sie getrost abnehmen.

BRANDT: Was soll das?

HECKER: Willkommen, Europas Mann im All. Zurück vom Mars, erster wahrer Sternenflieger – auf der Flucht?

BRANDT: Sie belästigen mich.

HECKER: In Houston eingesperrt? Wie konnten Sie fliehen?

BRANDT: Hoffentlich sind Sie bald zurück auf Ihren Plätzen.

HECKER: Ihre Heftigkeit verrät Sie. Klar, Ihre Nerven liegen blank, die müssen nun zweifellos flattern. Gut anderthalb Jahre schwerelos, steril ernährt, auf menschenfeindlichem Mars. Und danach faktisch im Knast. Ihr Körper, Ihre Psyche vibriert.

BRANDT: Wenn hier einer nervt, dann Sie. Verschonen Sie mich mit Gelaber über den Brandt. Den natürlich auch ich im TV nicht vermeiden konnte, der immerhin vor seinem Start das Sonnensystem prima vorstellte, Sonne und Planeten reduziert auf einen Teller in Köln, Teller plus Nuss als Mars, um zu zeigen, wie weit dann neben Teller und Nuss ein wirklicher Stern auftauchen würde, wie weit neben dem Teller in Köln, erst hinter Düsseldorf. Oder in Bonn. Der Flug zum Mars, Sie Wissenschaftler, der kam nicht mal bis an den Rand des Tellers.

HECKER: Den tollen Vergleich mit dem Tellermodell, den brachten Sie schon vor zwei Jahren, im selben Tonfall. Da erwischte ich Sie am Telefon in Ihrem Trainingscamp in Nevada, als feststand, Sie seien derjenige, der mitfliegt. Geben Sie auf, Brandt. Keine Sorge, uns schickt kein US-Dienst.

BRANDT: Von wem kommen Sie?

HECKER: Von einer nicht ganz unbekannten Zeitschrift. Und sind nun heftig happy, dass wir Sie gefunden haben. Sehen Sie hier, unser Titelbild, beim Start unsere front page. Bis auf Bart und Brille sind Sie unverkennbar der, der vor siebzehn Monaten abhob ins All. Vor zehn Tagen hieß es, Sie seien zurückgekehrt. Müssten aber isoliert bleiben, aus Sicherheitsgründen. Und nun? Plötzlich in dieser Luxus-Kutsche nach Berlin? Auf der Flucht? Wieso? Wovor fliehen Sie? Was ist passiert? Mein Name ist Hecker, Marc Hecker, beim Magazin Redakteur. Und dieser patente Mensch hier ist ein Meister aus Hongkong, Doktor Lu Wang, mein Technikchef.

BRANDT: Lege keinerlei Wert auf Ihre Anwesenheit.

HECKER: Das wäre aber ein großer Fehler. Wir wissen, wo Ihre Frau sich versteckt hält mit den Kindern, in der „Rinken- Klause" im Schwarzwald, tief hinter Hinterzarten, an der stilleren Seite des Feldbergs.

BRANDT: Teufel.

HECKER: Keine Sorge, Ihre Familie ist nicht unser Thema. Wir waren und sind, wie alle Welt, brennend neugierig auf Ihren Flug mit *World Peace*.

BRANDT: Und wer brachte Sie auf die Spur? In diese Maschine?

HECKER: Derzeit sind alle hinter Ihnen her. Aber die Sperre funktionierte. Gestern früh gestand die NASA, „leider ist unser Europamann weg, unerklärlich weg. *So sorry, Doc Brandt can't be found.* Das klang fast wie 'ne Bitte, der NASA suchen zu helfen.

BRANDT: Sie haben meine Frage nicht beantwortet.

HECKER: Und Sie die meine nicht.

BRANDT: Schauen Sie sich Ihr Grönland an. In drei Minuten ist es nicht mehr zu sehen.

HECKER: Brandt, was ist passiert? Auf dem Mars?

BRANDT: Sie sind jetzt der, der Fragen beantworten muss.

HECKER: Bitte fragen Sie.

BRANDT: Woher wussten Sie, dass ich in dieser Maschine bin?

HECKER: Ihre Verwandten in Denver, die Lehmanns, überaus umgängliche Leute, bisschen durcheinander, verständlich. In der Aufregung verrieten sie den Namen der Airline. Sehen Sie's denen nach. In der letzten Nacht hätten Sie sich von unterwegs gemeldet, über eine seltsame Nummer, seien auf dem Weg nach Denver. Hätten Ihren Schwager um das Flugticket gebeten, seien tatsächlich heute früh aufgetaucht. Und da, in der Eile, sei nur wenig zu reden gewesen. Und aus dem Wenigen, was die Lehmanns wussten, durften wir schließen, wie Sie versuchen würden, zu entkommen. Über planmäßigen Linienflug, als Ralf Lehmann. Und nicht von Houston/Texas oder von New York aus, sondern vom Rand der *Rocky Mountains*. Flucht aus dem *Space Center* Houston/Texas? Aus einem weltberühmten US-Institut? Wieso? Was war los an Bord von *World Peace*? Gab's Ärger mit Washington? All die uralten Rätsel des Mars, nun gelöst? Nur nicht so, wie sich die Aufsicht in Washington das gewünscht hätte?

BRANDT: Hören Sie, ich reise zurück zu meiner Familie. Möglichst ohne Hyänen wie Sie, ist das so schwer zu kapieren? Außerdem stimmt weder, was Sie von den Lehmanns in Denver reden, noch das über Hinterzarten.

HECKER: Warum wäre Ihnen lieber, wir wüssten das nicht so genau? Warum, Doktor Brandt, kam das Team gleich nach der Rückkehr in totale Isolierung?

BRANDT: Fachleute würden wissen, dass jeder aus dem sogenannten Weltraum erst mal in Quarantäne muss, ob als Mensch oder Marsmensch. In medizinische Untersuchung, in Desinfektionen. Älteste Bestimmung.

HECKER: Weiß ich natürlich, hält Erreger zurück, zusätzliche Keime für unseren leidenden Planeten. Aber zehn Tage Isolation? Kommen wir auf den Punkt, Verehrter – was war Ihr Erreger? Was brachten Sie vom Mars mit? Warum durften keine Medien zur Crew?

BRANDT: Zeigen Sie mir Ihren Ausweis.

HECKER: Hier, mein Pass. Und der vom Magazin.

BRANDT: Marc Hecker? War von Ihnen mal was zu lesen?

HECKER: Wie gesagt, mit Ihnen hatte ich ein Telefon-Interview, als klar wurde, Sie sind im Team der Europäer. Schon da brachten Sie den Vergleich mit der Sonne samt allen Planeten auf 'nem Teller in Köln, der erste freie Stern dann erst in Bonn oder in Düsseldorf. Gelesen haben Sie von mir sicher das eine oder andere.

BRANDT: Eher das andere. Sie kriegen aus mir nichts raus.

HECKER: Hören Sie, wir sind weder Privat- noch Staatspolizei. Nur mit Recht neugierig im Sinne von Millionen Lesern. Offensichtlich hatten Sie Probleme. Mit NASA, mit *National Aeronautics and Space Administration*. Also Zensur? Mit uns hätten Sie die Chance, jeden Ärger loszuwerden. *Doc*, nutzen Sie's! Vielleicht kannten Sie meinen Essay, wonach die Psyche im echten Weltraum komplett überfordert ist, also auch Ihre. Mann, siebzehn Monate Ausnahmezustand: Gegen die Enge der Raumkapsel das unmäßig Unendliche. Das schafft Schleudern. Macht Trauma, Seelenschub. Nachweisbar leiden Gemüt wie Hirn. Schon die ersten Mondfahrer, bei der Rückkehr delirierten die, irrten durch andere Universen. Durch ihr Hirn. Brandt, in fast allem erinnern Sie mich –

BRANDT: Bitte schweigen Sie endlich.

HECKER: Schon Ihre gereizten Reaktionen liefern Belege.

BRANDT: Ich liefere Ihnen gar nichts. Verlassen Sie diesen Platz, Sie und Ihr Kollege mit den Geräten.

HECKER: Könnte es sein, dass die demokratische Presse ein Recht hat, Hintergründe zu erfahren? Schon vor fünfzig Jahren, da kostete die erste Mondfahrt 150 Milliarden Dollar, nun schluckte *World Peace* das Vielfache. Alles Steuergelder, auch deutsche. Und noch immer sei, so hört man, Pressefreiheit zwischen Hamburg, München und Leipzig garantiert. Also, was spricht gegen uns? Oho, war dies jetzt ein Luftloch? Drehen wir etwa um? Sagen Sie, Frank Brandt, was täten Sie, wenn die Maschine jetzt drehen würde, zurück in die Staaten? Damit müssten Sie doch nun rechnen, auch US-Dienste werden inzwischen ermittelt haben, wo Sie sich befinden, Washington könnte den Rückflug befehlen. Wie werden Sie reagieren? Sie zeigen eine Waffe?

BRANDT: Im Cockpit dem *Captain* an den Kopf.

HECKER: He, Sie tun mir weh. Ausgerechnet Sie?

BRANDT: Flug nach Berlin hab' ich gebucht. Keinen Rundkurs. Zum Glück bleibt der Mond in diesem Fenster, wir halten Kurs.

HECKER: Bei Ihren Auftritten in Ihren beliebten *Mars News*, da erschienen Sie wie ein Pazifist. Als Weltbürger geradezu –

BRANDT: Dieses Blech gehört meinem Neffen Felix in Denver. Derzeit acht Jahre.

HECKER: Täuschend echt, könnte bös enden im Cockpit, die Piloten im Schock –

BRANDT: Im Gegenteil, die könnten ordnungsgemäß Dienst schieben Richtung Berlin. Also, was wollen Sie,

Hecker? Oder mal anders rum, was wissen Sie von meiner Frau, von meinen Kids!

HECKER: Oh, die grüßen Sie, mit Eifer. Die jubeln über Ihre gelungene Rückkehr, hatten aber hundert Fragen, über Ihr Verschwinden, Ihre Gesundheit. Doktor, es gab doch ganz offenbar Probleme, schon auf dem Mars. Das können Sie gar nicht abstreiten, irgendwas muss passiert sein, schon gleich nach Ihrer Landung, als Manöver bekanntlich höchst kritisch. Das Aufsetzen beim *Mare Martis* sei aber perfekt geglückt, „weich aufgesetzt" hieß es, „voll im Zielgebiet". Aber dann? Was war danach? Irgendwas hat dann dafür gesorgt, dass nach Tag Eins jede Verbindung abbrach. Am fünften Januar perfekt gelandet, am sechsten Ihre erste Tour auf dem Mars, dann abrupt Abbruch. Null Infos.

BRANDT: Weich aufgesetzt, perfekt im Zielgebiet, wieso tun Sie so, als hätte NASA Ihnen nichts mitgeteilt? Was wollen Sie, wer sind Sie? Hat mein Schwager in Denver nichts berichtet?

HECKER: Mit Ralf Lehmann war, wie gesagt, nur sehr kurz Kontakt, da musste es rasend schnell gehen. Immerhin kapierten wir, Ihnen hätte er ein Ticket besorgt nach Berlin, und diesen Flug nach Berlin wollten dann auch wir erreichen. Brandt, es kursieren seit dem sechsten Januar Gerüchte. Auch über Sie, über Ihre Psyche.

BRANDT: Dafür sorgen Leute wie Sie.

HECKER: Schon US-Astronaut John Glenn war süchtig in Sachen All. Aber Lu Wang und mir und unserem Magazin geht es nun nicht um Ihre Nerven, sondern um Fakten. Um die Gründe für den rätselhaften Nachrichtenstopp. Wieso war ab dem sechsten Januar Schluss mit Ihrer bis dahin so beliebten Live Show, mit Ihren *Mars News*?

BRANDT: Die Shows entstanden auch nach dem sechsten Januar. Noch fast zwei Wochen lang, alle zwei Tage abends. Und stets hieß es, in Texas sei alles gut eingetroffen, die Bilder phantastisch. Sogar denkwürdig aufregend.

HECKER: Aha, denkwürdig? Ab dem sechsten Januar ging nichts über die Sender.

BRANDT: Fast haben wir's geahnt. Was kam als Begründung?

HECKER: „Technische Probleme". Danach: „aus Sicherheitsgründen". „Im Interesse der nationalen Sicherheit". Zuletzt sogar „für die internationale Sicherheit". Wieso, Brandt, wurden Sie plötzlich gefährlich?

BRANDT: Gefährlich? Ich gefährdete die „internationale Sicherheit"?

HECKER: Hier haben Sie unser zweites Magazin. Zweites im Januar. Wieder mit Titelbild, nun Sie alle vier, in den Marsmonturen. Dazu das damals letzte

NASA-Bulletin. Seit Januar die Sorge um *international security*. Da blieb nur allseitig fleißiges Spekulieren. Weltallexperten überboten sich mit Hochrechnungen. Viele wussten Militärisches. „Cyberkrieg", „Sternenkrieg konkret". Mit China, Russland, Iran, Indien, Japan.

BRANDT: Danke, ich lese das. „Spionage im All", „Astronauten, verschollen im Weltraum". Hirnrissig, saukomisch. Und irgendwie haben die sogar Recht. Idiotisch gefährlich.

HECKER: Was bitte nennen Sie jetzt gefährlich? Krach mit Washington? Geben Sie's zu, Sie hatten Probleme. Jemand wurde ernstlich krank, weil das irre Unternehmen unerträglich ist. Oder im Team die beiden Schwarzen? Aggressionen? Psychostress, Hörsturz, Hirnschäden?

BRANDT: Sie sind doch hier der intime Kenner der Astronautenseele. Dann analysieren Sie mal schön.

HECKER: Nichts gegen Intensivmedizin, aber alles gegen Kontaktsperren. Was meint hier das Wort „Sicherheit"? Was denn hätte unterwegs derart Gefährliches passieren können, was berührt vom Mars aus die internationalen Sicherheiten? Hatten Sie Nuklearstationen zu bauen? Sie als Pazifist? Atomare Entsorgungsbunker? Stimmt das Gerede von Abschussrampen? Oder vom US-Präsidenten: „Allüberwachung"?

BRANDT: Nonsens. Verschonen Sie mich.

HECKER: Brandt, nutzen Sie unser Angebot. Hier sehen Sie den NASA-Bescheid, vom sechsten Januar abends: „Internationale Sicherheit fordert leider ...". Leider bekamen seitdem die Medien keine Antworten mehr. Leuchtet Ihnen jetzt irgendwas ein? Lassen Sie's raus, Brandt. Oder – was haben Sie gegen uns?

BRANDT: Wenn staatliche Stellen irgendwas loslassen in Sachen Sicherheit, dann –

HECKER: Ja, worum geht es dann?

BRANDT: Um die Sicherheit der staatlichen Stellen.

HECKER: Welcher Stellen jetzt?

BRANDT: Ihr Blatt gehört doch längst dazu, mit seiner jahrelang intelligent trainierten Ablenkungskunst.

HECKER: Gehört bitte wozu?

BRANDT: Zum Betrieb. Breit und stämmig auf dem zertrampelten Boden unserer sehr guten Verfassung.

HECKER: Doktor, wir haben jetzt bis zur Landung in Berlin sicherlich noch mehr als sieben Stunden. Unser Wochenmagazin ist zwar kein Staatsorgan, wie Sie unterstellen, aber es ist nicht ganz mittellos. Und, zugegeben, auch nicht ganz wirkungslos. Berichten Sie, was sich abgespielt hat auf dieser kosmischen Tellernuss namens Mars. Ihre Isolierung bemerkten Sie erst nach

Ihrer Rückkehr? Wenn Sie uns das detailliert darstellen würden, Ihre Erfahrungen auf dem anderen Planeten samt sämtlichen Überraschungen und Reaktionen aus Texas oder Washington, dann hätten Sie für einige Zeit ausgesorgt. Bekämen *entre nous* honoriges Honorar. Sie glauben mir nicht? Halten Lu Wang und mich für einen staatlichen Lauschangriff? Hören Sie, inzwischen grassiert weltweites Interesse an Ihrer Tour. An offenbar irritierend neuen Erkenntnissen. Sollen auch die zu Schrott werden? In käuflichen Kanälen?

BRANDT: Kaufen wollen ja auch Sie mich. Beschreiben Sie mir Ihr Interesse, Herr Hecker.

HECKER: Uns treibt das alte journalistische Vergnügen an einer besser informierten Welt. In diesem Fall die Neugier, warum Chefs in einer Supermacht offensichtlich durchdrehen. Wieso zunächst hymnische Propaganda mit Medienlärm aus allen Rohren, aber ab dem sechsten Januar dieses plötzliche Umschalten, *top secret*. Vom US-Präsidenten bis zu den deutschen Bildungsgrößen hatten alle die Tour *World Peace* gepriesen als historische Tat, Grenzen sprengend, kosmische Perspektiven öffnend. Brandt, Sie selbst haben ja nicht nur die Milliardäre verspottet, die Mars besiedeln wollen, sondern auch Ihre regierenden Geldgeber, ich hab' mir da einiges notiert, beim Hinflug redeten Sie von „Allmachtstheater", schienen all den Rummel gut im Griff zu haben. Auch Ihre Frau hat sich perfekt entziehen können, mit den Kindern in den hintersten Schwarzwald, Gratulation. Und es stimmte doch auch, wenn es hieß, dies sei des Menschen erster tatsächlicher Sternenflug. Der kam zwar nicht mal bis an den Rand Ihres tollen Tellers, kam aber zum ersten Mal über die Gravitation der Erde hinaus, raus ins tatsächlich Außerirdische.

BRANDT: Fragen Sie Astrologen. Die schildern das ergreifend.

HECKER: Frank Brandt, Sie waren im Team der eine Nicht-Amerikaner. Vorm Abflug, auch noch unterwegs, Ihre frechen Anmerkungen zum Namen der Expedition: „*World Peace* – nun just zu Weihnachten?" So fragten Sie kurz vor der Landung auf dem Mars und grüßten Ihre Familie. Erwähnten sogar, dass zwei im Team dunkelhäutig seien und taten feierlich, als seien Sie und die Amis dort oben biblische Heilige. „Friede, wenn schon nicht auf Erden, dann wenigstens im Universum." Hab' mir das alles notiert. Ihre öffentlichen Zweifel, charmant, aber ziemlich gewagt, zumal über Amerikaner: „Erst die sogenannten Indianer abgeschoben in Reservate. Dann die Schwarzen versklavt. Nun Ähnliches mit Planeten? Wie viel kostet der Mars? Teurer als Grönland?"

Zum Glück ergänzten Sie, Amerikaner seien ja meist Eingewanderte aus Europa. Ihre Freude dann über den tollen Flug, über sinnvolles Krafttraining an Bord – aber nach der Landung dieser abrupte Bruch. Plötzlich nichts mehr, auch über nicht geheime Kanäle, kein *tweet*, kein *whistleblowing*. Selbst leitende Leute, die wir privat umzingelten und belauschten, hatten null Info.

Was, zum Kuckuck, war geschehen? Doktor Brandt als Sicherheitsrisiko? Und nun? Auf der Flucht vor US-Agenten? Endgültig gefährlich? Hocken hier als Lehmann in der letzten Reihe einer halb leeren Luxuskutsche als Sicherheitsrisiko? In der Tat kaum mehr wiederzuerkennen, fast hätte ich gesagt, um Jahre gealtert. Wenn ich nicht wüsste, welche Belastungen Sie hinter sich haben, welche Überforderungen, seelische, körperliche, nervliche Strapazen. Raumfahrt bietet nur scheinbar Trips für Helden und Machos. In Wahrheit geht im All unser Realitätssinn ins Exil. Kommt im irdischen Bewusstsein alles Bisherige in die Tonne, etwa nicht? Um es plump zu fragen: Ist jemand ausgerastet? Sie selbst? Existentieller Sturz? In einem grandiosen Projekt? Sie schienen mir schon immer besonders empfindlich, im selben Maß intelligent wie, nun ja, labil.

BRANDT: Ja, gelegentlich bin ich hemmungslos, prügele dann auf Mitmenschen ein.

HECKER: Ehrlich gesagt, wir Medienmonster wittern Sensationen in der Sensation.

BRANDT: Wittern „labil" bis „verrückt" und „ausgerastet", ist Ihnen klar, dass Ihr Gerede Psychoterror veranstaltet?

HECKER: Brandt, ist *Ihnen* klar, dass sich seit mehr als sieben Monaten in sämtlichen Medien sehr viele Leute tummeln, die alles wissen und verbreiten über Sie? Die exakt ausmalen, was der Mars mit Ihnen machte? Psychosen, Hirnschrumpfung? Unter Vulkanausbrüchen, Marsbeben. Meteoriteneinschlägen. Unter Problemen im Schutzsystem. Makabres Versinken in fossilem Schaum oder in seelischem. Tolle Probleme im Team. Der eine Deutsche, wie konnte der harmonieren mit gestandenen Schwarzen? Mit drei glaubensstarken Amis, die der Deutsche verspottet als Heilige Drei Könige? Und überhaupt, die Amerikaner als Unterdrücker von roten oder schwarzen Menschen?

BRANDT: Ich sehe hier denjenigen, der gewiss all das eindrucksvoll ausschmücken konnte.

HECKER: Hören Sie, in führenden Kreisen rund ums Weiße Haus, da grüßt man sich nach wie vor und unter der Hand mit „Gott schütze den weißen Mann." Stand nicht das halb schwarze Team dieser Expedition *Weltfrieden* von Beginn an in Verruf? Sie schweigen? Also bitte, Doktor rer. nat., Sie bekommen von uns hunderttausend Euro, als Entgelt für einen genauen Bericht. Zu sprechen in diese sensiblen Mikros meines Technikdirektors Wang. So korrekt wie präzise. Ich weiß, Sie sind nun erschöpft und überreizt. Zuletzt Ihre Flucht, auch davon müssen Sie erzählen. Vielleicht fangen Sie mit Ihrer Flucht am besten an. Wie konnten Sie die strikten Sperren umgehen? Hm, Brandt lächelt. Bin ja nur froh, dass er lächelt.

Lu, was halten wir von diesem Mann? Nun schweigt er, hält die Augen sogar geschlossen. Der wird uns doch jetzt nicht wegschlummern? Brandt, brauchen Sie Kaffee? Was anderes, was Besseres? Garantiert hatten Sie seit Tagen kaum Schlaf, oder? Ihre Leute in Denver deuteten so was an. Hören Sie, wenn Sie hier und jetzt alle Fakten rauslassen, dann, Verehrter, dann sehen Sie Ihre Frau und Ihre Kinder keinen Moment später, sondern sogar sehr viel früher! Wer denn, wenn nicht wir, wird Sie in Berlin konsequent abschirmen. Da können Sie dann kontern mit *no comment*, könnten dort mit der Familie schon von Berlin aus sofort und perfekt untertauchen, ist alles vom Magazin klug vorbereitet. Beginnen Sie mit Ihrer Flucht, berichten Sie so langsam oder so schnell, wie Sie können und mögen.

BRANDT: Ich traue Ihnen nicht. Weiterhin nicht.

HECKER: Weiterhin nicht? Wieso nicht?

BRANDT: Auch Sie hatten und halten Kontakt zur NASA. Zu einer der undichten Stelle dort. Wie hätten Sie mich sonst finden können. Und diese besonderen Kontakte, ich verstehe, die wollen nun auch Sie sehr gern bewahren. Und Denkwürdiges vom Mars, das wird es auch in Ihrem Blatt nicht einfach haben.

HECKER: Das Wort hunderttausend, das hat Sie offenbar nicht berührt.

BRANDT: Wofür kriege ich die Riesen?

HECKER: Für eine detaillierte Schilderung. Zuerst Ihre Flucht. Dann Ihre Funde auf dem Mars.

BRANDT: Auch Pentagon oder CIA oder FBI würden zu gerne wissen, wie ich die Sperren in Houston unterlaufen konnte. Auch denen wäre das hundert Riesen wert. Ihr Freund Wang aber, der nutzt inzwischen auch Kameras?

HECKER: Und wenn wir Ihnen das Doppelte böten? Ihr Schwager in Denver sieht Ihnen ziemlich ähnlich. Die Täuschung mit dem Gesichtsfeld im Passfoto konnte glücken. Ralf Lehmann, wohnhaft in 212, Carsson-Avenue, fährt Volvo, hat zwei Kinder, Felix und Marilyn, die sehr aufgeregt waren, weil auch in Denver demonstriert wurde, die Kids zeigten uns ihre Plakate: *Keep America FREE!* und *MARS NEWS: There is NO Planet B!* Und nach Ihrem nächtlichen Anruf hat Ihr Schwager Ihnen ein Ticket buchen können, auf den Namen Lehmann. Aber ich kann es drehen, wie ich will, Brandt traut uns „weiterhin nicht". Traut nicht mal meinem Allroundtechnikfreak *Doc* Lu Wang. Meine und seine Ausweise haben wir Ihnen gezeigt. Bezahlt werde ich ausschließlich vom Magazin, das für alle denkenden Individuen wissen will, warum Washington Sie isolierte und wie Sie da rauskamen.

BRANDT: Am heftigsten wollen das die Isolierer wissen.

HECKER: Amerika hat enorm in Sie investiert, obendrein Berlin. Pro Astronaut sechshundert Millionen Dollar.

BRANDT: Je länger Sie so reden, desto klarer wird mir, wer Sie steuert. Wer Sie geschickt hat, für wen diese Aufnahmen entstehen, nun seit fast einer Stunde.

HECKER: Brandt, hier bekommen Sie meine Brieftasche mit sämtlichen Papieren, nehmen Sie die so, wie sie jetzt sind, halten Sie das Bündel fest. Nun haben Sie mich buchstäblich in der Hand. Geld, Kreditkarten, Tickets, Ausweise, Adressen, und dazu mein Smartphone, tippen Sie getrost herum in meinen Korrespondenzen, meinen Adressen. Und sobald Sie finden, dass ich an staatlichen Kontrollettis hänge, dann, bitte, dann schreddern Sie meine Papiere!

BRANDT: Er macht das geschickt, der Lohnschreiber Hecker. Voller Einsatz. Behalten Sie Ihren Kram.

HECKER: Behalten *Sie* ihn. Brandt, WORUM geht es Ihnen?

BRANDT: Schlicht darum, dass endlich zur Kenntnis genommen wird, was der Fall ist. Ende Gelände. Dass Schluss ist mit der globalen Technik des Ablenkens. Des Schönredens. Dass Hirne, die jede wirkliche Neuigkeit im Grunde für unbequem halten und systematisch glatt plätten und umbügeln, zum Beispiel auf Psychokniffe, dass solche Hirne vielleicht doch noch in Kontakt geraten mit dem, was abläuft. Was vorhanden ist. Für uns alle. Nicht nur auf dem Mars. Weil das Team *World Peace* real erzählen wollte, kam es in die Isolationssperre. Das verließ ich durch gut ein Dutzend Alarmanlagen. Floh nicht nur wegen meiner Kinder, meiner Frau. Sondern, um es mal ganz einfach zu sagen: Was über Mars zu wissen ist, das ist Zukunft der Erde.

HECKER: Pardon, inzwischen drang Wissenschaft sehr seriös vor, auch in Sachen Mars. Mit unbemannten Sonden wie *Curiosity*, *Opportunity* oder *InSight*. Und es nutzt wenig, wenn Sie mich nun anstarren mit blauem Bulldozerblick. Also was bitte soll nun in unser aller Hirn?

BRANDT: Ihr Wochenblatt würde kürzen. „Straffen", „glätten".

HECKER: Kürzen müssen wir fast immer. Schon übliche Fehlgriffe bei spontanem Sprechen – aha? Wir bekommen Besuch?

STEWARDESS: Pardon, verzeihen Sie die Störung, sorry, wir suchen dringend einen Fluggast namens Brandt, ja, wir suchen den Doktor Frank Brandt. Auch Sie kennen ihn sicher aus den Medien, aber nun kriegen wir Anfragen aus Washington, wegen Doktor Frank Brandt. Zugleich in Sachen Flugsicherheit. Nicht anwesend? Auch hier also nicht? Wirklich nicht? Dann Pardon, Pardon.

HECKER: Oh ja, Pardon. Verrückt. Da sucht man jetzt dringend den berühmten Sternenflieger, findet den aber nicht. Und nun? Nun geht diese Lady zurück zum Kapitän? Und? Was jetzt? Jetzt bringt hier irgendein Vernagelter uns alle in fatale Unsicherheit? Toll, was der kann, dieser *Mars-News-Man*.

BRANDT: Und Sie, Marc Hecker, warum gehen Sie nun dieser Lady nicht hinterher und verpetzen mich? Verdienen sich da garantiert mehrere goldene Nasen. Nein? Teufel auch. Sie bleiben neben mir? Sie haben doch gehört, es geht um Flugsicherheit. *Doc Hecker bleibt tapfer neben mir, sichert den Flug nach Berlin?*

HECKER: Weil wir Ihren Bericht haben wollen. Und damit ist ja wohl klar und beweise ich, wie unabhängig wir sind von US- Geheimgorillas. Wo bleibt nun Ihr *Einverstanden*, deutlich hineingesprochen in dieses Mikro?

BRANDT: Ich berichte von meiner Flucht und vom Mars nur dann, wenn ich schriftliche Garantien habe. Dass ich bereits von dem, was seit fast einer Stunde in Herrn Wangs Geräte geriet, dass ich VOR der Publikation dieses Geredes den ungekürzten Wortlaut kriege, ausgedruckt. Auf Druckfahnen, korrigierbar.

HECKER: Selbstverständlich, kriegen Sie.

BRANDT: Erst wenn schriftlich vereinbart ist, dass nichts gekürzt oder verändert wird. Es sei denn, auf meinen eigenen Wunsch.

HECKER: Darüber reden wir mit jedem Partner.

BRANDT: Darüber, Sie Seelenschlumpf, will ich nicht reden, das ist meine Bedingung. Und die gehört auf ein Papier. Nichts darf wieder unter all eure Teppiche, nur weil dann in der Redaktion einer wie Sie bei dieser oder jener Mitteilung erkennt, hier aber, da übertreibt er ja wohl, unser Weltraumtaumler. Hier hat es ihn psychisch erwischt, vielleicht sogar klinisch. Womit dann wieder alle verschont bleiben zwischen Flensburg und Freiburg, zwischen Wesel und Wien, verschont bleiben dann all diese sensiblen deutschen Denkwärzchen. Bleiben gut beschützt vor dem, was uns vom uralten Mars herab erschlagen könnte, unsere ach so geliebten Sicherheiten. Und nun? Herr Redakteur denkt? Das kann nie falsch sein. Hecker rechnet? Kriegt seinen Denkbengel gar nicht mehr zur Ruhe?

HECKER: Präzisieren Sie Ihre Bedingung.

BRANDT: Für das Honorar berichte ich erst dann, wenn vertraglich garantiert ist, dass wortgetreu ins Blatt kommt, was ich sage. Wort für Wort, auch wenn ich stammele. Und das Geld geht an die Sahel-Hilfe.

HECKER: Einverstanden.

BRANDT: Meinen Sie, allein ein so knorziges *Einverstanden* genügt? In Ihrem Hinterhirn hör ich doch die Schalter rasseln. Soll doch dieser Marsflieger erst mal erzählen. Danach werden wir ja sehen, wer da am Ende die Redaktion hat. Im Zweifel bedeutende Herausgeber.

HECKER: Frank Brandt, Sie bekamen meine Brieftasche, mein iPhone, meine Kontakte. Überdies biete ich tatsächlich das Doppelte. Drittens die Zusage, dass Sie sie bekommen werden, die Korrekturfahnen. Was verlangen Sie noch? Aha, da naht schon wieder jemand? Und nun sogar – der Flugchef?

HOFFMANN: Pardon, meine Herren, ja, ich bin Ihr Flugkapitän und muss Sie leider stören. Paul Hoffmann mein Name. Und Sie, mein Herr, Sie werden bedrängt von Medienleuten?
Wer also sind Sie? Hier und jetzt wäre Ihre korrekte Antwort enorm hilfreich, sogar befreiend, für unseren Weiterflug nach Berlin. Wenn Sie jetzt rasch und klar bestätigen könnten, dass Sie – ja, dass Sie keineswegs Passagier Lehmann sind, sondern der weltweit gesuchte, der interstellare Marspionier Frank Brandt. Großen, sehr großen Dank für Ihr Kopfnicken, für Ihr überaus hilfreiches Zustimmen! Und deshalb jetzt auch von meiner Seite mein begeisterter Glückwunsch zu grandiosem Erfolg! Und zu dem der NASA! Inzwischen aber werden Sie energisch gesucht, sogar weltweit. Seit Stunden kriege ich Mails und Anrufe, zuletzt sogar Drohungen, nicht etwa aus Houston, sondern aus Washington. Zuletzt aber auch Hilfen aus Berlin, denken Sie, zuletzt konnte und musste mir unser Außenminister helfen. Washington, so hat er mir erklärt, scheint ungewöhnliche Probleme zu haben mit Ihren Entdeckungen und Erkenntnissen. Der Minister versicherte mir streng, das wirke so, als stünden durch die Resultate der Expedition sämtliche Strategien der US-Regierung

in Frage. Die gerieten nun bedrohlich ins Abseits, allem voran der im Weißen Haus bekanntlich nun immer engere Blick auf die Gesamtheit unseres Planetenvolks, was mit Recht auch von Europa aus moniert wird, jedenfalls von Paris und von Berlin aus. Speziell Washingtons fatale Kurzsicht auf die Klimavernichtung, aber auch auf das im Weißen Haus arg reduzierte Interesse am vertraglichen Miteinander der Völker dieser Welt. Um es abzukürzen: Nach meinem Widerstand gegen die Zumutung aus Washington, wonach mein Flug umkehren sollte, nach New York – zum Glück reichte dazu, so erklärte ich denen, unser Treibstoff nicht mehr. Mehr als die Hälfte war verbraucht – obendrein half dann tatsächlich dieser Minister, half uns zunächst gegen die Drohung, man werde uns zwingen, in Island zu landen. Inzwischen danken wir also unserem Berlin, dass uns keine Militärjäger zur Landung in Reykjavik zwangen. Oder zu ähnlichen Übungen auf Spitzbergen. Auch das US-Ansinnen, nicht in Berlin zu landen, sondern schon eine Stunde früher, in Frankfurt, auch das hat dieser Außenminister abwiegeln können, zunächst forderte man sogar einen Stopp in Düsseldorf, zum Glück haben die Amis mit dem „ü" in „Düsseldorf" logopädische Probleme, reden da immer von *Duddeldu* oder *Uhu* und ich blieb stur, *in Germany there is no airport Duddeldu*. Der große Flughafen unseres größten Bundeslandes, der sollte sowieso endlich korrekt heißen „Airport Rhein-Ruhr", die meisten Passagiere hat der sowieso aus den zwölf Großstädten des Ruhrgebiets. Also, Doktor Brandt, ich kann Ihnen versichern, es gibt derzeit allerhand Leute, die Sie in Berlin mit

Wonne begrüßen werden, dieses vorweg als nötige Info. Und als private Ergänzung: Sie drei hier, Sie sollten den Bericht vom Mars – den stellen Sie hier ja augenscheinlich her – auch den sollten Sie so sicher wie möglich schützen, in divers gesicherten Speichern – noch haben wir bis Berlin gut fünf Stunden, die müssten ja wohl reichen für wichtige Infos über unsere Zukunft. Dazu nun auch von mir bestmögliche Konzentration und bravo! Nur kurz aber eine Frage nur für mich, ich schwöre, ich verrate nichts, antworten Sie nur Ja oder Nein: Nicht wahr – es gab Leben auf dem Mars?

BRANDT: Da gab es sogar intelligentes.

HECKER: Aber hören Sie, Brandt!

HOFFMANN: Toll toll toll, ich verstehe, ich verstehe.

BRANDT: Wunderbar, da geht er hin, der Paul Hoffmann.

HECKER: Und versteht verdammt. Versteht?

BRANDT: Keine Sorge, Hecker, er verdirbt Ihnen kein Geschäft. Im Gegenteil. Ihr Umsatz wird sich steigern, *worldwide.*

HECKER: Was „versteht" er plötzlich?

BRANDT: Den Weltkrach. Knirschen im Kosmos. Was auch Ihnen klar sein wird, falls Sie mich vertraglich gesichert erzählen lassen. Und vor diesem neuen Hintergrund, kann jetzt nicht vorweg Ihr Technikdirektor einen eindeutigen Vertrag aufsetzen? Denn auch diesem *Captain* Hoffmann, auch dem traue ich nicht ganz. Von Beginn an stritt er denen in Washington nicht ab, dass ich an Bord bin.

HECKER: Sie sehen, Mister Wang startet sein Schreibsystem.

BRANDT: Ja, ich sehe es, na endlich. Und sein Gerät hortet sogar Bögen mit dem Briefkopf des Magazins. Drei Kopien genügen. Am Ende, Hecker, werden Sie derjenige sein, der über den Vertrag am meisten froh ist. Und während Ihr Herr Wang nun das Wichtigste formuliert – mein Recht, auf wortwörtliche, auf buchstäbliche Wiedergabe und auf letzte Korrekturen – beginne ich den Bericht. Nutze die laut Hoffmann „gut fünf Stunden". Hier ist Ihre Brieftasche zurück, samt Superhandy.

HECKER: Er scheint plötzlich zurückgekehrt, Ihr Charme aus den *Mars News*.

BRANDT: Vorweg leiste ich mir einen Schluck. Nein, ich verrate nicht, mit welchem Wirkstoff. Sie sehen, auf der Flasche steht keinerlei Info. Nach diesem Tropfen erst, erst jetzt fange ich an. Mars. Erdähnlichster Planet im Sonnensystem. Die Entfernungen zur Erde schwanken zwischen 55 und 377 Millionen Kilometern. Anfang Januar war er in Erdnähe. Auch Mars dreht sich pro

Marstag einmal um sich selbst, in je 24 Stunden plus vierzig Minuten, und weil wie bei der Erde auch dort die Achse seiner Reise um die Sonne geneigt ist gegen die Ebene, auf der er die Sonne umrundet, wechseln auch da nicht nur Tag und Nacht, sondern auch die Jahreszeiten. Vieles ist da wie bei uns. Und überraschend vieles sehr verändert. Zum Beispiel die Lufthülle. Sofern man da noch von Luft reden kann. Die Marshülle hat nur noch ein Hundertstel vom Druck der irdischen.

HECKER: „Nur noch"?

BRANDT: Doch, ich bleibe beim „nur noch". Die Marstemperaturen liegen tief unter null Grad Celsius, fallen im Marswinter bis zur Weltraumkälte. Höchstens im Sommer und am Äquator steigen sie knapp über null. Und die Monde *Phobos* und *Deimos*, die rotieren in ungewöhnlich geringer Höhe –

HECKER: Pardon, das ist alles interessant, ist aber gegen die Abmachung, die Freund Lu soeben fixiert und sehr bald schriftlich vorlegt. Was Sie bis jetzt erzählen, findet man in jedem besseren Netz. Sie versprachen eine Beschreibung der Gründe, die international für Skandal sorgten.

BRANDT: Die Gründe sind die Gegebenheiten.

HECKER: Wie bitte?

BRANDT: Martialische Sachverhalte.

HECKER: Welche?

BRANDT: Die sehr dringend zu erstaunlichen Vergleichen führen. Mars mit Erde.

HECKER: Uns geht es um Mars –

BRANDT: Ach, auch der Wissenschaftler will Sensation. „Sensation", das sollten Sie wissen, kommt vom Lateinwort fürs Fühlen. Und was fühlte ich vorgestern Abend um 21.00 Uhr? Beim Zelleneinschluss? Beim Lichtausschalten im Knast? Nun blickt er wieder irritiert, unser Redakteur. Zelleneinschluss und Knast, das mahnt staatstreue Bürger an „Gefährder". An all diese neuen Täter rings um Berlin, Paris, Rom, London, L.A., Boston, Wien, New York, Hongkong. Aber tut mir leid, Zelle und Knast, die waren sehr real. Lorbeeren und staatliche Huldigung bei der Rückkehr zur Erde fielen einfach weg. Von Dankesreden kann ich nichts berichten. Die jüngsten Helden der westlichen Welt, die hörten weder die USA-Hymne noch Europas Beethoven. Die wurden eingesperrt. In Isolierzellen.

HECKER: Aber – war das – vielleicht – lebensnotwendig? Für eine erste Therapie?

BRANDT: Eindrucksvolle Reaktion. Knast gehört inzwischen wieder zu Therapievorstellungen unserer Wissenschaftler. Aber der NASA-Mensch, der gegen

21.00 Uhr den staatlichen Bunker durchquerte und dann auch mich kontrollierte, der trug weder Arzt- noch Laborkittel. Der kam in Uniform. War US-Offizier. Vielleicht Major oder General. Nach meinem ersten Schrecken sagte der mir zum Glück Freundliches. Abendlich Fürsorgliches. Sogar auf Deutsch. Extra für mich sagte der: „Eine gesegnete Nacht." Bevor er mich einschloss. Vorgestern Abend, kurz nach 21.00 Uhr.

Der verschloss die Zelle aber von innen. Ja. Er blieb bei mir. Blieb in meinem „sicheren" Gewahrsam. Verhielt sich erst mal mehrere Minuten still. Schaute mich an, der Graukopf. „Geht's Ihnen gut? Bei der Landung hier, da wogen Sie 22 Kilo weniger als beim Start. Nun behandelt man Sie medizinisch?" Meine Antwort war unvermeidbar. „Die Behandlung ist medizynisch". Er lächelte. Sah sich dann um, sah sich ein wenig meine Mitbringsel an. Nein, kein Marsgestein, nichts Illegales fand er, suchte auch eher flüchtig, fand erst mal nur drei Bücher, dann meine elektrischen Notizen, mühsam getippt im *Nachtlabyrinth*. Horchte dann, ob von draußen, vom Flur her noch Schritte kämen. Sah mich dann wieder an, mit – nicht einfach zu beschreiben – mit einer Fröhlichkeit, die nicht wirklich echt schien. Zu nervös. Mit Pfiffigkeit. Die zu seiner tollen Uniformierung und zur isolierenden Betonburg gar nicht passen wollte. Schaute mich dann freundlich unruhig an, unter viel weißem Haar. Und lotste mich in die Ecke, die er sich gut ausgeguckt hatte. Dorthin, wo bewachende Augen uns nicht sehen konnten. Und sagte dann, mit Blick auf eine verdächtige Deckenlampe, ja, wie sagte er das? „In diesem Eck, frank und freier Herr Brandt, da sind wir ganz unter uns. Bleibt alles so wie es ist. Nämlich unerhört." So redete der. Ob es mir inzwischen tatsächlich besser gehe? „Erstaunlich besser. Aber ohne das beste aller Heilmittel. Freiheit fehlt." Der nickte. Lächelte. „Deswegen bin ich hier". Und fragte dann, immer in deutscher Sprache und in einschmeichelndem, in werbendem Ton, ob ich was dagegen hätte, wenn er mich noch diese Nacht aus diesem Sicherheitstrakt – herausholte.

HECKER: Wirklich? *Wow.* Oder war das ein Test? Was antworteten Sie?

BRANDT: Hab' ihm erst mal ähnlich geantwortet wie dem, der sich später über Grönland an mich heransäuselte. Hab' dieser prächtig uniformierten Wachtel vorerst nichts gezeigt als meine schwarze Brille.

HECKER: Und was wollte er wirklich, dieser Major oder General? Sie herausholen? Im Ernst?

BRANDT: Der erzählte mir dann sehr vieles. Dass er in Petersburg geboren sei, aber seit Jahrzehnten Dienst tue in den USA. Sicherheitsdienst. Seit elf Jahren im NASA-Zentrum. Die erfolgreiche Klugheit und Sensibilität der NASA-Angestellten, die könne er nicht genug loben.

HECKER: Als Russe in der NASA? Schon wieder Unterwanderung? In einem staatlichen Sicherheitsbunker?

BRANDT: Er sei Amerikaner. Und sagte mir in fehlerfreiem Deutsch, es gebe seit einiger Zeit überraschend viel Freundschaft zwischen USA und Russland. Jedenfalls im Weltraum und in den Regimes. Zumal gegen China. Im Orbit diese prächtigen gemeinsamen Programme der alten Sieger im Weltkrieg gegen die Deutschen. Nicht nur im beidseitig genutzten Supersatelliten ISS. Freilich, solange es Mächte gebe, solange gebe es auch Spionage. Und in diesem Beton, da litte ich ja wohl, wenn er alles richtig verstehe, hundert Ärgerlichkeiten. Oder?

HECKER: Alles in Deutsch?

BRANDT: In erstaunlichem Deutsch. Mit den Romanen des Thomas Mann habe er endgültig Deutsch gelernt, in den Staaten. Und für mich empfinde er starke Sympathien, ich hätte ja in den *Mars News* beachtlich klar gegen die tödlichen, gegen die weltweit idiotischen Nationalparolen gewettert, gegen fatal immer wieder neu kriegerische Generationen, die keine Ahnung mehr hätten vom Krieg, aber auch gegen Alte, in Kriegsträumen festgebissen, in völkischem Schwachsinn, im Wahn vom wechselseitigen Vernichten. Ja, so redete der, und ich kann mich nicht erinnern, solche Klarheiten in Thomas Manns Romanen je gelesen zu haben, doch den nutzte er wohl nur zum Einstieg. Auch gegen meinen Gastgeber Washington hätte ich quer durchs All ganz schöne Frechheiten riskiert. Ob ich nicht Lust hätte, mich und mein Marswissen wenigstens der inzwischen „zunehmend demokratischen" Macht im Osten anzuvertrauen? So fragte der, dieser US-Uniformierte. Das brächte dann nicht nur meine Rettung vor den derzeit die USA regierenden Herren mit ihren rassistischen *Black-outs*. Sondern dann sähe ich auch meine Familie nicht erst nach sechs Monaten wieder oder noch später, sondern, ja, schon morgen Abend. In Berlin, gleich nach der Ankunft einer Maschine aus Denver/Colorado. Ja, für einen Flug nach Berlin sei alles vorbereitet. Mit Hilfe meiner Verwandten in Denver. All dem müsste ich freilich vertrauen. Nicht erst in einem halben Jahr wäre ich dann zurück im Schwarzwald, sondern: „Wenn Sie wollen, dann sind Sie schon morgen Abend bei den Ihren, in Berlin."

Was meinen Sie als Mann vom namhaften Magazin, aus welchem Grund ich auch Ihnen nur so zögerlich trauen wollte? noch jetzt lieber misstraue? Dieser kuriose Knast-*Controller*, der pries mir den neuen Weg, den mir ein „wieder erstarkendes, ein letztlich humanes und weltoffenes Russland" anbiete. Und dann zog er aus seiner Brieftasche, nein, keinen Pass und kein Geld, sondern ein grünes Blatt. „Kennen Sie womöglich diese Handschrift?" Gab mir das Papier. Und nur zwei Sekunden später – nicht zu vermeiden – Tränen, plötzlich meine Tränen. Hemmungslos, nach all den Strapazen nicht zu verhindern. Denn diese Schrift, die kannte ich unbeschreiblich gut. Und liebte sie, diese Handschrift meiner Frau, mit den Grüßen und Wünschworten meiner Kinder und wann ich denn nun heimkäme – und dann, unter den Malereien von Ben und Franka am Schluss wieder die Schrift meiner Frau. „Frank, diesem Graukopf XY, dem können, dem sollten wir sehr trauen!"

Dazu lächelte er, dieser XY. Tat vergnügt und sagte, mit der Meinen sei in Darmstadt nicht nur über Raumfahrt optimal zu reden gewesen, ach, es litten doch derzeit Westen wie Osten wieder an elenden Idiotien. Einzig in der Weltraumfahrt kooperierten sie gut. Zum Glück auch über das *European Space Operation Center*, über das ESOC in Darmstadt. Auch ESA habe fabelhafte Leute, zum Beispiel meine Frau.

HECKER: Wie reagierten Sie?

BRANDT: Ich wollte einiges noch genauer wissen, in diesem wohl nicht kontrollierbaren Winkel meiner Zelle. Und da hat mir dieser Herr Weißhaar fast eine Stunde lang einiges erzählt. Eine russische Mutter habe er und einen amerikanischen Vater. Sei früh mit der Mutter zum Vater nach Texas eingewandert, sei dann beim Studium und immer mehr aufgefallen als eine für Männer ungewöhnliche Sprachbegabung. „Besessen von den Weltsprachen". Womit er außer Russisch das Englische meinte, dazu Französisch, Deutsch, Spanisch. Auch Chinesisch und Arabisch lerne er jetzt. „Das Deutsche ließ mich schon die Mutter lernen mit den Dichtern, die sie so liebte, mit den Märchendichtern Grimm, dann mit Eichendorff und mit Schiller. Mutter sah dann sehr gern, dass ich mich in Stanford auch in deutscher Literatur „bildete", was freilich bald vom Thomas Mann zum Heinrich Mann hinüberführte und zu Brecht. Unglücklich war und bin ich nur, dass sich dann ausgerechnet dieses Dichtervolk unter romantischen Spießbürgern verrannt hat in die irrsten aller Verbrechen.

Und dass es dann, nach 1945, getäuscht, traumatisiert und schuldbewusst, dass es dann im Kalten Krieg zwischen Ost und West nur zögerlich das förderte, was Heinrich Heine schon lange vor 1848 gerühmt und gefordert hatte, nämlich die weltweit notwendigen „zehn Gebote des neuen Weltglaubens". Den „Glauben an die Erklärung der Menschenrechte". Diesen Glauben rühmte nun auch XY in meiner Zelle. „Brandt", so höre ich ihn noch, „letztlich sind diese individuellen Menschenrechte die sinnvollsten aller Glaubensrichtungen. Die auch die wunderlichsten Religionen in hilfreiche Richtungen steuern könnten. Folgen wir Heine oder eurem 1848. Ja, Menschenrechte sollten weltweit oberste Gebote sein, über allem. Wenn Leben sich nicht auf Dauer selbst ums Leben bringen soll. In diesem Sinn, Brandt, will ich Ihnen helfen."

So redete der, dieser Menschenfreund XY. Meine abendlichen *Mars News,* die habe er auch nach dem sechsten Januar ständig weiter hören können und habe sie herzhaft genossen, obwohl er als einer von denen eingeteilt war, die unsere Marsberichte zu kontrollieren hatten, damit sie, wie er hörte, „in sicheren Bahnen archiviert blieben". Unsere Mitteilungen hätten „ungeheure Wahrheiten" offenbart, allzu arg für einen Planeten, der drauf und dran sei, gleichfalls zu verkommen, nämlich in geradezu martialischem Verbrennen. Wie reizvoll, wie amüsant hätte ich trotzdem versucht, abends in den *News* Fakten zu vermitteln, auch bittersten Ernst. Unvergesslich, wie ich da plötzlich von meiner Großmutter erzählt hätte, die sehr gern ihren Herrn Gemahl ärgerte, weil der auch noch zwischen den Weltkriegen dem deutschen Kaiser nachtrauerte, das sei eine tolle Familiengeschichte. Wie hätte Großmutter Brandt ihren Mann gefoppt? Da waren die erst frisch verheiratet und bekamen ihre Kinder, doch sie foppte den Gatten schon damals, und dann bis ins hohe Alter mit Fragen wie: Müsst ihr Männer, statt Mutter Erde zu begreifen, immerzu Väterländer gründen? Seit dem alten Rom immerzu schreckliche Väterländer? Und nun also Führerländer? So reizte und spottete die. Ich aber hätte in unseren *News* mit grimmem Spott den toten Mars beschrieben, ihn aber, den *News Controller*, hätte das alles sehr gefreut. Und sah mich strahlend an. „Toll, gäb's doch mehr und überall Frauen wie diese Großmutter. Denn was die wissen, das passt auch heutigen Herren noch immer nicht, das stellt aktuelle Herren von Grund auf in Frage. So wie ihre Arroganz gegenüber dem toten Mars."

So redete der XY, und weil er spürte, wie sehr mich das durchschüttelte, dass ich die *Mars News* endlich unverhofft und genau verstanden sah, da holte er tief Luft und sagte: „Wahrscheinlich wissen Sie's bis jetzt noch nicht." Nämlich, dass meine und John Greens abendliche Sendungen, die auch am Abend unseres ersten großen Tagestrips weltweit über wichtige Kanäle hatten gehen sollen, dass die ab dem sechsten Januar nicht mehr ausgestrahlt worden seien. Schon die kurze Vorwegrede unseres *Captains* über das, was wir am Abend unseres ersten Marstages in den *News* hatten zeigen wollen, was die kommende Sendung „von Grund auf prickelnd machen" sollte, schon dies Vorweggestammele unseres Chefs, das habe der Politaufsicht in Washington blitzartig klar gemacht, so gehe das jetzt überhaupt nicht. Nein, was wir da entdeckt hätten und was vorweg unser *Captain* unsortiert ankündigte, das durfte so unmöglich in den Orbit. „Jedenfalls nicht unkommentiert." Nein, ab diesem sechsten Januar seien die *Mars News* nicht mal mehr mit Kommentaren gesendet worden. Kamen als Aufzeichnungen ins Archiv. „Wurden seither nur Leuten bekannt wie mir", sagte XY. Wegen seiner guten Deutschkenntnisse hätte er schon zuvor, in den gut sieben Monaten Hinflug zum Mars, meine lockeren Äußerungen mit frechen deutschen Sprachschlenkern am besten kapiert und hätte die spontan übertragen können ins Amerikanische, sofort etwa ins *Black English* der Toni Morrison. Denn mein eigenes Englisch, das sei mir in eigensinnigen Momenten davon gesprungen, Pointen hätte ich oft nur deutsch losgelassen, manchmal in der Vorstadtsprache des Ruhrreviers, *je öller je döller*, all solche Schlenker habe er mit Vergnügen übertragen, so lange, bis ich dann, in der letzten Marswoche erschöpft erklärt hätte, nun endgültig sprachlos zu sein, unter Kopfproblemen zu leiden, unter Hexenschuss im Nacken, unter Entkräftung und Hirnschrumpfung. Aber da hätte ihn, den Herrn XY, längst großer Respekt vor unserer Arbeit ergriffen und habe er angefangen, alles vorzubereiten, um uns oder wenigstens mich aus der Misere rauszubringen, mich nach Europa, und hoffe nun sehr, das werde gelingen, und zwar jetzt bald – zwei Stunden nach Mitternacht – es sei denn, ich wolle das gar nicht?

Es gebe nichts, hab' ich gestottert, nichts, was ich mir dringender wünschte, Herr – wie war doch Ihr Name?

Sein Name tue nichts zur Sache, den werde er mir irgendwann schon noch nennen, jetzt aber habe er sich mir riskant geöffnet, sei er mir ausgeliefert auf Leib und Leben und hoffe nur, ich würde spüren, wie aufrichtig sein Angebot sei. Bei der ESOC in Darmstadt, da habe er diese wunderbare Astronomin kennengelernt, mit der lange und gut zu reden war rund um *World Peace*, auch in Darmstadt wussten sie aber nur, dass auch der Rückflug planmäßig verlaufen sei, und rätselten warum die *Mars News* seit dem sechsten Januar nicht mehr gesendet worden seien. Ganz offenbar aus anderen als aus technischen Ursachen.

Nach den Ursachen fragte den XY auch diese Astronomin, bis sie ihn beim Abschied überraschte mit ihrer letzten Äußerung. Er solle ihn herzlich grüßen, ihren gewiss sehr strapazierten Mann. „Wen?" „Na, im Team die Nummer vier, den Typ aus Europa." Sie heiße halt bewusst und mit Absicht nicht Brandt. Und hätte ihm zuletzt dies grün grüßende Papier mitgegeben und danach einige kluge Tipps für den Fall, dass es ihm gelänge, mich aus der Sperre herauszuholen. Und dann, dieser Greis XY, beim Verlassen der Zelle, da flüsterte er mir noch ins Ohr. „In drei Stunden. Für die Freiheit der Wissenschaft." Und schloss mich wieder ein.

HECKER: Und dann – kam er wirklich?

BRANDT: Zwei Stunden nach Mitternacht, geräuschlos. Stand in der Tür, wieder in Uniform, jetzt eher marschmäßig, holte mich, führte mich durch Flure, öffnete Gitter und Tore, mit Sensoren und Sendern, plötzlich mit einem wendigen Helfer, der Fernbedienungen und Lichtschranken und Schleusensysteme virtuos handhabte und wegschaltete. Kommentarlos lotste mich dieser sprachbegabte Mister oder Genosse XY durch sehr hinterhältige Sicherheitsfallen, am Ende aber über ein paar Stufen empor auf einen großen Parkplatz, dort bis an dessen dunkles Ende, zu einem Jeep, in dem einer wartete, der erleichtert feixte, sichtlich froh, dass wir's bis zu ihm geschafft hatten, bereit, den XY und mich zu meinen Verwandten zu kutschieren. Von Houston/Texas Richtung Nord-West, nach Denver/Colorado. – Na, was sagen Sie?

HECKER: Verrückt.

BRANDT: Sie wollten wissen, wie ich rauskam aus der Isolation. Nicht zuletzt mit Hilfe meiner zuversichtlichen Frau.

HECKER: Haben Sie Beweise?

BRANDT: Der wichtigste sitzt vor Ihnen. Sehen Sie, dieser Lehmannpass, Stempel und Lichtbild in bester Qualität. Sogar die Unterschrift, einwandfrei meine Schrift. Ralf Lehmann heiße ich, wie mein Schwager. Der hatte zum Pass das passende Ticket besorgt. Und im Jeep, auf der Fahrt nach Denver, da wollte ich dann zwar lieber schlafen, bekam aber mit, wie auch unterwegs dieser internationale XY erzählen musste und von Politik reden, von Literatur, nun viel von Mark Twain, weniger vom wunderbaren Mississippibuch mit Tom und Huckleberry, sondern von Twains Reden und Europareisen. Auf einem Parkplatz kurz vor Denver, als es schon hell wurde, hatte sich das US-Kennzeichen des Jeeps verwandelt in ein ziviles. Ach, Hecker, dieser Mister oder Genosse XY, der in Deutschland eine Frau bewundert hatte, ohne zu wissen, dass es meine war, hat sich berufen auf Heines Weltglauben. Geduld, Magazinleute, über Mars werdet ihr alles erfahren. Sobald unser Vertrag vorliegt. Außerdem ist mir inzwischen klar, dass auch Sie beide diesen XY kennen dürften, oder etwa nicht?

HECKER: Wer jetzt laut Vertrag erzählen sollte, das sind Sie.

BRANDT: In Denver, heute früh, da lud mich dieser internationale Mensch ein in eine der inzwischen weltweit verbreiteten Errungenschaften Amerikas. In eine der Schnellfressbuden mit all den beliebten vorverdauten Köstlichkeiten. Und bat um Nachsicht. Alles Bessere fände er hier zu gefährlich, „besser solche Kneipen". „Kneipe" heiße das ja wohl in deutscher Industriesprache, und Kneipen seien vorerst das Sicherste. „Das Bessere holen wir nach in Berlin oder im Schwarzwald." Dort wolle er dann mit mir auch über die Engen und Ängste der Medien philosophieren. Auch über die im Osten. Ach, Ehre und Ruhm diesem hartnäckigen Gemüt aus Petersburg, Ruhm seiner gründlichen Vorbereitung und seiner Sympathie für meine Großmutter. Die Marsfahrer zu befreien, das, so habe er gehofft, gelinge ihm am besten an der labilsten Stelle, an der „traumatisierten". An der deutschen.

Dazu strahlte XY mich wieder an, offenbar hellwach, immer noch in der Kneipe, und griff sich von einem Nachbartisch ein großes Papier mit dem Bild des Präsidenten, der wiedergewählt werden soll. Drehte das Bild auf die Rückseite und schrieb plötzlich Wörter auf die weiße Fläche, Buchstaben zu lateinischen Wörtern. Zauberte quer übers große Blatt ein Feld mit Großbuchstaben und Lateinwörtern, die aber nicht nur wie üblich von links nach rechts zu lesen waren, sondern auch von rechts nach links, auch von oben nach unten und von unten nach oben. Wo auf diese Weise viermal das Latein für „Schöpfungen" stand – OPERA. Und ebenso oft das Wort für „Schöpfer" – SATOR. Las das beim Malen der Wörter vor, also hin und her und runter und rauf. Die NASA, sagte er, auch die chinesischen und all die anderen Allforscher, sie werden im Kosmos niemals mehr ermitteln als das, was kluge Köpfe schon im alten Rom notiert haben. Als *Palindrom*. Dieses hier, das teilt mit: „In unerschöpflichen Kreisen errichtet und vernichtet Schöpfung Schöpfungen."

Seinen Lateinzauber in der Kneipe, den hab' ich mir eingesteckt. Halte den nun vor die Kamera Ihres Herrn Wang: „Schöpfung entsteht und vergeht in unerschöpflichem Rotieren."

       S A T O R
       A R E P O
       T E N E T
       O P E R A
       R O T A S

Eine uralte Mitteilung. Über nichts weniger als die Schwarzen Löcher unseres Daseins. „Den Einsichtigen bekannt seit je". So murmelte XY. Wie auch immer, in Denver, heute früh, bekam ich, offenbar durch ihn und durch meine Frau, ein Flugticket. Und kam unbehindert in diese Maschine.

HECKER: Danke, Brandt, für diesen Einstieg. Rasanter Beginn. Allmählich kommen Sie erstaunlich in Fahrt. Zum Lohn einen Drink?

BRANDT: Wer vom Parallelplaneten kommt, hat aufgescheuerte Magenwände. Erträgt fast nur Wasser. Gewärmt.

HECKER: Freund Wang hat derweil unseren Vertrag ergänzt und ausgedruckt. Das muss ich jetzt lesen. Aber Sie sehen, er holt Ihnen Wasser.

BRANDT: Sie verbessern? Korrigieren seinen Text?

HECKER: Nur Missverständliches. Wenn Sie inzwischen weitererzählen wollen?

BRANDT: Ohne Vertrag? Danke, *Doc* Wang, fürs Wasser, ja, gut halbwarm. Sie sagen, Sie notieren Missverständliches?

HECKER: Anfechtbares. „Rächte" statt „Rechte". Das kann ich so nicht stehen lassen.

BRANDT: Rechte, die nach Rache klingen? Herr Wang ergründet deutsches Wortgut.

HECKER: Deutsche Wörter nennt er „Fallen". In dem Wort „endgültig" hat bei ihm die Silbe eins ein „t".

BRANDT: „Entgültig"? Wunderbar, Ihr Technikdirektor.

HECKER: Und dann hier: „endscheidend" – dreimal mit „d".

BRANDT: Genial ist Meister Wang.

HECKER: Hält den deutschen Duden für „pure Zumutung". Und während er nun das justiziabel Missverständliche korrigiert, sollten Sie Ihren großen Sprung erzählen.

BRANDT: Welchen Sprung?

HECKER: Den auf Roms „Kriegsplaneten". Auf den Mars. Ihre Erzählung setzen Sie am besten fort mit Ihrem ersten Trip auf dem anderen Planeten, wovon wir gewöhnlichen Erdenwürmer nie Einzelheiten hörten.

BRANDT: Erst mal einen neuen Schluck Pause bitte. Mit wohltemperiertem Wasser. Der Magen dankt. – Was hörten Sie über den sechsten Januar als Letztes?

HECKER: An diesem Tag würden Sie Ihren ersten Ausflug unternehmen mit dem Kettenfahrzeug. Würden auf diesem *Turmoil* von dort, wo Sie gelandet waren, in eine Ebene hinunterfahren. *Turmoil*, so hieß ja wohl dieser Raupenschlitten. Stimmt es, dass der im Landegebiet bereits auf Sie wartete?

BRANDT: Im Landegebiet wartete seit einem Jahr eine komplette Bodenstation für *World Peace*. Ferngelenkt hergestellt, auf der Basis 3-D-Druck. Wartete da mit bester Versorgung und mit dem *Rover Turmoil*, unserem Kettenfahrzeug. Im Inneren der Bodenstation hatte ein künstlicher Garten seit einem Jahr Tomaten wachsen lassen, Avocados, Brokkoli. Auch eine wunderbare Kartoffelsorte, die mir zuliebe bei Miller, der gut Deutsch konnte, sofort *ground apples* hieß, Erdäpfel. Ja, eine perfekte Station wartete da, mit Gewächshaus, Schlaf- und Arbeitsräumen. Mit Luftmotor, Labor und Fahrzeug *Turmoil*.

Alles sofort besetzt und getestet vorweg von Steuerchef Miller, stets in Optimalkontakt mit den fantastischen Steuerleuten in Houston und in Darmstadt.

HECKER: Auf diesem *Turmoil* führen Sie, so hörten wir zuletzt, in ein Tal oder in eine Ebene hinab. Wo Sie erforschen sollten, ob da unten nicht doch endlich auch Wasser zu finden wäre. Das morgendliche Bulletin kündete im letzten Satz die abendlichen *Mars News* an für 23.00 Uhr US-Zeit, „*Live report* über den ersten Ausflug".

BRANDT: Was genau bekamen Sie zuletzt zu hören, zu lesen?

HECKER: Aufregend würde das werden, eine erste Reportage direkt vom Nachbarplaneten, mit aktuellen Fotos und Infos. Halt *Mars News*. Aber die kamen dann nicht. Blockade pur. Sperre. Im Interesse der nationalen, „der internationalen Sicherheit". Was, bitte, heißt hier Sicherheit? *Now it's your turn*, Brandt.

BRANDT: Mit Vorbehalt, Herr Redakteur.

HECKER: Warum?

BRANDT: Misstrauen.

HECKER: Warum noch immer?

BRANDT: Sie riechen mir zu stark. Nicht nur nach Knoblauch.

HECKER: Pardon.

BRANDT: Auch nach Geheimkontakten. Denn das geht mir hier fast alles zu schnell. Wie kann ich glauben, dass Sie mich in dieser Maschine gefunden haben ohne US-Dienste? Natürlich nutzen auch Sie nicht nur NASA-Beziehungen, gewiss auch russische, oder? Und wie famos kurios, dass Sie mich hier fanden und beteuern, kein US-Dienst hätte Ihnen geholfen. Demnach halt andere. Und solange noch immer kein gültiger Vertrag vorliegt, liefere ich nur Vorspiele. Das Endscheidende – mit dreimal „d" – erst dann, wenn es unbestreitbar in meiner Tasche steckt. Drei Exemplare samt Unterschriften. – Fiel Ihnen eigentlich auf, dass der sechste Januar der Dreikönigstag war?

HECKER: Fiel mir damals, ehrlich gesagt, nicht auf. Obwohl öfter von drei Königen gefaselt wurde.

BRANDT: Blockiert wurden die *Mars News* am Tag der berühmten drei christlichen Heiligen. Als hätten die auch jetzt fürs Ende alles Faktischen gesorgt. Nun scheint er wieder irritiert, unser Mann vom wöchentlichen Betriebsschutz. Ach, Hecker, wenn ich jetzt diese Stewardess dort, ja, die junge, nach der auch Sie dauernd hinplieren, wenn ich nun dieses spitzbrüstige Wohlgedeih in eine Kabine manövrierte –

HECKER: *Doc*, ich weiß, dass Sie überstrapaziert sind. Und begreife, dass Sie mit dem Berichten zögern, solange Sie und ich nichts unterschrieben haben, solange –

BRANDT: – grübele ich, warum Sie mich so nerven.

HECKER: Kann an mir liegen. Lu Wang ist Zeuge, in fünf Jahren teamwork mit ihm haben mich drei Interviewpartner verprügelt, ein vierter stieß mich in die Außenalster. Mir blieb Hauptsache, was hinterher im Blatt stand. Wie gesagt, ich glaube, die Psyche von Raumfahrern kapiert zu haben. Fast alle zeigten Störungen jeden Gleichgewichts. Hörstürze, Depressionen.

BRANDT: Solange Sie so reden, haben Sie wenig verstanden.

HECKER: Dann erzählen Sie, was Sie in Wahrheit erregt. Ich weise Sie darauf hin, dass *Doc* Wang hier seit Grönland alles aufzeichnet.

BRANDT: Mich plagt weder Ihr umfangreiches Äußeres, das nach *garlic* und Schweiß riecht, noch leide ich an Psychosen oder Sexualstress. Machen Sie sich's nicht zu einfach. Es sind die Gegebenheiten, die nerven.

HECKER: Wir sind gespannt. Auf die Marsgegebenheiten.

BRANDT: Wirklich? Kurz vor unserem Start las ich das Buch eines anderen Doktors der Naturwissenschaften, des Primo Levi. Der hatte das Todeslager überlebt, Auschwitz. Das absolute Vernichten. Grausigstes. Hat sehr bedauert, dass darüber immer nur von denen berichtet wird, die überlebt haben. Wünschte sich sehr, die Gequälten, die Ermordeten könnten erzählen. Beim Flug jedenfalls hatte ich Bücher bei mir und eines vom Dr. Levi, und war froh drum. Zu vier Männern siebzehn Monate in engsten Maschinenräumen im All, da wollte ich nicht nur technisch und körperlich wach sein. Und kann inzwischen vom Levi einiges auswendig. Also von einem Überlebenden des unsäglichen Völkermords.

Verübt von denen, die als intelligent galten und als Dichter, Denker, Musiker. Was Levi schrieb, war wie ein Vorwort zu dem, was Mars dann lieferte. Ich könnte es zitieren, aus Primo Levi „Ist das ein Mensch?"

HECKER: Auswendig?

BRANDT: „Ich glaube, in den Schrecken des Dritten Reiches ein exemplarisches Geschehen zu erkennen. Dessen Bedeutung bis heute nicht erhellt wurde. Nämlich die Vorankündigung einer noch größeren Katastrophe. Die über der ganzen Menschheit schwebt. Und die nur dann abgewendet werden kann, wenn wir begreifen, wie Hirnlähmung funktioniert."

Noch beim Hinflug, eines Morgens, fragte mich Miller, was ich eigentlich nachts – wenn wir uns mit ausgeschaltetem Licht eine „Nacht" organisiert hatten, um biologisch im Tag-Nacht-Rhythmus zu bleiben, ausgenommen blieb stets der, der als Wache eingeteilt war – da fragte mich also „morgens" der freundliche, der tiefschwarze Mister Miller, was ich eigentlich nachts so vor mich hin murmele, das interessiere ihn. Ich bat um Nachsicht für mein nächtliches Reden. Musste ihm dann die Levi-Sätze wiederholen. Lange blickte er danach hinaus. Tja. Er schaute ins All.

HECKER: Eine Katastrophe? Eine noch größere?

BRANDT: Lebensmord. Menschengemachte Naturkatastrophe. Massensuggestion.

HECKER: Das bot dann Mars?

BRANDT: Dann, nach einer Pause, mit dem Blick ins All, da redete auch Miller etwas, das er auswendig wusste. Das sich auch ihm in den Kopf gesetzt hätte. Und dann zitierte er's langsam, sagte mir und den beiden anderen beim Flug im *World Peace* ebenfalls Sätze aus einem Buch. Aus den Erinnerungen des Ta-Nehisi Coates. Das seien Worte über das, was wir meinen, wenn wir „Welt" sagen. Inzwischen kann auch ich das auswendig. Sätze also aus Freund Millers Kopf und aus *Between the World and Me*. „Zwischen der Welt und mir" von Ta-Nehisi Coates. Wir sagten uns, glaube ich, gute Texte. Und am Ende, beim Rückflug, denken Sie, da wussten wir sogar Marstexte. Aber die sage ich erst ganz zum Schluss, und nur dann, wenn der Vertrag unmissverständlich unterzeichnet ist und wenn bis zum Schluss Lu Wang meinen Bericht ganz und astrein und doppelt gespeichert hat. Und wenn Sie mich nun den Coates aufsagen lassen.

HECKER: Sagen Sie uns den Coates.

BRANDT: „Ich schreibe dir dies in deinem fünfzehnten Lebensjahr. Denn dies ist das Jahr, in dem du gesehen hast, wie Eric Garner erwürgt wurde, weil er Zigaretten verkaufte. Und in dem du erlebt hast, dass Renisha McBride erschossen wurde, weil sie Hilfe holen wollte. Und dass John Crawford erschossen wurde, weil er durch ein Kaufhaus schlenderte. Und du hast gesehen, wie Männer in Uniform im Vorbeifahren Tamir Rice ermordeten, einen Zwölfjährigen, den sie ihrem Eid gemäß eigentlich hätten schützen sollen. Und du sahst Männer in diesen Uniformen, wie sie am Straßenrand auf Marlene Pinnock einprügelten, eine Großmutter. Und spätestens jetzt weißt du, dass die Polizeireviere deines Landes mit der Befugnis ausgestattet sind, deinen Körper zu zerstören. Denn Körper wie den deinen halten sie für nur schwarz."

Das schrieb also Ta-Nehisi Coates seinem Sohn. Und das andere schrieb einer, der Auschwitz überlebt hatte. Später dann, nach Jahren in der „Freiheit", da brachte Doktor rer. nat. Levi sich um. Als er sah, dass lieber nichts begriffen wurde vom Rassismus. Auch in Magazinen wenig. Ich weiß, Ihre Geräte speichern oder senden, seit Sie sich neben mich trickgsten mit Ihrem Grönlandgegrübel.

HECKER: Als Sie von „Wohlgedeih" witzelten, hatte ich fair sein wollen und darauf hinweisen, dass auch Ihre privatesten Äußerungen gespeichert werden.

BRANDT: Danke. Und auch zwischen uns geht's um Privatestes. Ergo um Politischstes. *Privare*, das Wort wuchs in Rom aus einer Vokabel fürs Rauben. Unterm Kriegsgott Mars wussten sie dort sehr gut, dass Privates auch und vor allem Geraubtes ist. Enteignetes. Oft kriegerisch. Inzwischen vermute ich, dass die Sicherheitsprobleme, die unsere amerikanischen großen Brüder mit unserer Expedition bekamen, just die sind, die jeder bekommt, der zu spüren beginnt, sein geliebter Privatbesitz ist in Wahrheit gar nicht sein Eigentum. Nicht mal vorübergehend. Und nicht etwa deshalb nicht, weil wir am Ende alle das Hemd tragen, das keine Taschen hat. Auch das, was ich Ihnen nun zu erzählen habe, auch das könnte für mehr sorgen als für Sensation.

HECKER: Sondern wofür auch?

BRANDT: Für Aufruhr. Umsturz. Kurssturz. Panik. Weil alles dafürspricht. Nicht nur das Kreisen des SatorRotasSator. Sondern weil Mars ist, was Erde wird.

HECKER: Wenn Sie derart Ungeheures loslassen, sollten und müssten Sie's beweisen. Und zwar, wie man das heutzutage sagt, als Narrativ. Erzählend also, und bitte hier, in Lu Wangs Mikro. Mit Ihrer Sprechsprache. Da hilft Ihnen wie uns nur Ihre Sprechsprache. Notfalls stammelnd.

BRANDT: Danke, und damit haben Sie womöglich Recht. Was nicht begriffen wird, ist zu erzählen, wenigstens versuchsweise. Beginne ich also folgendermaßen. Täglich werden in globalen Labors bis zu 1500 neue Substanzen synthetisiert. Täglich. Aber es dauert fünf Jahre oder länger, um herauszufinden – falls überhaupt danach gefahndet wird –, ob und wie diese 1500 den Planeten vergiften. Falls einer das dennoch herausbekommt, verbreitet er das in einem Betrieb, den das Ablenken beherrscht. Das Ablenken vom *Privare* der Konzerne und ihrer „Profitabilität".

HECKER: Hören Sie, Brandt, nun reden Sie von irdischen Systemen, unser Vertrag aber, nun korrekt fertig, der betrifft Mars.

BRANDT: Der betrifft Feinstaub, Giftluft, Wärmesperren, Monokulturen. Seit Langem krepieren Insekten, Vögel und Fische, unter anderem an Plastik. Bei uns ist schon jetzt in manchen Meeren mehr Müll als Fisch. Aber bereits 1976 hörte ich in Los Angeles, wie dort kluge junge Leute ihre USA nannten. Ihre USA erklärten die mir schon 1976 als „Phantastisches Plastikland". Falls Sie's nicht glauben, nenn' ich Ihnen die gedruckte Quelle. Schon sehr früh haben fähige Youngster unsere Welt so sehen können. Na gut, erzähle ich also. Vom Inferno Erde.

HECKER: Unsere Abmachung betrifft Mars.

BRANDT: Ja. Den Erdspiegel.

II INS VORHANDENE

BRANDT: Nach der gelungenen Landung – gelandet exakt in der Startposition für den Rückflug – erste Erkundungen, wo bitte sind wir hier. Doch zunächst starteten da nicht wir, sondern zwei Drohnen. In so dünner Atmosphäre zu fliegen, extrem schwierig. Aber die Drohnen waren geeicht, die flogen, die erkundeten und bestätigten, was unbemannte Flüge ermittelt hatten, testeten unseren Landeplatz und fanden ihn massiv stabil, meldeten beste Daten. Anschließend rollte rund um *World Peace* unser dackelgroßer Roboter PX 12. Der wühlte sich nicht etwa durch staubigen Boden, sondern robbte sich rings um Raumschiff und Bodenstation auf festem blankem Grund. Und auch dieser Test meldete Positives. Das Landegelände sei in knapp vier Wochen optimal Startplatz. Weil den Mars bekanntlich keine Hülle umgibt für bremsende Fallschirme, hatte *World Peace* für das Landemanöver die stark verbesserte Wernher-von-Braun-Technik der Mondlandung weiter entwickelt – Vollbremsung nach Umkehr.

HECKER: Wie genau?

BRANDT: Nach ausreichend starkem Schub für den stärkst möglichen Start auf der Erde schaffte Pilot Miller fünf Tage vor der Ankunft auf dem fremden Planeten rechtzeitige Wende. Kehrtwendung des Raumschiffs, das ja in fast fehlender Atmosphäre zu landen hatte. Da half nur Umkehr des fliegenden Monsters um 180 Grad, gewendet durch penibel berechnete und jahrelang getestete Seitenraketen. Dies alles kombiniert mit den neu entwickelten Techniken des wiederverwendbaren Raketentyps, bekanntlich immer beliebter für Milliardäre. Aber all das kennen ja die gewieften Raumjournalisten längst, kennen das seit anno Armstrong, Aldrin und Collins, klar. Am Schluss also voller Einsatz der stärksten Kräfte an Bord, ohne deren Bremswirkung unser *World Peace* uns zerschmettert hätte. All das war penetrant durchgerechnet und immer neu erprobt worden in Modellen und immer wieder real, in Houston/Texas und *Space Coast*/Florida. Und mit Martin Miller.

HECKER: Miller war Ihr Pilot?

BRANDT: Er und Chef Cocksfield waren beide zehn Jahre älter als John Green und ich. Erfahrene Raumflieger. Green war unser Dokumentarist, ich in erster Linie Geophysiker, Morphologe, Chronist. Was nicht hieß, dass nicht jeder auch die anderen Fächer mitzudenken hatte, stets in Sachen Forschung und Dokumentation. In der letzten Phase jedenfalls, in dem mit stärkster Raketenkraft gestoppten Abstieg, da entstand rings um den Landepunkt – die geplante Stelle wurde exakt erreicht – ein großer aschenfreier Kreis. Unter dem landenden Monster wurden Staub und Feinkörner in alle Richtungen weggesprüht, und unter uns zeigte sich nun, als großes rötliches Rund, blanker Marsfelsen. Die Startraketen hatten – als Bremsraketen – die Raumfähre „weich" aufgesetzt, präzise und sicher, im *Mars-Schwarzwald*, dem *Mars-Feldberg* mitten aufs Haupt. Hatten dessen felsenhartes Haupt energisch zur Glatze geblasen, frei gefegt von Asche und Staub. Nun stand sie da, die turmhohe Rakete, stabil, nach allen Seiten gesichert von den „Spinnenbeinen", wie Miller die allseitigen Stützen nannte, die so beweglichen wie starken Seitenstützen, die beim Aufsetzen mit automatischer Intelligenz jede Unebenheit des Landegeländes ausglichen.

Nun aber, nach den Tests mit Drohnen und Roboter, nun also wollten auch wir da hinaus. Abermals zu „einem Schritt für die Menschheit"? Kann sein, falls mir hier und jetzt mein „Narrativ" fürs „namhafte Magazin" auch nur halbwegs gelingen sollte, dann, mit allen Konsequenzen, dann müsste eigentlich klar geworden sein, unser Hinaus wurde tatsächlich ein solcher Schritt.

HECKER: Warum?

BRANDT: Weil dann zum Beispiel klar wäre, dass Menschheit schon mal existiert hat. Vermutlich sollte ich sagen, probeweise. Geduld, Geduld.

Am Vormittag unseres ersten vollen Tages auf dem Mars, an diesem irdischen sechsten Januar, da sollte also unsere erste Außentour sein, mit *Captain* Cocksfield, mit Ingenieur Green und mir. Miller blieb in der Bodenstation, wollte mit uns nur hinüber zum Fahrzeug und zur bunkerdicken Station und verkündete dort: „Wenn ihr zurückkommt, dann hab' ich gekocht. Frisches Gemüse."

Umständlich sorgfältig stieg erstmal jeder der vier Pioniere in seine Hochsicherheitsmontur. In diese weißen, in maß- und marsgerecht erarbeitete schwere Häute. In ein höchst sinnreiches Netz aus Drähten und Schläuchen und Dutzenden Lagen Textil mit vielerlei Isolierungen und Regelungen von Flüssigkeiten und Signalen, von Atemluft und Elektrizität. Auch das lief konzentriert, und mit wechselseitig kontrollierender Hilfe. Fast mit Entschlossenheit, weit und tief verdrängt blieb da die Frage, ob dies denn nun wirklich sein müsste, dieses Hinaus in absolute Fremdwelt. Unbemannte Sonden hatten doch bislang über den erdnächsten Planeten bestens informiert. Mit perfekten Geräten. Wozu mussten nun auch wir uns dem aussetzen? Hier und jetzt live? Raus in eine Gegen-Logistik? Körperlich hinaus in ein elend Anderes? Vier ambulante Kapseln.

Beherzt voran *Captain* Cocksfield. Dann Green. Dann ich. Miller zuletzt. In dieser Folge verließen wir den Schiffsturm. Kletterten mit gut trainierter Vorsicht ins „Freie". Erst mal nur außen hinunter, vom Adlerhorst hinab, vom Kommando- und Servicemodul über ein ausgeklapptes Treppchen tief hinunter.

Die allerersten Schritte auf dem Mars, die empfanden wir erstaunlich angenehm. Nach der monatelangen Schwerelosigkeit ging es da auf keine Erdenschwere. Nun betraten wir eine Oberfläche, die überraschend leicht begehbar schien. John Green, auch der nun in plumper weißer Vollverkleidung, der versuchte übermütig zu tänzeln. Gab mir seine Kamera und bat mich über Funk, seine ersten Schritte zu filmen. Der hoch gewachsene Chef Cocksfield, nun gleichfalls rundum verpackt, hob mahnend den Arm, Green aber ließ mich filmisch seine ersten Schritte „dokumentieren": Vorweg Green aus allen Richtungen, beim Betreten des Nachbarplaneten der Erde.

Hielt dann auch fest, wie dann alle hinübertappten an den Rand des blank gefegten Kreises, zur Bodenstation. Wo vorweg Miller zuständig war fürs Öffnen und erste Betreten der bunkerdicken Behausung, dann aber auch, wie wir anderen drei auf die neben der Station geparkte Raupenmaschine kletterten. Die stand da geradezu einladend, stand hier seit nun neun Monaten, schien auf uns zu warten, *Turmoil*, unser nach siebzehn Trainingsmonaten in Nevada bestens vertrautes Panzerfahrzeug ohne Dach. Und schon zitterte *Turmoil*, problemlos hatte es sich von Cocksfield starten lassen, dies weit gereiste Ketten- und Zahnradbiest. Und es zitterte geräuschlos. Meine Außenmikros meldeten keinen Ton. Doch *Turmoil* vibrierte, spürbar. Dass die Marswelt insgesamt fast vollständig stumm blieb, gehörte zu unseren ersten praktischen Einsichten.

Chef Cocksfield steuerte vorerst nur zwei kleinere Runden um den Turm, um das beachtlich hohe Fluggerät. Das stand da zwischen den stabilen Spinnenbeinen, massiv gestützt, und wirkte sichtlich startbereit. Und als klar war, Drohne wie Roboter hatten nicht getäuscht, hatten klare Daten gemeldet, hier war nichts geschönt, sprach alles dafür, dass wir auf diesem *Feldberg* bestens stationiert waren, dass auch der Rückstart in gut drei Wochen beste Voraussetzungen fand – da staubten wir endlich davon. Zum ersten Ziel in Richtung Süden, zum *Mare Martis*.

Hockten auf den Sitzen des dachfreien *Turmoil*, auf dem schon beim ausführlichen Training in den irdischen Wüsten jeder sich so was wie seinen körpergerechten Sitz erarbeitet hatte, oder ersessen. Aber nun schüttelte uns das Fahrzeug gehörig durch, rüttelte uns über die kahle flache *Feldberg*-Höhe des *Schwarzwalds*. Längst hatte alles, was jetzt neu zu bezeichnen war, deutsche Namen bekommen, mir zuliebe, auch Berlin zu Gefallen. Berlin hatte sich an dem sehr teuren Unternehmen üppig beteiligt, mit einem Viertel der weit mehr als zweihundert Milliarden. Freilich lauteten die deutschen Namen nun durchweg englisch, also *Black Forest, Hell's Valley*. Allein das *Feldberg* sprach Green sehr gerne deutsch aus, probierte tapfer und voll tönend *Földbörg*, das machte ähnlich kuriose Mühen wie den Amerikanern Düsseldorf als *Duddeldu* oder Kartoffeln oder Beethoven, dessen Startsilbe Green ungeniert in *beat* steigerte. Unser Auftrag für den ersten Marstag war klar, vom *Feldberg* im *Black Forest* sollten wir südlich hinab ins *Hell's Valley*, hinunter in das *Höllental* des Mars.

Turmoil schüttelte, schockelte grob, holperte uns aus diesem geradezu unordentlichen Felsenkreis heraus, wühlte sich dann in rötlichen Kieselstaub hinein. Dort aber hatte Cocksfield den *Turmoil* unentwegt an größeren Brocken vorbeizulenken, zwischen Gesteinen hindurch, von denen einige deutlich zu warnen schienen. Doch *Captain* und Kettenschlitten arbeiteten fehlerlos, wir kamen so gut wie reibungslos vorwärts, freilich ruckelnd, so wie das hunderte halbe und oft ganze Tage lang zu üben gewesen war hinter Las Vegas, im *Death Valley*. Zuletzt auch in Chile, in noch wüsterem Gelände, in der noch trockeneren *Atacama*.

Turmoil fuhrwerkte uns also zwischen großen wie kleinen Marsbrocken hindurch, von jetzt ab auf feinstem Staub, auf eisenroter Asche, die hinter dem Fahrzeug sofort aufstieg in rötlichen Schwaden. In der dünnen Giftluft des Planeten schwebten und drehten sich von nun an hinter uns her und über uns immerzu diese zarten Schleier, die stiegen uns beharrlich nach, bewegten sich über und hinter uns her in gemächlichen Kreisen. Drehten sich auffallend langsam, wie zögernd.

Unbeirrt grob dagegen kratzte sich das Raupentier vorwärts, durch mehligen und körnigen Grund. Und das Aufgebohrte, der Staub, das sah ich von meiner Hinterbank am besten, der wehte hinter uns drein auch erstaunlich hoch, hundert Meter mindestens, höher. Rostfarbene, eisenrostfarbene Fahnen schwebten und webten da und rundeten sich manchmal zu scheinbaren Säulen. Auch diese durchsichtigen Säulen schraubten sich unentwegt hinauf, fast schläfrig, stiegen transparent in einen seltsam dämmrigen, in einen rötlichen Dunsthimmel.

Die Schleier hinter und über uns erinnerten mich immer neu an das, was Europas enorm vergrößerndes Objektiv der Raumsonde *Gaia* von der Milchstraße gezeigt hat, als zart ziselierte Spiralen, ins Riesige zu denken, als in den Weltraum weit ausgedehnte Arme, als sollte oder wollte unsere Milchstraße mit Umarmungen Halt finden im Unendlichen. Und da zeigten doch diese *Gaia*-Bilder konkret nichts anderes als die Arme unserer „Heimatgalaxie", die als Galaxie ihrerseits im All milliardenfach existiert. Auf den Armen dieser Milchstraße – welch beschaulicher Dorfname – registrierte *Gaia* gut 1,7 Milliarden Gestirne, je in der Größe unseres Sonnensystems.

Zurück zum Mars. In den weit ausholenden Spiralbögen aus schwebendem Staub, da zeigte sie sich, die berüchtigte, die extrem dünne Atmosphäre unseres Nachbarplaneten. So, in langsam wandernden Staubstraßen, so präsentierte Mars seine tödlich giftige Luft. Faktisch war die nichts anderes als das, was auf der Erde Abgas heißt. Ein Gift, gegen das nun, in unseren unförmigen Monturen und mit Hilfe des *Turmoil*, konstant und tapfer Atemluft erzeugt wurde. Erdenluft? Lithium-Hydroxyd, so war uns immer wieder beteuert worden, das habe sich bewährt als dauerhaftes Wunder, als Luftwunder, so versicherte das auch John Green, unser Biochemiker und Bilderzauberer.

Doch von der extrem dünnen Atmosphäre des Mars war inzwischen bekannt, dass sie je nach Jahreszeit auch Verwilderungen lieferte, Entfesselungen, planetare Staubstürme. Die frühen Raumsonden der NASA, auch die der Russen hatten Staubstürme dokumentiert, die alsdann rund um den Planeten zogen. Davon später Präziseres, Entscheidendes. Schreiben Sie das „Endscheidende" getrost mit drei „d", Meister Wang. Dann wird das genau.

An diesem sechsten Januar blieb das Marswetter beruhigend brav. Die Temperatur allerdings wollte sich gleichfalls nicht verändern, blieb konstant eisig, auch noch am Mittag blieb sie bei gut zwanzig Grad minus. Celsius. Und sehr seltsam erschien uns die Sonne. Seltsam fern. Ungewöhnlich klein und fremd. Hier anderthalb Mal so weit entfernt wie von der Erde. Am Abend erst redeten wir darüber. Unterwegs, über Funk, schienen nur knappe Wortwechsel möglich oder sinnvoll.

Die Sonne jedenfalls sahen wir wie eine unbekannte Scheibe, auffallend klein und blass, um ein Drittel kleiner als auf der Erde. Dieser erste Marstag, extrem dunstig, zeigte jedenfalls die Sonne beängstigend, nämlich fern und schwach. Wie eine abgegriffene Kleinmünze – so stand es im Dunst, unser Zentralgestirn. Hinter einer rostigen Trübe. Schimmerte da geradezu kümmerlich, wie hinter rötlichem Glas. Und über kahlen Hügeln. Kam hinzu, dass wir auch die Sonne ja nur durch massive Helmscheiben sahen. Immerhin bot jeder Helm eine spezielle Optik, mit der sich Nah- wie Fernblick bessern ließen.

Zoom und *Turmoil*, alles funktionierte weiter ohne Störung. Cocksfields Messgeräte lieferten erwartbare Werte, Temperaturen, Strahlungswerte, Winkel. Greens optische Apparate holten und speicherten Bilder, mehr und mehr ungewöhnlich. Ich musterte Gestein und Staub, füllte Behälter mit Proben. Tippte auf extra großer Tastatur erste Notizen vom Blick ins *Hell's Valley*. Ins *Höllental* und auf Sonne und Himmel.

Gründlich irritierte nicht nur die kleine Sonne, sondern auch, dass am violettroten Himmel auch tags Sterne glitzerten. Auch noch am Marsmittag. Zweifellos auch Planeten, unverkennbar der enorme Jupiter.

Auch Saturn? Miller wüsste das präzise, der würde uns aufklären. An der trüben Kuppel flirrte aber auch ein sehr unsicheres Licht. Von dem beteuerte nun Green: „Jungs, das sind wir!" Cocksfield schien zu nicken. Ja, dieses Gezittere, das sei *our big great planet*. Mitten unter vielerlei ungewissen Lichtern am Tageshimmel des Mars meldete sich da ein blinzelndes Pünktchen. Von dem nur schwer zu glauben war, dass da, dort oben, jetzt, in diesem Moment – die Unseren –

HECKER: Schockschwerenot?

BRANDT: Noch nicht. Noch nicht ganz. Geduld, Hecker. Sie kriegen Ihr Futter. Befremdend war nun auch, wie über uns, fast immer unversehens, die beiden Monde auftauchten. *Phobos* und *Deimos*, *Furcht* und *Schrecken*. Auch auf der Erde soll es ja wieder Phobien geben, auch Dämonen. Überfallartig aber stürmten die hier über den Marshorizont heran, wie aus Hinterhalten. *Phobos* mehr als dreimal am Tag. Wie düstere Felsenburgen kamen die daher, wild und plötzlich, nicht etwa mit leuchtenden Vorwarnungen, wie sie der Erdenmond als Aura vorausschickt. Plötzlich stürzten die heran wie Himmelshunde. Im Vergleich zum Erdmond sind sie zwar klein, fliegen aber viel niedriger, wirken drum größer als unser Mond und erscheinen in ihren überraschenden Schnelligkeiten tatsächlich schrecklich oder fürchterlich. Bewegen sich scheinbar ungleich schneller als unser Trabant, jedes Mal mit überraschend raschem Auftritt, jagen wie Ungeheuer aufwärts und vorwärts, wie in Attacke oder wie geschleuderte Kometen. Verglühen aber nicht, sprühen auch keine Feuer, sondern hasteten und hetzten melancholisch grau dicht über uns hinweg. Wirkten wie Drohungen, wie monströse Tiefflieger. Aber vollkommen stumm. Auch sie verblüffend still, ohne alles Geheul oder Gezisch. Als hätten sich da zwei Ungeheuer irgendwie selbständig gemacht, wie fliehende oder tollwütige Pferde, die immer noch nicht recht wüssten wohin.

Dauerte lange, sich an die Kobolde zu gewöhnen. Unförmig klobig, wie monströse Kartoffeln schossen die daher, als wollte Mars uns auch mit rasenden Steinmonstern warnen. *Phobos* sperrte vorne ein Riesenmaul auf, wie ein Krokodil, wie ein Karpfen oder Haifisch. Dieser Rachen ist sein einstiger Vulkanschlund. Mit aufgesperrtem Scheingebiss erhob der sich also ohne Vorwarnung über den Horizont, nein, nicht mit wachsendem Lichtglanz wie der gemütliche Erdenmond, aber auch nicht vorweg mit feurig hochfliegendem Feuerwerk. Finstere Gesellen preschten da ohne Anmeldung, düster stumm, fuchtige Felsbrocken, kohlschwarze Materie, die vom schwachen Sonnenlicht nicht mal zehn Prozent reflektieren. Wo über Frankfurt, Essen oder Hamburg Linienjets knurrend und heulend heransinken und Großstädte zu Einflugschneisen machen, wo die Einwohner dann je nach Windrichtung unverschämte Heulereien auszuhalten haben, da stürzen beim Mars *Furcht* und *Schrecken* stumm auf den Betrachter los, um ebenso arrogant weiterzujagen, geräuschlos, über die Außenmikros schier unhörbar. Auch an diese Schallfreiheit mussten wir uns erst mal gewöhnen, immer neu an die zwei ungestümen Ungetüme. *Phobos* mit dem riesigen Maul ist achtundzwanzig Kilometer lang, zwanzig Kilometer breit. *Deimos* sechzehn Kilometer lang, ebenso breit. Und beide kommen und hauen ab in dreifachem Jumbotempo.

Bei der Abfahrt ins *Höllental*, statt auf die Monster zu achten, war auf einem chaotisch verschütteten Steilhang allerhand Hindernissen auszuweichen. Cocksfield suchte für *Turmoil* ständig bessere Passagen, bessere Wege, was schon deswegen schwierig schien, weil die Wege in der Trübnis nur unzulänglich beleuchtet waren von der kleinen Sonne. Aber unsere Expedition wäre beendet gewesen, hätte der Chef uns rutschen, kippen, stürzen lassen. Oder hätte er *Turmoil* einsinken lassen in eine dieser mehligen Feinstaubflächen. Zum Glück lief alles leidlich, erst mal.

Mars empfing uns wie eine nach starkem Sturm erstarrte Wüste. Als Aschenwüste. Staubdecken verhüllen da fast jede Struktur. Auf mich wirkte das alles wie eine Wächten- oder Dünenwildnis, aus der sich diverse Steingebilde herausbuckeln, felsenstarke Widerstände. Und diese Dünen, diese Anwehungen aus Asche und Steinstaub, sie zeigten sich an den Oberflächen durchweg verkrustet. Verhärtet. Da schien fast alles brüchig, tückisch brüchig, mit extremen Oxydationen, verkrustet unter stumpfrot glasigen Konkretionen, mit Ausblühungen in Rostrot, Orangerot, Graurot. Immer neu schimmerte das in allen Varianten, von Aschgrauem bis Brandrot. Das erinnerte mich an Hochofenschlacke oder an das, was auf irdischen Sportplätzen oft für knirschenden Untergrund sorgt. Hier blieb der Grund stumm, von *Turmoils* wühlenden Panzerraupen kam kein Lärm. Im martialischen *Black Forest* fuhren wir offenbar über die Reste uralter Verbrennungen.

HECKER: Mars, ein toter Planet?

BRANDT: Mars scheint Überbleibsel von all dem, was bei Verbrennungen anfällt. Entweder verfestigt oder als Abgas. Wegen seiner rötlichen Glut- oder Eisenfarbe wurde er bekanntlich in Roms Weltreich der Signalplanet für Kriege. Für Waffen, Stärke, Raub. Wohnsitz des Kriegsgottes Mars. Des Stifters und Organisators alles „Martialischen". Des Brutalen.

HECKER: Die dünne Gashülle, woraus bestand, woraus besteht sie aktuell?

BRANDT: Ich bleibe bei Worten wie Abgas. Was uns allen so gut vertraut ist, ob in Stuttgart oder Peking, das hält sich ausdauernd. Notfalls Jahrmillionen. Ist auf dem Mars erstaunlich ähnlich dem, was bei uns staubt, stinkt und giftet aus Verbrennungsmotoren. Die Gashülle dort hat 95 Prozent Kohlenstoff, 2,7 Prozent Stickstoff.

HECKER: Und wie entstand es dort, dieses „Abgas"?

BRANDT: Wir haben es ermittelt. Geduld, Geduld. Ich garantiere, Hecker, Sie kriegen ausreichend das, was Sie dann endgültig für Sensation halten dürfen. Zuvor aber müssen Sie weiter viel ertragen von dem, was irdischen Gemütern wohl nur öde erscheinen kann, als durchweg

Tristes, Erstorbenes. Was mich freilich gleich seit diesem ersten Marstag dauerhaft elektrisiert hat. Nicht nur die jagenden Monde und ihre Stummheit. Auch dass es dort schier keinerlei Leben und keinerlei Lebensstoff geben oder gegeben haben sollte. So gut wie keinen Sauerstoff. Und Wasser schon überhaupt nicht. In dieser oder jener Schattenfläche sahen wir im Vorüberfahren Helligkeiten, von denen wir nicht sicher waren, ob dies helle Schimmern nicht doch so was gewesen sein könnte wie Reif. Green machte Bilder, ins Große verstärkt. Abends wollten wir Miller fragen. Wir wussten, auch Kohlenstoff gefriert, der liefere dem Mars, so heißt es, die weißen Polarkappen.

In unseren weißen Ganzkörperpanzern, in diesen wahrlich martialischen Umhüllungen gegen all das offensichtlich Lebensfeindliche ringsum, so rumpelten wir weiter ins *Höllental* hinab, ganz hinab und haltbar gesichert. In jedem Rücken unsere Luftgeneratoren, Green nannte sie Kamelhöcker. Cocksfield blieb enorm konzentriert, stets in der Sorge, für *Turmoil* den sichersten Weg zu finden. Umwege, Umfahrungen. Über Untiefen? Bisweilen über tückisch brüchige Dünen. Der Chef und sein Fahrzeug, sie schüttelten uns verwegene Abstiege hinab, in die Furche hinunter, die sie *Hell's Valley* nannten, mir zuliebe.

HECKER: Und „Furche" nennen Sie das?

BRANDT: Dazu bald Genaueres. Unten erst mal eine Pause. Unter fast unablässigen Attacken von *Deimos* oder *Phobos*, die uns zu verhöhnen schienen. Green filmte Bilder von den wüsten Hängen, auch von den Monden darüber, auch vom vermeintlichen Reif. Cocksfield suchte den Ort kartographisch zu vermessen. Knapp zweihundert Meter tiefer lag im Vergleich zur *Feldberghöhe* der Grund der Höllenfurche. Ich nahm Proben vom Gestein, vom Feinstaub, tippte Protokollnotizen, erste schlichte Stichworte wie „Furche", in ungelenken Schreibversuchen. Kläglich, angesichts der Fülle der Formen und Strukturen, all dessen, was hier rings sich zeigte, immer rätselhafter – rätselhaft und dennoch vertraut.

HECKER: Beides?

BRANDT: Furche hab' ich gesagt, weil ich vor dem Wort „Tal" großen Respekt habe. Ja, im Groben und Ganzen erschien diese lang gekrümmte Tiefe des *Hell's Valley* fast so wie eines unserer irdischen Täler. Diese lang gestreckte Tiefe erinnerte im Aufbau sogar an das, was schon unsere Großeltern oder Urgroßeltern entzücken konnte im Harz oder Schwarzwald, im Erz- oder Riesengebirge. Auch auf diesem enorm alten und verbrannten Planeten namens Mars zeigte die lange Furche *Höllental* alle Formen, die auf der Erde seit je entstehen unter strömendem Wasser. Oder, in anderen Erdepochen, unter Eis. Unter massenhaft kriechendem und schiebendem Eis. Unter Gletschern, die mit Gesteinen Gesteine schaben.

Auch im *Schwarzwald* des Mars ist das *Höllental* anfangs steil, wird flacher und endet, so weit wir das schon jetzt sehen konnten, in einem ebenen Großgelände, im *Mare Martis*. Beim Blick hinunter in die dunstige Ferne zeigten sich im *Marsmeer* keine weiteren Hügel oder Steilwände, da sah es kaum anders aus als auf den gut dreihundert Nordsüdkilometern zwischen Frankfurt und Basel. Nur ist halt in der üppig grünen Tiefebene des Oberrheins zwischen Schwarzwald und Vogesen – oder zwischen Odenwald und Hardtwald – nicht alles derart eiskalt kahl. Und so völlig tot.

Auch hier gab es felsige Hänge, fehlten aber Tann und Moos und Bächlein. Ja, dies *Höllental* bot unter aller Verwüstung zugleich Vertrautes, zeigte im Aufbau Rundheiten, Kurven. Die Furchen hier, die präsentierten geradezu schulbuchmäßig die Wechsel von Linkskurven und Rechtsschwüngen, als sei auch hier Fließendes unterwegs gewesen, habe nahezu modellhaft ein Tal geformt. Wo das Fließende hier gegen den Berg geströmt war, hatten sich auch hier steilere Hänge gebildet, Prallhänge. Und wo sich – irgendwann? – das Fließende parallel zum Ufer bewegt hatte oder zur Gegenseite fortbewegt, da gab es auch hier die flachen, die Gleithänge. Im Aufbau war das „wie bei uns". Etwa so raunten wir's uns nun ganz gern zu, über Funk. Ja, und mit dem „uns" – wie bei uns – da meinten wir nun dieses matt funkelnde Bisschen, hoch über uns am matten Himmel. Und dieses Bisschen und das Fließende und das Fremde und das Vertraute, dieses Gleichzeitige der Gegensätze, das ließ uns von nun an an allen folgenden Abenden Fragen stellen, ließ uns mutmaßen und diskutieren.

Am ersten Außentag meldete der schwebende Feinstaub nur schwache Windbewegungen. Wo aber zuvor

– irgendwann – wildere Jahreszeiten Stauborkane das Bedeckende beiseite gestürmt hatten, da, wo also einstiger Aufbau sichtbar wurde, da meinten wir zu erkennen, was „bei uns", was auf dem Bisschen da oben von Grund auf geschätzt wird, wenn da von Landschaft die Rede ist und nicht selten als schön gilt. Auch im *Hell's Valley* zeigte sich Schönheit, jedenfalls, wie man so sagt, „im Grunde". Da zeigten sich kurvige und beinahe schmiegsame Rundhänge, die auf Erden gern bewundert und nicht selten besungen werden, die immer wieder gemalt oder gezeichnet wurden, all diese „geheimen" Landschaftssignale, von denen man sich dann oft zu fragen beginnt, warum sie eigentlich als geheim galten und gelten.

HECKER: Und warum?

BRANDT: Weil nur kühnere Dichter sich trauen, in den Rundungen Körper zu sehen. Um sie dann entsprechend zu benennen. Das *Höllental* auf dem toten Planeten Mars, untergründig zeigte es Biegungen und Kurven, die lebhaft und leibhaftig erschienen, ja, leibhaftig. Und im *Hell's Valley* sahen wir nun auch solche, die seit Langem „Mäander" heißen, nach dem Fluss in Kleinasien.

HECKER: Mäander auf dem Mars?

BRANDT: Gleich beim ersten Ausflug meinten wir, unter den so verrückt zerstörten und zerrütteten Oberflächen Sanftes zu erkennen, nichts weniger als vorweltliche Harmonien. Ja, eine gewesene Wasserwelt. Unter den Trümmern eine Mäanderwelt, seit elend langen Zeiten verhüllt von Staub, Sand, Asche und Brocken.

Turmoils Stahlraupen eröffneten uns da ständig neue Einblicke und Aufschlüsse. Da zeigte sich auch, was in Wüsten ja gar nicht zu erwarten war: Geröll. Zugerundetes Gestein. Als sei dies Gestein vormals ausgiebig gerollt worden, in Wasser oder Eis. Steine, die in ihrer Ablagerung obendrein sortiert schienen, wie bei uns auf Kiesbänken. Jedenfalls wirkten diese Lagerungen so, als seien da die steinernen Teile nicht nur gerundet worden, sondern auch geschichtet, sogar sortiert, nach unten die größeren, die kleineren eher oben. Wie Kiesschichten in den Flussbetten der Erde.

Unten, zur Ebene hin wurden die gerundeten Steine kleiner, zugleich aber zunehmend runder. Und am Ausgang des Tals, da waren viele tatsächlich kugelrund. Schon die *Opportunity*-Sonde fand Hämatitkugeln, und Kommentare erkannten in diesen Kugeln „Hinweise auf wasserreiche Vergangenheiten". Nun nutzte auch ich unsere einzigartige *opportunity*, sammelte kugeliges Gestein.

HECKER: Als Beweise? Für Mars als Wasserplanet?

BRANDT: Ich kann Sie beruhigen, wir fanden in den gut drei Wochen kein Wasser. Wasser fehlte auch da, wo alles so aussah, als sei es noch kürzlich hier unterwegs gewesen. Doch wenn wir unseren Altersbestimmungen trauen durften, dann verschwand das Wasser vor einer unvorstellbar langen Zeit.

Kenner vermuteten früh, der atmosphärische Druck auf dem Mars sei seit Äonen so gering, dass Wasser, wäre es noch immer vorhanden, geradezu explosionsartig verschwinden müsste. Moleküle des Wassers würden umgehend ins All verwehen, gasförmig. Wären beim heutigen Zustand des Planeten von der dünnen und druckschwachen Atmosphäre schlicht nicht mehr festzuhalten. Auf dem Mars jedenfalls wurden die Gelände des Kriegsgottes, wurden seine Kampfgelände irgendwann rabiat ruiniert.

HECKER: Über lange Zeitalter? Oder plötzlich?

BRANDT: Nur Geduld. Der Reihe nach. Seit Langem war bekannt, die Polkappen des Mars seien vereist, bedeckt von restlichem Kohlenstoff- oder Trockeneis. Vom reinen Wasser, vom H zwei O, so wie wir Irdischen das Wasser lebenslang kennenlernen, fürs Leben immer neu nutzen und wie überhaupt Leben ohne Wasser sicherlich nie zustande gekommen wäre, vom Wasser fanden wir auf dem Mars keinen Tropfen mehr. Auch keine Eisbrocken. Auch nicht bei einer Tag für Tag gemessenen Kälte von durchweg minus zwanzig Grad. Nirgends Eis oder Wasser, so sehr auch *Hell's Valley* von Fließendem geformt war. Oder von Eis, von schiebendem und sprengendem Gefrorenem, sprengend im Wechsel von Frost und Nichtfrost. Hier und da schien, wie gesagt, in den Schatten so was wie Reif zu schimmern. Miller hat die Frage nach dem Reif noch genauer beantwortet.

An den Steilhängen des *Höllentals* blieben wir auch vor etwas stehen, was aussah wie eine Schlammlawine. Eine Mure, eine Rutschung. Als wir auch von diesem Gebilde Proben nahmen, den „Matsch" untersuchen wollten, erwies er sich als beinern hart. Wenn wir die harte Außenhaut aufschlugen, rieselte da staubtrockenes Pulver. Schlamm muss auch hier mal gerutscht sein, massenhaft. Einst, in den Vorzeiten des Planeten.

HECKER: Auch diese Muren oder Rutschungen – verglüht?

BRANDT: Fossiler Modder. Leblos. Und ganz und gar ohne Mikroben, so meldete es am Abend Millers Minilabor. Und von den vielerlei Brocken in der sehr wechselhaften Trümmerlandschaft des *Schwarzwalds*, von all den interessanten festeren Materialien, die ich unterwegs in meine Behälter sammelte, von denen meldete dann Miller und sein Labor, hier hab ich's notiert, da handele es sich meist um Silikatminerale, um Feldspate, Augite, Olivine, auch um Granat, Eisenkristalle, Ilmenite. Um Eisenoxide wie Hämatit, Magnetit, Iridium. Auch hatten wir rot glänzende Tranquillytis gefunden, die auch vom Mond mitgebracht worden waren, von dort allerdings gebleicht, auf dem Mars schimmerten sie rötlich, eisenhaltig. Ja, es sah hier kaum anders aus als auf dem Mond. Und dann immer wieder so, als ob sich hier sehr Verqueres abgespielt hätte. Als ob sich hier auch Bergbau stark lohnen könnte, die Suche nach Metallen, Erzen, Gold. Geduld, Geduld, Marc Hecker.

Dominierend blieben die Silikate. Dazu Vulkanisches, Basalte, Tuff. Auch Brekzien, Mischgestein, Produkte von Schmelzvorgängen, also Gestein, das in Hitze und Druck verwandelt wurde und das dann, in Zertrümmerung und Schmelze, neu „zusammengebacken" wurde. Zu Brekzien.

Aufgeschmolzenes überall und in wechselnden Formen. Verwandelt auch zu Glas, zu Glastropfen. Chaotische Vielfalt von Zerschlagenem wie Erneuertem, von Verbranntem wie Geschmolzenem. Weit vielfältiger als auf dem Mond.

Wir standen auf mondartigem Tod. Aber im Unterschied zum Mond zeigten sich hier immer auch Spuren älterer Zustände, aus sehr viel früheren Epochen. Uralte Wirkungen von Fließendem. Offen blieb oft, ob da Lava unterwegs gewesen war oder Wasser oder Eis. Und mit all diesen Rätseln und Fragen hatten wir grundsätzlich nicht mal was Neues entdeckt. Hatten Widersprüchliches nur präziser gesehen. Konnten bestätigen, was schon früh unbemannte Sonden nahegelegt hatten, amerikanische wie russische, zuletzt chinesische. Und was dann Mutmaßungen weckte.

HECKER: Vermutungen über andere Epochen des Mars?

BRANDT: Ohne dass diese anderen Epochen bislang ergründet und bewiesen werden konnten. Weshalb sie öffentlich auch gar nicht weiter diskutiert wurden, nicht ernsthaft. Kam alles in die Vermutungskiste.

HECKER: Mars blieb rätselhaft?

BRANDT: Blieb erst mal starr und stur bei rätselhaften Widersprüchen. Der Kriegsgott wahrte bis zu uns hartnäckig alle Geheimnisse seiner sehr betagten Haut. Aber diese Haut erwies sich als sehr beredt, hatte so viel zu erzählen wie nie zuvor.

HECKER: Wovon?

BRANDT: Am Ende von verheerenden Umständen. Das eine passte nie so recht zum anderen. Die untergründig sanfte Wasserarchitektur nicht zur mörderischen Atmosphäre, zum ermordeten Klima. Zum mordenden.

HECKER: Wir fassen uns in Geduld.

BRANDT: Danke. Am Talgrund begannen wir, mit dem Bohrer des *Turmoil* in die Tiefe vorzudringen. Am untersten Punkt der *Höllental*-Furche verrichtete das Gerät präzise Arbeit, holte Bodenproben schließlich aus fast elf Metern Tiefe. Hofften ja, hier unten wenigstens Grundwasser zu finden. Oder Frostböden. Unter dieser Furche müsste es doch noch Reste geben, so wie auf der Erde weiterhin im sibirischen Dauerfrost, obwohl nun auch in Sibirien die alten Zeugnisse schmelzen und zergehen, letzte Reste aus den Regionen des Permafrosts.

Was dann, im Auftauen, bedenklich viel Methangas freisetzt aus Organischem, für ein noch rascheres Vergiften des Erdklimas.

In tieferen Regionen des Mars blieb aber immer noch zu hoffen auf Reste von Flüssigem oder Gefrorenem. Mit Mikroben, also mit Bauteilen von Leben. In Texas, Nevada und Chile hatten wir solche bohrenden Grabungen theoretisch wie praktisch ausführlich geübt, hatten fast zwei Jahre lang auch diese Arbeit energisch trainiert, in wüstenhaftem, in marsähnlichem Gelände. Waren in *Death Valley*/Nevada auch überraschend erfolgreich, hatten Grundwasser gefunden im *Tal des Todes*.

Hier unten aber, kurz vorm Einstieg ins *Mare Martis*, da fand sich von all dem nichts. Oder sag ich's genauer: nicht mehr. Selbst dort, wo alles aussah wie aktuelle Rutschung, wie Schlammlawine, wie Flusslauf, wie Fließboden – null Spur von Leben.

HECKER: Endgültige Trockenheit, Wüste? Lebt nicht auch Wüste?

BRANDT: Im Murengelände fand sich beim Zerstückeln der harten Außenhäute purer Staub. Graurot. Gelegentlich mit Brocken. Ach, selbst Kies und Kieselgeröll waren nie mehr das, was man noch hätte rollen oder kegeln können. Meine Kugeln, jetzt in Texas, wenn ich hier im Flugzeug solche eine Kugel rollen ließe, die zerfiele. *InSight* taufte auf dem Mars eine der Kugeln *Rolling Stone* – über diese Nachricht freute sich Mick Jagger vorm Publikum, vor Tausenden wie närrisch.

Mag sein, wir hätten im *Höllental* tiefer bohren müssen, tiefer als nur die elf Meter, mehr gab das Gerät nur über technische Umwege her. Auch Cocksfields Messungen und Echolote und Sensoren, auch die meldeten von Wasser nicht mal Spuren. In einer Landschaft, die markant von Wasser geformt war. Und in diesem formenden Wasser oder Eis müsste ja auch das existiert haben, was sich in Wasser auf Dauer organisch entwickelt, über Kohlenstoffmoleküle und durch Millionen und Milliarden – Leben eben.

Uns umgab gläserne Brandstarre. Die Öde des Monds. Jedenfalls waren die Oberflächen des Planeten seit Myriaden Jahren einer Atmosphäre ausgesetzt, die gnadenlos vernichtet hatte. Mit Strahlungen, mit UV-Strahlen und mit einem Todesgas, das als Hülle nicht schützt oder mildert, sondern immer noch zusätzlich und endgültig vergiftet, tötet, zersetzt. Eine Hülle, die ursprünglich mal Leben stiftete, dann aber, in gleichem Maß, Tod. Die vor den Zumutungen aus dem All seit je nicht mehr bewahrt, sondern die das Attackieren des Weltraums nur noch verschärft. Sodass als Ende Zerrüttung geblieben war, nichts sonst. Auf dem Mars eine vielfältig irritierende „Landschaft" aus Flugsand und Schlackenbrocken und denkwürdigen Strukturen. Die Strahlungen unseres Kosmos, sie haben aus dem Sternenstaub über Jahrmilliarden Leben nicht nur ermöglicht, sie haben es ebenso gut wieder ins Nichts ruinieren können, in den offenbar unendlichen Rotationen des altlateinischen *Satorrotassatorrotas*.

Noch tiefer zu bohren und zu graben als elf Meter,

das nahmen wir uns vor für die nächsten Tage, und das hätten wir auch getan, wäre nicht –

HECKER: Ja? Wäre nicht was?

BRANDT: – wäre nicht schließlich alles sehr anders verlaufen. Wäre uns nicht das Innere des Mars tatsächlich entgegengekommen. Schockierend.

HECKER: Das müssen Sie schildern. Aber auch wir kommen Ihnen nun entgegen, hier sehen Sie Direktor Doktor Wangs verbesserten Vertrag.

BRANDT: Ach ja? Hm. „Drucklegung allein nach seiner ausdrücklichen Erlaubnis." Das ist kahl formuliert. Zum Glück ohne Digitalschreibe, und unmissverständlich. Und wenn ich nun wegen meiner zitternden Hände nicht mehr schreiben kann, dann darf ich Verträge mit Initialen paraphieren?

HECKER: Sie können nicht mehr schreiben?

BRANDT: Meine Handschrift starb. Unter martialischer Nervenmühle. Endgültig in Houston, in US-Haft. Danke für den Stift. Nur –

HECKER: Nur?

BRANDT: Nicht nur auf „wörtlicher" Wiedergabe bestehe ich. Sondern sogar auf silbengetreuer. Also keinerlei Glättung meines Geredes. Schon das wäre Fälschung. Meine Pausen, meine Mühen beim Wortfinden sind authentisch, haben Ursachen. Verursacher dieses oft vergeblichen Ringens um treffende Worte waren Mars und ein martialisches Washington. Doch, Marc Hecker, jeder bis jetzt hier mehr oder weniger gestammelte Wortlaut war, für mein Empfinden, „gefühlt". Also „sensationell". Mag aber sein, für Sie war alles Bisherige nur nervend, öde, trist. Für mich war und ist das alles Sensation. Sicher schon deswegen, weil ich zu all dem, was ich bis jetzt erzählte, die Gründe kenne, die Abgründe. Die Ursachen und ihr Finale. Für Kenner wie Sie hat das nur die alten guten Thesen über den Mars bestätigt. Mars aber ist als Planetenleiche überfüllt mit Aufregendem. Mit Hinweisen auf Vorzeiten, Vorwelten. Beängstigend erdähnlich. Denn auch dieser Nachbarplanet, beim Sichern des Lebens, vernichtete Leben.

HECKER: Erdähnlich? Wann, wo, warum?

BRANDT: Jetzt wollen Sie eiligst ins Zentrum. Ich bleibe stur bei der Abfolge unserer Tour. Wir sind immer noch erst beim sechsten Januar, beim ersten Tourtag. Aber gut, wenigstens ein Weiteres vorweg. Etwas von dem, was Miller uns dann an den Abenden aus dem Bordlabor bestätigt hat, was aber auch unbemannte Sonden schon mutmaßen ließen mit irdisch ferngesteuerten Spektrometern, Gammastrahlen und Neutronenradar, was auch mit Breitband-Infrarot längst zu erkennen war, auch und sogar unterhalb der Marsoberfläche.

HECKER: Nämlich?

BRANDT: Dass unser Nachbar im All zwar zum einen so vertrocknet wie tot ist, strikt Relikt. Dass aber dieser Tote einst auf überaus eigensinnige Weise lebendig war, verführerisch jugendlich. Ausgestattet mit den frischen und sanften Grundformen eines himmlischen Wasserkörpers. Was manche Experten immer mal gern bezweifeln, das wurde uns schon an unserem ersten Tag klar, schon in der *Höllental*-Furche. Und wurde umso klarer, je weiter uns die nächsten Tage hinunter- und hineinbrachten – am Ende tief hinein ins Innere dieses riesigen Planetenskeletts.

Leider bestand ich nicht darauf, schon am ersten Tag auch in ein Seitental gesteuert zu werden, dorthin, wo aus der Ferne etwas denkwürdig schimmerte. Etwas Sonderbares in all dem Sonderbaren. Etwas hell Glänzendes in einer sonst dunklen Gesteinswand, einer Wand, die vom Sandwind schrundig geschunden schien. Die helleren Partien, die hätte ich gern untersucht, aufgeklopft, unter die Lupe genommen, Stücke zur Analyse im Becher mitgenommen. Diese Steinwand schien geologisch „gebankt", schien Bänke zu zeigen, stabile Schichten. Ganz offensichtlich wechselte da, wenn mich die Helmoptik nicht täuschte, gelagertes Gestein in Schichten. Wieso glänzten in dieser dunklen Wand hellere Querschichten? Doch nicht etwa Kalk? Marmor?

Auch wenn es nur Kalk wäre, wäre es ein Sediment gewesen, Zeugnis von Leben. Immerhin gibt es nun Greens Bilder, leider aus zu großer Distanz. Kalk ist halt Sediment, Ablagerung von Organischem, kann nur entstehen von Schalen, Gräten, Skeletten. Warum auch nicht, wo so offensichtlich Wasser war.

HECKER: Auch Seen? Meere?

BRANDT: Phantastereien gehörten nicht zu unseren Aufgaben, wir sollten Beweise bringen. *Turmoil* rüttelte uns weiter. Fuhr uns jetzt hinaus in die Senke *Mare Martis,* raus aus dem Hin und Her der unteren Felswände des *Black Forest,* die zuletzt überwiegend rötlich geschimmert hatten, wie Buntsandstein in Europa. Auch bei uns, auch im Schwarzwald ist ja Buntsandstein pures Wüstenprodukt. Zugleich wunderbarer Baustein für Münstertürme – in Straßburg, Freiburg, Mainz, Basel.

Mit den Ketten des *Turmoil* schabten und schrappten wir uns energisch weiter, auch über berstende Außenhäute. Und wieder wehten hinter uns gemächlich Gift- und Aschenfahnen empor, rotgraue oder rostrote Spiralen und Staubsäulen, als sollten über uns glasige Tempel errichtet werden. Langsam und sachte und sanft bewegten sich diese durchsichtigen Luftnummern über uns und hinter uns herum, manchmal behutsam und weit ausholend, für Momente auch mal wie eine riesige schwebende Wendeltreppe. Geruhsame Windhosen, aus feinster Asche, die drehten sich die Hänge hinauf, die wir soeben verlassen hatten.

Vor uns tat sich nun das *Höllental* weit auf. Von den Seiten traten Ausgänge anderer Marsfurchen hinzu, andere gewesene Fließsysteme, alle mit den typischen Formen, die den Wasserplaneten Erde einzigartig machen. Im Grunde war auch dies nun kaum anders als etwa der irdische Schwarzwaldrand am unteren Ende des Höllentals, östlich Freiburg. Dort öffnet sich unter der kleinen Ortschaft mit dem passenden Namen Himmelreich das Höllental ebenfalls eine enge Furche. Zum ersten Mal passierbar gemacht, als man dort hindurch von Ost nach West eine wunderbare Prinzessin kutschierte, von Wien nach Paris, dorthin, wo sie nach fürstlichen Zeiten unter eine Guillotine der Revolution geriet. Auch am Ende dieses teutonischen Höllentals, auch beim Ort Himmelreich weitet sich ein schmales tiefes Furchental zu einem breiten Schwemmfächer, sanft westwärts geneigt, auch dort, bei Zarten – unterhalb Hinterzarten – gesellen sich andere Täler hinzu mit wasserreichen Bächen, auch da vereinen sich ihre Schüttungen zum flachen Gelände, auf dem schon die Römer siedelten, in *Tarodunum*, woraus dann Zarten wurde und, als Name für das Ganze, das „Zartener Becken". „Becken"? Mit rundum all jenen interessant runden Bergleibern und wasserweich zarten Mulden.

Beim *Black Forest*, am Rand des *Mare Martis*, obwohl sich da vieles im Aufbau so überraschend ähnlich zeigte, da blieb der Ausgang der Furchen total kahl. Absolut vertrocknet, aschig, staubig. Ausgeglüht und zerlaugt, in zerstrahltem Verfall. Doch je weiter wir nun in die große Ebene hinausfuhren, desto dünner wurden die Verwehungen, desto seltener die bedeckenden Dünen. Asche und Sand lagerten nur noch in Winkeln. Und immer deutlicher zeigte sich, was darunter lag, kaum mehr verhüllt oder bemäntelt. Schon gar nicht mit idyllischen Wiesenmatten.

Da zeigte sich graurote Chaotik von Klötzen, von Fetz- und Backgestein, von Brekzien, zermürbt von Sandwind und Strahlung, entstellt, zerrieben. Zersetzt zu Figuren, die immer dringender zu warnen schienen. Wie schon die Häute da oben auf den Muren und Dünen, so schimmerte auch im *Mare Martis* fast jedes festere Gestein unter Wüstenlack. Wann immer ich einen Brocken aufschlug, zerfiel der Lack. Darunter zeigte sich zwar Festeres, doch auch das neigte dann zum Zerbröseln. Im uralten Planetengerippe erwies sich fast alles zersetzt, bis ins Innerste.

„Wollt's Kind in den Himmel gehn. Und wie's zum Mond kam, da war der ein Stück faul Holz." Georg Büchner. Für mich bester deutscher Dichter. Schon mit 24 im Sarg.

Wenn wir aus der weiten Senke zurückblickten auf die Hügel, von denen Cocksfield uns herabgepanzert hatte, dann stand der *Black Forest* tatsächlich schwarz, im Schatten der matten Sonne wirkte er jedenfalls finster. In großer Breite und düster türmte sich da ein fossiler, ein vorweltlich versteinerter *Schwarzwald*. Hob sich empor als stocktrockener Gebirgsstock, in beinernem Endzustand. Porös. Entgast. Aber ich ahne, der *horror vacui*, das Tote im Nachbarn, es lässt sich unmöglich erzählen. Es sei denn mit Büchner.

HECKER: *Dear Doc*, wir wissen, woher Sie kommen, dass Sie früh populär wurden mit Ihrer Broschüre „Warum Goethe seine Farbenlehre für wichtiger hielt". Und seit Sie der Europäer wurden, der mitfuhr zum Mars, weiß man auch, dass Sie Doppeldoktor sind, mit

Abschlüssen in Naturwissenschaften wie Geisteswissenschaften – also nur zu, wir halten auch Büchner aus. Jedenfalls unsere Geräte.

BRANDT: Der Physiker dankt. Aber auch Sie dürften wissen: das Mitteilen ist und bleibt die Falle. Unsere Wörter sind verhökert. Sind verkauft, verbraucht. Magaziniert. Natürlich kennen Sie nicht meine frühe, meine naturwissenschaftliche Polemik „Sprechsprache ist Geburtshilfe". Ach, Mijnheer van Heckerling, egal, was ich Ihnen hier stammle, über Ihren Rücken müssen jetzt keine Schauer laufen. Das kann auch kaum anders sein in dieser bemüht kommoden deutschen Airline. Die Widersprüche des Parallelplaneten, die hatten wir halt direkt vor Augen und sofort im Hirn, wir, nicht Sie. Einer wie Marc Hecker nimmt sich seine Redakteursfreiheit heraus und würde nun, gäb's keinen Vertrag, mein hilfloses Mitteilen glätten, frisieren. Einer wie Büchner gehört halt nicht zur Gegebenheit, „natürlich" nicht. Deshalb müsste Büchner in Herrn Wangs Aufzeichnung gelöscht werden. Dabei sah vor dem 23-Jährigen, das wird mir immer klarer, keiner so deutlich unsere Stürze ins Vorhandene. Endgültige Stürze. Der hatte Wahnsinnblicke. Den Blick aufs Martialische. Früh schon, als so einer noch Gefahr lief, dafür ins Irrenhaus zu kommen. Oder in Politknast. Der Kerl aus Darmstadt, der nutzte gar Volkston. Kinderton.

Meine Beschreibversuche, so sagt sich das jetzt der kluge Psycho-Hecker, die bestätigen ihm nur wieder sein Wissen, dass einer im All voll überfordert ist, zerrissen. Erst monatelang Schwerelosigkeit, dann unsägliche Sachverhalte. Unentwegt Schleuderprogramme. Dem muss man die Schocks dann glattharken, dem Leser nett machen, nach alter Schwarzwaldwiesenweise.

HECKER: Nutzt halt jeder seine eigene Naturwissenschaft.

BRANDT: Gut. Schon ganz gut, Hecker. Aber in Zweifelsfällen: Hier in meiner Jacke, da steckt nun unser Vertrag. Auf unsere Gerichtsverhandlungen freu ich mich. Auch wenn die Jahre dauern würden, ich bestehe auf stottergetreuem Abdruck.

HECKER: Nur zu. Der Vertrag ist jetzt doppelt gezeichnet.

BRANDT: Also gut. Am Ausgang unserer Höllenfurche, da krochen und rüttelten wir nun auf *Turmoil* in ein Flach- und Tiefland hinaus, in die Senke *Mare Martis*. Ein gegenüberliegendes Ende der Ebene war nicht zu erkennen, zum *Black Forest* auf der anderen Seite eine Reihe *Vogesen*? Der trübe Tag zeigte nirgends ein Gegenübergebirge. Die Luft blieb pink- oder orangefarben, gefüllt mit Ärosolpartikeln, mit feinstem Giftgeschwebe.

Von diesem Dunst teilten noch am selben Abend Martin Millers Analysen mit, dass dieses Geschwebe schwefelhaltig war. Schwefeldunst also beließ unseren sonnigen ersten Marstag bei gedämpftem Licht, bei gelblichem, ockerfarbenem. Und blieb weiterhin erfüllt vom langsamen Kreisen feinster Staubpartikelchen, selten größer als ein tausendstel Millimeter, die meisten kleiner. Schwefelhaltig, und sichtbar nur als Dunst.

Die Ebene neigte sich nach Südwesten, sacht, höchstens um zwei Grad. Wir glaubten, die Region recht gut zu kennen, waren ja bestens informiert worden über unsere Landeregion, waren geradezu gedrillt. Die Karten vom Landebereich hatte jeder studiert, auch ich meinte sie lückenlos im Kopf zu haben, mit allen Besonderheiten. Auch von diesem flachen Gelände gab es frühe Bilder, schon im vergangenen Jahrhundert fotografiert von unbemannten Sonden. 1971/72 kam *Mariner 9* vom Mars zurück mit einer, wie es hieß, „kompletten fotografischen Erfassung der Marsoberfläche in Zehn-Meter-Distanzen". Spätestens seit den ersten Raumfähren der Amerikaner gab es am Rand wie im Inneren des *Mare Martis* keinen Winkel, den wir nicht zu kennen meinten, auf Zehn-Meter-Distanz genau.

Speziell von der Übergangslandschaft zwischen *Black Forest* und *Mare Martis* gab es also, wie es hieß, „genaueste Kenntnisse". Das galt als „strukturell aufschlussreich", als „Einbruchsland". Diesen Rand des *Black Forest*, den beschrieb man als „Geländeknick", als „geologisches Übergangsgelände". Hier war also alles eigentlich klar. Auch Fließformen hatte man schon bemerkt, auf den *Mariner*- und *Viking*-Fotos. Also Wasserarbeit. Ohne dass es deswegen groß diskutiert worden wäre, öffentlich fast nie. Tja, was geht uns der Nachbar an. Da grübelten bloß Fachgazetten. Jedem seine eigene, seine marsgeschneiderte Theorie. „Ist Mars ein Greis oder ein Jüngling?", so hieß eine Debatte, die intern blieb.

Nun wollten Experten das genauer wissen. Haben uns neben diesem Gelände landen lassen. Zu unseren Aufgaben gehörte, Beweise mitzubringen aus der „Bruch- und Übergangszone". Belege für Expertenscharmützel, brauchbar für die eine oder für die andere Seite.

HECKER: Greis oder Jüngling, wie heißt Ihre Antwort?

BRANDT: Leichnam. Aber mit denkwürdig extraordinären Jugend- und Manneszeiten. Dafür fanden wir Belege, die werde ich Ihnen liefern. Und am Ende, hoffe ich, wird auch Ihnen einiges klar an einer wahrlich verwirrenden Planetenhistorie. Mich hatten sie nicht deshalb mitgenommen, weil ich geophysikalisch Germanisten irritiere, sondern weil auch ich über Fragen gearbeitet hatte, die hier Antwort brauchten. Grundwasser, Überflutungen, Wüstenwachstum, Feuchtigkeitshaushalte, arides Terrain, Terrassenbildungen. Nun nicht in Anatolien oder Ägypten oder in der Sahelzone, nicht mehr in den geplünderten Regenwäldern, auch nicht mehr im Schwarzwald, wo schon Roms Truppen die Waldberge Germaniens hinter Donau und Rhein gründlich zu meiden suchten und warnend *silva nigra* raunten, „schwarzer Wald". Bekanntlich lauerte dahinter ihr Untergang. Und nun, unserer? Lauert nun in den Rauchsäulen über den Wäldern, den Lungen der Erde?

Als wir hinausruckelten in die flache Todeslandschaft, da – wie soll ich uns bezeichnen, uns drei *Turmoil*-Ritter unter seltsamen Rüstungen. Hinter uns die langsam wehenden und drehenden Rostsegel. Die lauerten nicht als Gespenster, sondern real. Auch wir drei klobig weißen Weihnachtsmänner ruckelten real auf einer Staub aufwühlenden Stahlkröte, quer durch irritierende Wirrsal, schabten hartkantige Spuren. Ja, dunkel schäbige Spuren, immerzu kräftig hinein in graurot glasierten Feinstaub, in eiskalt uralten Glut- und Giftboden. Der aber kein Karst war und keine Sahara, sondern – „wie's zur Sonn kam, war's eine verreckt Sonneblum".

Die beiden Amerikaner auf unserem schubsenden Rüttelbiest, soviel sie's dann am Abend rausließen, in der Bodenstation, da, beim Vorwärts in das scheinbar unendlich Flache, ja – da haben sie gebetet. Hätten, so gestanden sie, stumm Stoßbitten gesprochen. Beim Vorwärtsgezuckel des Raupenpanzers, da lieferte jeder neue Blick neue Ausgeburten. Bot jeder weitere Meter Absurdes, Hirnschabendes. Angstmeer *Mare Martis*. Nirgends Klarheit, ständig Verkapptes. Als erreichten wir van den Boschs *Strafkolonie,* zur Strafe für unser optimistisches Nevada- und *Atacama*-Training, dort stets gut eingepackt in kluger Psychotechnik. Immerhin hatten wir in Nevada für unser Fahrzeug – unbewusst? – einen sehr passenden Namen gefunden. *Turmoil.* Also Aufregung. Verwirrung. *Turmoil* heißt sogar Aufruhr, oder?

Aufruhr tief innen stiftete – wie sag ich das jetzt richtig – stifete rings diese Überfülle – der Doppelsignale. In der Stille das scheinbar Schreiende. Das überfüllte Restehaus. Voller Warnungen oder Hohn. Totenstille Schlusswelt, aber voller Alarmtumult.

Das setzte auch starken Amerikanern zu. Sodass sie beten mussten. Nicht nur wegen der verdorrten Steingestalten, die rings in der Trübe standen und uns anstarrten, sondern auch wegen all der doppeldeutigen Erscheinungen. In einer Restewelt, von Giftstaub und Sandstürmen zerfetzt und zersetzt. Nicht nur wegen der vorüberrasenden Marsmonde. Und nicht nur wegen der Windhosengespenster, die ständig hinter und über uns kreiselten wie Kontrolleure, die uns zu bewachen schienen, zu verhöhnen, von dem gelbroten Himmel herunter.

Kristalline Totenstarre war hier keine Einbildung. War nicht mal Albtraum, das war hier buchstäblich vorhanden. Stand uns real und dicht vor Augen. Zum Anfassen nah. So greifbar wie unbegreiflich.

Und ja, wir griffen zu. Auch jetzt, während ich dies zu sagen versuche, da existiert das dort. Da ist das dort unverändert vorhanden. Das war's, was geheim Aufruhr stiftete, *turmoil*. Knapp und kurz vor Panik. Die Gegen-Gegebenheit.

An den Abenden, auch noch auf dem Rückflug, da haben wir über all das zu reden versucht. Alle vier in der Crew fühlten sich letztlich überrumpelt von Überfülle im Außerordentlichen. Ein Schock zum Magenstülpen war allein schon die ständig neue Gewissheit, wie jetzt außer uns unendlich fern jedes Leben war.

Auch im anscheinend uferlosen Meerestod *Mare Martis* unentwegt Trugbilder, auch hier musste Wasser gewesen sein, irgendwann. Spuren von gewesenem Fließenden, unter dünneren Aschendecken setzten sich auch hier die Fließspuren deutlich fort, als Verlängerung des *Hell's Valley*, als einstiger Flusslauf gut erkennbar in lang gestreckten Vertiefungen, die sich zu gemeinsamer Tiefe vereinigten, zu einem Strombett aus welcher Vorzeit?

Ein Flussbett, wechselhaft aufgedeckt oder zugeweht von Feinstaub, aber marsgemäß ohne Wasser. Auch dieser Stromverlauf zog nicht einfach abwärts nach Südwesten, geradeaus Richtung Tiefe, sondern bildete auch hier weit ausholende Bögen, kurvende Rundungen. Das Fließende hatte auch hier irgendwann pendeln können, unendlich mäandrieren, immer neu aufschütten oder Aufgeschüttetes wieder abräumen. Strömte in seinen späteren Epochen gegen den Abraum seiner früheren.

Und hatte Terrassensysteme gebildet. Hatte wie im Schwäbischen der Neckar, wie im Alemannischen und Fränkischen Rhein und Main oder in Frankreich Loire oder Seine oder rund um Innsbruck der Inn – hatte auch hier ein Strom mäandernd eigene alte Ablagerung wieder angeschnitten, untergraben, durchquert.

Auch weit draußen, in der offenen und dunstigen Fläche blieb das einstige „Flusssystem" deutlich zu sehen. Ich bestand darauf, den Hauptstrom *Missouri* zu nennen. Der *Captain* stimmte gern zu, nahm seine Vermessungen vor, Green machte Bilder mit der Tele- und der Panoramakamera. Und für meine Bodenproben bat ich gleich am Abend um genaue Altersbestimmungen. Arbeiteten alle, als wollte keiner akzeptieren, dass hier nie mehr irgendwas würde leben können. Dass hier auch in aller Zukunft nie was wachsen würde, in dieser trotz Todesstarre wunderbar sanftweichen, auf diesen im Grunde körpersanften Wasserformen.

Weit draußen in der Öde gab es für Momente einen klaren Blick zurück zum *Black Forest*. Unter dem dämmernden Himmel sahen wir hinter uns unseren Ausgangspunkt, oben auf unserem Lande- und Startplatz den Turm *World Peace*. Auch um ihn herum zirkelten zarte Feinstaubschwaden, schwebten quer vor dem grellen Fremdkörper dahin, gaben für Augenblicke den Blick frei auf die farbstarke Flugrakete *Weltfrieden*. Die stand da unbeirrt, markant hoch, schlank wie ein Minarett. Wartete zwischen den gelbroten Bogenwolken, die sich langsam vorüberbewegten, als ob sie dem Turm Respekt erweisen müssten, wie es sich ja auch gehörte vor einer Idee wie *World Peace*.

Das vermeintliche Minarett auf der Kuppe des *Schwarzwalds* schickte für Momente seine Farbsignale zu uns hinunter, sein heftiges Blau-Rot-Weiß. Der Turm strahlte, so schien mir, wie eine überdimensionale Kundgebung in den Farben des Landes, das uns hierher geschossen hatte, in ein offenkundiges Nichts.

Und die kleine Sonne schien daneben noch fremdartiger. Noch ferner, hilfloser. In all dieser himmlischen Trübnis, in diesen sich öffnenden und wieder schließenden Lücken über uns, da zeigte sich unter den vielerlei flackernden Himmelslichtern auch jetzt als unsicheres Bisschen der Planet, auf dem auch in diesen Augenblicken unser Zuhause war. Green, dann auch Cocksfield, Miller und ich, wir hatten uns ja im Lauf der Marswochen tapfer geeinigt auf dies zittrig zaghafte Lichtchen, dies und kein anderes war also der Planet

Erde. Pilot Miller bestätigte das an diesem Abend. Ja, Erde, sagte er, das Flimmernde ist Erde, die zeige derzeit dem Mars „nur eine halb besonnte Seite".

Auf dem Zwerglicht, auch in diesen Sekunden lebten dort mein Ben, meine Franka, genau dort werden sie jetzt mit ihrer kleinen glänzend schwarzen rumänischen Mischlingshündin neue Kunststücke üben, sodass *Onyx* just jetzt wieder auf ihren Hinterbeinen balanciert mit hoch erhobenen Pfoten. Ja, unter dem Apfelbaum. In solchen Quersekunden fand jeder im Team sich schnell überdreht, in Sturzbildern. Pardon, Hecker. Fällt schwer, lauter zu reden.

Nein, wir versuchten nicht, auszuweichen. Unsere Crew lähmte kein Mister Missmut. Waren alles Familienväter, gern erzählfroh. Die Ferne ebenso wie die beklemmende Nähe, alles wollten wir auf dem Mars tatsächlich anschauen und prüfen, und tapfer und sorgfältig ertragen. Obwohl es eigentlich kaum auszuhalten war, das *Finistère*.

HECKER: Mars als *finis*, Schluss? Ende von was?

BRANDT: Sie werden es erzählt bekommen. Sehr konkret sogar. Vorweg noch Genaueres zu unseren Körpern. Wann immer wir abstiegen vom Raupenschlepper, begannen Leibesstrapazen. Nicht nur, weil der Astronautendress klemmte und panzerklamm lastete, ein Rüstzeug, das halt total dicht sein musste, absolut undurchlässig, *tightly shut* – gleichzeitig gegen Gas wie gegen Kälte wie gegen Hitze. In diesem Panzer hatten wir zwar schon gut zwei Jahre bis zur Erschöpfung trainiert und hätten das auch auf dem Mars gut gepackt, zumal das enorme Gewicht dort ja nur mit knapp vierzig Prozent irdischer Anziehungskraft niederdrückt. Nein, das Problem war und blieb rings die Totwelt. Über und über bepackt mit fehlenden Antworten. Mehr und mehr fehlte uns die altbewährte Lebenskette Ankunft Auskunft Zukunft.

HECKER: Mit Auskünften auch über „wilde Jugend und elendes Ende des Mars"?

BRANDT: Ja. Warum war hier alles Lebensfreundliche so vehement verschwunden? In der Tat, warum Finale, *finis*. Und eine erste Antwort, warten Sie nur ab, die kam konkret noch an unserem ersten Marstag. Dazu vorweg weitere Genaueres über unsere Möglichkeiten, sich zu bewegen. Setzte man hier den Fuß auf scheinbar stabile Oberfläche, brach man ein, in ältere oder in noch ältere Verwehungen. Da torkelten wir wieder und immer neu, wie missratene oder betrunkene Weihnachtsmänner. Schwankten über Einsinkendes, vor allem auf „Dünen", wo alles Festere nur so tat, als sei es stabil und nicht in Wahrheit ein fragwürdiges Angebot. Kamen zu Fuß nur taumelnd voran, tapsend. Drill hin, Training her, unsere Kräfte schwanden, auch die physischen.

Korrespondierten miteinander über Funk. Selten über Zeichensprache. Hatten zwar einige Gesten verabredet, Zeichen mit den Armen, Handbewegungen. Machten da bisweilen Versuche. Konnten aber von den anderen Figuren kaum mehr wahrnehmen als ein plumpes dickes Weiß. Und als Zeichen nur Ungelenkes. Als tappten hier Anfänger umher, die erst jetzt laufen lernten und ihre Arme nur sehr eingeschränkt bewegen konnten in der dicken Winter- oder Schlammkluft, die zuhause unsere kindlichen Winzlinge schützt bei ersten Abenteuern in Pampe, Schnee oder Matsch. Hinter den Helmfenstern waren die Gesichter der anderen nicht mal zu ahnen, blieben hinter den Spiegelscheiben nur Vermutungen. Die Scheiben hatte man gegen die allseitigen Strahlungen klug beschichtet mit einer Art Goldglanz, da spiegelte sich fast alles. Wer ein Gesicht sehen und wissen wollte, ob der andere jetzt lachte oder ratlos war, der sah nur die eigene Plumpsfigur gespiegelt, unter diesem kuriosen Luftrucksack.

Die dünne Atmosphäre, so hatten wir gelernt, die werde bisweilen jahreszeitlich so aggressiv, dass sich alle Böden des Mars gegen die dortigen Orkane unter dicken Glasuren zu schützen versuchten. Beim Training in Nevada bekamen wir zu hören, die martialischen Staubstürme könnten an unseren astronautischen Monturen wie Reibeisen herumscheuern, könnten unsere Verpackung im heftigsten Fall aufkratzen, könnte härteste Bemäntelungen knacken.

Derzeit blieb alles ruhig, sahen hier nur, wie unser *Turmoil* mit seinen Ketten Lackkrusten zerbrach und knackte. Ja, wüste Zyklone würden ab und zu die starren Oberflächen des Mars aufstrudeln, jedes Material lockern, packen und wegwirbeln, am Ende auch so unpassende Figuren wie uns. Amerikaner nennen ihre Tornados *twister*, in der Tat, die drehen und schrauben in den Staaten bekanntlich Dächer ab, werfen Bäume und Autos weg, zerbersten stärkste Panzerung.

Unsere Ängste. Schon von der Erde aus waren Mars-Orkane zu beobachten gewesen mit Tempo bis zu 400 Stundenkilometern und mit Staubwolken bis fünfzig Kilometer hoch. Wer in solch Tumulte geriet, den hätten weder *Turmoil* noch *World Peace* je heil heimtransportiert. Unser Marsbesuch lief aber in gemäßigter Jahreszeit. Doch auch eine versteinerte Welt auszuhalten, ob verbrannt oder verstrahlt, das forderte Kraft. Auch ohne den doppelten Schauder, der uns nun überfiel. Ja, Marc Hecker und Meister Wang, schon auf dem ersten Tagestrip überfiel uns ein zweifacher Crash. Ohne Vorwarnung brach das massiv über uns herein, über unsere schon stark ermüdeten Bewegungen, über unsere Präzisionsarbeit in schweren Sicherheitskapseln, begehbaren Raumkapseln.

An diesem sechsten Januar stieß zweimal was ganz und gar Anderes in all das ganz und gar Andere. Etwas, das uns jedes Bescheidwissen und Sprechen verschlug, das uns fast verzagen ließ, ja, in Schockschwerernot. Das war der Tag, an dessen Abend uns kein Optimismus mehr schützte, an dem auch die NASA, so verstanden wir ihr Echo, nichts mehr wissen zu wollen schien von unseren Erfahrungen und Entdeckungen. Ach, wie erzähle ich das jetzt einem Magazin –

HECKER: Wir beachten auch Versuche, die misslingen.

BRANDT: Nett. Aber es geschah nun zweimal etwas nicht zu Fassendes. Es ist was anderes, ob du einen Stein in der Hand hältst in der Gewissheit, dies ist ein Stein, oder aber die Hand eines, der eben noch zu dir gesprochen hat. Und von nun an nie mehr, weil ab jetzt auch der nichts anderes ist als Stein. Aber dann gibt es auch den umgekehrten Fall, den noch irrsinnigeren, den unseren. Wobei die Gewissheit, wir hätten es mit unendlichem Stein zu tun, umkippt, und es stellt sich raus, dies unendlich Steinerne erzählt von Leben. Sogar von unserem, dem eigenen. Kann ein Magazinmensch ahnen, auf was wir trafen?

HECKER: Noch auf der ersten Marstour? Sie machen es spannend.

BRANDT: Ich mache es? Es ist so. Aber ich erzähle weiter. Nach der letzten Gesteinsprobe, unten in der Ebene, im vermeintlichen Fließ- oder Meeresgrund, da fuhren wir eine kleine Böschung hinauf, um von dort oben, vor der Rückkehr zur Bodenstation, so etwas wie einen Überblick zu bekommen, Pläne für den nächsten Tag zu entwerfen. Gelangten auf eine dieser Terrassen, die hier irgendwann von irgendwas aufgeschüttet wurden, nur damit sie später, ebenfalls von irgendwas Fließendem, wieder fortgespült wurden, nun aus anderen Richtungen.

Auf solch relativ fester Terrasse steuerte Cocksfield den *Turmoil* in geringer Höhe dahin, dann zusätzlich noch eine Düne hinauf, auf eine der offenbar neueren Aufwehungen. Und hielt oben an.

Standen da nun über erstorbenem, verbranntem Meeresgrund. Und meinten, alles gut zu überblicken. Küste und Boden einer einstigen Bucht? Vorzeitliche

Sandbänke? Angeschwemmt vor Millionen Jahren? Und unter uns etwas Jüngeres, eine Düne aus Asche?

Blickten von dort über eine riesig dämmernde Weite. Über eine Region, in der seit je nichts Fließendes unterwegs war, obwohl alles davon geformt war. In unseren Köpfen tummelten sich Vokabelschlachten, so gestanden wir uns das an den Abenden, allein dieser Anblick wollte Wörter wie Gegenlogik, Vorwelt, Urzeit, Anderszeit, Zwischenwelt. Oder Anfang von allem. All das um uns herum forderte offenkundig eine andere, eine neue Sprache. Und jetzt? Jetzt hab' ich dies alles verständlich zu schildern? Hab das in Eile und „einfach" zu erzählen, einem „breiten" Publikum? Sorry, ich berichte weiter.

Immerhin, die Sicht schien sich zu bessern, vorübergehend. Vorüberwehend. Die Atmosphäre blieb zwar getrübt von den Myriaden Winzigteilchen, doch in diesen Augenblicken tastete sich von der kleinen Sonne her ein langsam wanderndes Licht näher, stieg gut sichtbar bis zu uns herunter. Bewegte einen matten Strahl bis zu uns hinab ins Marsmeer *Mare Martis*. Dies dünne, aber deutliche Licht kam schräg und quer durch den grauroten Dunst, seltsam langsam, als hätte es uns was mitzuteilen.

Hockten auf dem offenen Panzer, schauten dem Strahl zu, der sich unentwegt vorwärts bewegte durch den Feinstaub. Und war gleichfalls kein Gespensterwehen.

In gut einer Stunde war unsere Rückkehr fällig, zurück zum *Feldberg* auf dem *Black Forest*. Möglichst nie wollten wir dieser Risikogrenze zu nahe kommen, den kritischen Werten, bei denen Luft- und Energiespeicher hälftig verbraucht sind und für die Rücktour nur knapp ausreichen, womöglich nicht mehr.

Schauten nur noch mal gebannt dem bisschen Sonne hinterher. Cocksfield hatte Winkel vermessen, zuletzt den Winkel zwischen unserem Rückflugsturm und der Sonne. Hatte Zeitpunkt und Ort notiert, peilte und maß, stand im Fahrzeug aufrecht. Für einen letzten Weitblick veränderte er seine Optik noch mal auf volle Länge, richtete seine Sicht tief in die Ebene hinab, parallel zum *Missouri*.

Green sicherte letzte Bilder, ich hatte meine Bodenproben unter der Rückbank verstaut. Und grübelte, wieweit ich mir in den *Mars News* am Abend erste Urteile erlauben könnte, wie deutlich da zu melden wäre, nein, tut mir leid, nirgends Wasser, und dennoch, überall Spuren von Wasser.

In diesen Momenten geriet *Captain* Cocksfield in ungewöhnliche Unruhe. Verbesserte mehrfach die Schärfe seiner Optik. Ließ über Funk ein empörtes Ächzen hören. Wie wenn in einem sehr guten Spiel in letzter Sekunde alles vermasselt wird.

Über Funk verquälte sich sein Ärger ins Schmerzliche. Oder in eine unterdrückte Wut, wie wir sie von Cocksfield bislang nicht kannten. Offenbar über einer besonderen Erkenntnis, die für ihn überhaupt nicht mehr wahr sein durfte. In dem grau violetten Dunst, da hatte er etwas bemerkt, das ihn aufregte wie bislang nichts, was ihn fast zu Boden schickte. Danach auch uns.

Dann teilte er mit, es tue ihm leid, er zittere nicht

ohne Grund. Nein, sein optisches Gerät funktioniere, sogar vollkommen korrekt. Immer noch mal blickte er hindurch, änderte Schärfe und Brennweiten. Unnötige Mühe. Das Resultat blieb gleich. Nämlich ganz offensichtlich unfassbar. Nein! hörten wir. Der *Captain* hatte sich weit vorgeneigt. Kippte fast vom Fahrzeug nach vorn.

Auch ohne Objektiv glaubten wir nun in der Richtung, die ihn so aufregte, Auffallendes zu bemerken. Da war, mitten in dem rotgrauen Ganzen, ein weiteres Rot, nichts weiter. Ein offenbar unpassendes. Hm. In allen Widersinnigkeiten was endgültig Widersinniges? Gegengegebenheit?

Der Chef prüfte erneut die Betriebsreserven. Ja, Antriebskraft und Atemvorrat schützten uns vor dem kritischen Punkt für eine weitere volle Stunde. „Jungs. Wir müssen näher ran." Näher heran, an das Haarsträubende, Umwerfende.

Kaum waren wir von der Düne herab und mit *Turmoil* unterwegs, da meinten auch Green und ich, einen Fremdkörper zu erkennen. Auch ohne optische Hilfe sahen wir etwas, das hier nicht hingehörte, etwas Rotes. Rötlich schimmerte hier ja fast alles. Graurot, rostrot, violettrot, auch in Ockertönen. Alle Varianten von ausgebranntem Rot glaubten wir schon gut unterscheiden zu können. Bereits im alten Rom sah man den Kriegsplaneten rot. Aber dieses nun? Dieses Rot dort vor uns? Das strahlte. Geradezu frech. Im Schein der kleinen Sonne leuchtete das unerhört aufdringlich. Rotzfreches Rot.

Und auf dem Weg dorthin ein zusätzliches Rätsel.

Auch das wollten wir zunächst nicht wahrhaben. Denn da sahen wir unter uns, auf dem Staubboden, quer zu unserer Fahrtrichtung, frisch geschabte Fahrspuren. Kettenspuren. Und jeder, so haben wir uns das noch am selben Abend eingestanden, jeder klammerte sich augenblicklich an die Ausrede, wir seien also inzwischen so erschöpft und desorientiert, dass wir glauben konnten, wir seien auf *Turmoil* im Kreis gefahren. Querten hier die Spuren des eigenen Fahrzeugs, frisch aufgebrochen von uns selbst. Überlegten aber zugleich angestrengt, ob wir im Weltraumstress so sehr Geistesgegenwart verloren hätten und glauben konnten, wir seien in Kurven gefahren? Vor kurzem? Genau hier? Nur in anderer Richtung?

Waren wir aber nicht, natürlich nicht. *Turmoil* war hier keineswegs im Kreis gefahren, höchstens in unseren Köpfen. Desto heftiger lärmte der andere Alarm. Das mehrfarbig Leuchtende dort vor uns auf einer Anhöhe, dieses extrem Farbige und Fremde, das war, ob wir's nun wollten oder nicht, das war in Wirklichkeit etwas verdammt Irdisches. Dort war tatsächlich ein anderes Kettenfahrzeug unterwegs gewesen. Und auf den Erhebungen vor uns stand eine metallene, eine dreifarbige Nationalfahne. Die steckte da als Metall fest im Boden und zeigte uns real und stark drei große Flächen, oben ein makellos riesiges Weiß. Mittig ein energisches Blau. Und unten, als Stärkstes, das Rot. Auf der Flagge der russischen Nation.

HECKER: Nein. Ist das, ist das jetzt, das also ist der Knackpunkt? Ich verstehe, verstehe.

BRANDT: Verschieben Sie das Verstehen. Heben Sie sich's auf, am besten für den zweiten Knackpunkt an diesem selben sechsten Januar. Begreifen müssen Sie nun aber gar nichts. Nur die erste von zwei Grundwellen zur Kenntnis nehmen. Die Russen, was ihnen kaum jemand zugetraut hatte oder nur ungern, kurz vor den Amerikanern waren sie abermals Erste gewesen. Im Weltraum abermals sie. Nun auf dem Mars. Hatten auf ihrer Metallfahne das Datum eingraviert. Knapp sechs Monate vor uns. Und auch sie mit einem Raupenfahrzeug.

Was wir vor gut neun Monaten, noch in Texas, für den Start einer weiteren unbemannten Sonde der Russen gehalten hatten, und was manche, allen neuen Weltraumverträgen zum Trotz, für eine Spionagerakete hatten halten wollen, oder nur wieder für den Start eines neuen Tele-Satelliten, das war also in Wirklichkeit bemannt gewesen. Das galt also dem Mars.

HECKER: USA, NATO, Frankreich, China, alle planen neuerdings „Kommandos im All". Russland aber realisiert das?

BRANDT: Pessimisten hatten sogar geunkt, das könnte der Abschuss eines noch intelligenteren Geschosses gewesen sein, des ersten Exemplars einer noch perfekteren Generation von Killersatellitenkillern. Raketentechnisch also nur ein üblicher Abschuss, in eine weitere Erdumlaufbahn. Oder ein neuer Flug zum Mond. US-Geheimdienste wussten das zweifellos schnell genauer. Zum Beispiel ein Kenner und Wanderer zwischen all diesen Diensten, mein hilfreicher Mensch XY. Der mir auf der Fahrt von Houston nach Denver so vieles berichten konnte, was ich in meiner Müdigkeit nur ansatzweise hatte fassen können. XY jedenfalls hatte gewiss Drähte auch zu diesem Rätsel, wenige Monate vor dem Start unseres *World Peace*, der ja anfangs enorm gefeiert worden war, exorbitant gefeiert als Start zum tatsächlich ersten Marsflug „der Menschheit".

Russische Ingenieure, vordem mit *Sputnik* und *Laika* als Erste im Erdkreis, allen Voraussagen zum Trotz gingen sie auch als Erste in den interstellaren Raum. Den Jahrtausendflug schafften nicht die Alleskönner im Westen, sondern russische Pioniere. Sorgten für neuen Sputnikschock, stark verbesserte Auflage. Bemannte Sonde, interstellar.

HECKER: Irre. Wirklich irre. Und warum, herrje, warum blieb das bis jetzt geheim? Absolut geheim?

BRANDT: Behalten Sie nur ruhig Platz, lieber Hecker. Melden Sie Ihrem namhaften Magazin jetzt keine *Breaking News*. Denn Sie wissen noch fast gar nichts. Ganz offensichtlich blieb der Start der Russen nicht deshalb geheim, weil ihnen irgendwas schiefgegangen wäre. Die Gründe fürs Geheimhalten, die werden Sie erst begreifen können, wenn ich alles erzählt habe. Vorweg nur dies: Zu den Zukunftsplänen des Kreml und zu all seinen altneuen Machtinteressen, vor allem dazu hat das, was dann auch die russischen Pioniere auf dem Mars entdeckten, kein bisschen passen wollen. Erst recht, seit dann auch der konkurrierende „Westen" zu ähnlichen Resultaten kam.

Versuchen Sie sich lieber vorzustellen, wie nun uns zumute war, vor dieser Metallfahne. Just so muss es Scott und seiner Crew am Südpol gegangen sein, als auch sie im Jahr 1900 Ähnliches zu verkraften hatten in der Antarktis, diese Tapferen, die sich unter Strapazen wochenlang zu Fuß und mit Polarhunden vorwärts gekämpft hatten zum Pol, die glauben und hoffen konnten, sie würden die Ersten sein am seit je einsamen Südpol. Aber nur wenige Tage vor ihnen war dann dieser Norweger dort gewesen, Amundsen. Ewigkeiten lang ein einsam eisiges, einst offenbar auch ein tropenheißes Nichts. Und dann, nach Ewigkeiten, da tappten wenige Tage zuvor ein paar „Kollegen" drüber weg. Und hinterließen auch damals fröhlich eine Siegerflagge. Nein, keine Helden aus dem United Kingdom ernteten ewigen Ruhm am Südpol, sondern ein Norweger.

HECKER: Man weiß ja, Scott und seine Engländer starben dann elend, auf dem Rückweg, im Eis.

BRANDT: Wir standen ratlos. Da war nicht erkennbar, welche Gesichter Cocksfield und Green unter der Metallflagge zeigten. Hinter den goldigen Helmfenstern sieht man da fast nichts. Wir drei standen erst mal nur herum, steif, verstört, wie weiße Weihnachtsmänner, versehentlich bestellt. Plötzlich arbeitslos? Zwei Amerikaner vor einem penetranten Fremdsignal mitten in diversen Hochgefühlen, im Stolz über Entdeckungen und die gelungene technische Leistung, sieben Monate quer durchs halbe Sonnensystem, mittendrin diese knallbunte Auskunft. Gegendarstellung. Sechs Monate zu spät. Die Siegernation, wieder mal Verlierer. Ach ja, schon die erste Frau im Weltraum, auch die war eine Russin. Und auch für *World Peace* hätte es hervorragende Kandidatinnen gegeben, ach ja.

Green schickte über Funk energisches Fluchen, nicht druckreif. Vom *Captain* kam nur das Ächzen, schwächer jetzt. Immer noch mal im Ton von „das kann überhaupt nicht wahr sein". Zuletzt nur wie gestöhntes „nein, nein, nein". Tappten dann alle um die Flagge herum, Schritt für Schritt, einer hinterm anderen, mit Tönen wie „nein, nein, nein". Die Blicke aufs Datum sehr kurz. Weltreisende, tief gekränkt.

Dem ersten *Knock-out* an diesem sechsten Januar folgte aber ein zweiter. Sanfter und viel tiefer. Gründlicher. Ein Grundschock. Auch für mich. Während Cocksfield und Green noch national trauerten, schimpften oder grollten, saß ich wieder auf der Rückbank. Und hatte mich umgeschaut.

Beobachtete, wie in einer ferneren Umgebung weiterhin zarte Staubvorhänge schwebten und zergingen. Letzte Nachwehen unseres schrämmenden Geräts. Für Augenblicke auch wieder mit rostbrauner Wendeltreppe, weit ausschwingend. Auch die müsste sich doch auflösen, blieb aber zäh beisammen, wollte wohl ins Höhere, wollte am trüben Firmament zur Zirruswolke werden? Sie zerfiel, ich sah's ihr nach. Sah weiter in die Ebene.

Und bemerkte dann in der Tiefe des *Mare Martis*,

nahm ich das richtig wahr? War das optische Täuschung, überfordertes Hirn? Da zeigte sich, ja was jetzt. Nun war ich es, der fragende Töne über Funk schickte. Gemurmel wie „kann mir hier irgendwer erklären, wie ich das begreifen soll?" Bedrängte mit „Kann das denn sein?" den Chef und John Green und zeigte die Richtung, in der ich in gut dreihundert Metern Distanz zu erkennen meinte, was eigentlich unmöglich war. Oder? Cocksfield richtete seine Optik dorthin, drehte wieder am Gerät herum. Und dann schien die große weiße *Captain*-Figur abermals Halt zu verlieren. Machte Bewegungen wie ferngelenkt. Irritiert. Unklare Griffe Richtung Gerät.

Über den Funk hörte ich deutlich sein Atmen. Das steigerte sich zu schnell fragenden Seufzern, wie nach etwas keineswegs Erwartbarem. Clowns, Hitz- oder Schwachköpfe, landesweit plötzlich mit den meisten Wählerstimmen? Zarte Mädchen, die weltweit Wahrheit verbreiten? Und kaum haben wir dann seltsam rasch atmen müssen, da wollen wir's zurücknehmen, möchten das verhüllen bewährt, souverän, mit „plötzlich und unerwartet" – verschied heute Morgen – meine lebenslange Kenntnis, wonach der Mars bekanntlich –

Über Funk hörte ich Cocksfield dann lauter. Und soviel ich verstand, war dies nun sein Kommando, in der restlichen Zeit, die wir noch mit Energie- und Luftreserven fahren konnten, dorthin zu steuern, wo sich etwas zu zeigen schien, was – ja was? Was uns endgültig überfordern könnte? „Jedenfalls widerspräche das allen bisherigen Ergebnissen," hörten wir.

Staubten also wieder hinab, rüttelten uns hinunter in

den Dunstgrund der offenbar unendlichen Senke. Und diese zehn Minuten Annäherung, ja, die führten zur nächsten Irritation, zu noch gründlicheren Entsicherungen. Da kam es zur ersten Berührung mit dem, was seither und allgemein tatsächlich als Sensation gelten darf. Am Ende als neue Wirklichkeit.

In der riesigen Marssenke hatten die jahreszeitlichen Orkane neuere Spuren hinterlassen. Hatten hier keine Dünen gehäuft, sondern hatten fast alles Bemäntelnde verschwinden lassen. Sorgten weitgehend für freiere Blicke auf das, was hier sonst durchgehend verhüllt blieb, von Feinstaub und Asche. Auch in der Sahara, in fast allen Wüsten wechseln die Bereiche, in denen Flugsande sich ablagern, neuerdings bis hinein in Boulevards, Parks und Gärten kalifornischer Villen. Wechseln mit den Regionen, die plötzlich geräumt und leergefegt werden, radikal, bis zum nackten Felsen.

Vor uns zeigte sich im *Mare Martis*, in den Teilen, die schon früh den Namen *Noctis Labyrinthus* bekommen hatten, in diesem *Nachtlabyrinth* zeigte sich eine weit gedehnte Fläche ungewöhnlich nackt. Vielleicht nur vorübergehend, nur für die kurze Zeit, in der jetzt wir hier auftauchten?

Schon auf unseren Instruktionsfotos hatte das Gelände nicht so verschüttet gewirkt wie sonst fast jedes andere Marsrevier. Auf alten *Mariner*-Bildern hatte das bisweilen ausgesehen wie eine große Holzplatte mit Maserung. Und mit gradem Tischrand? Die Wissenschaft hatte diese Ränder sofort gut erklärt, geologisch, als Verwerfungen, als ältere Gesteinsbrüche, die auch auf der Erde manchmal überraschend gerade Linien bilden.

Im *Noctis Labyrinthus*, hatten wir gelernt, sei noch spät Marstektonik aktiv gewesen, da sehe man entsprechende Brüche. Folgen von Vulkanismus und Marsbeben. An manchen Stellen blieben die Muster auf den alten Fotos undeutlich, waren wohl schon wieder verwischt von jüngeren Überwehungen.

Hier aber und jetzt vor uns, da zeigte sich die steinerne Oberfläche ganz blank, frei geweht. Und in diesem Bereich zeigten sich – Linien. Wie Latten in einem Holztisch, von dem die gute Decke wegflog? Weil die dünnen Restatmosphären des Mars hier offenbar jahreszeitlich zur Hochform aufgelaufen waren und alles Bedeckende beiseite gestürmt hatten? Sahen wir hier dem toten alten Planeten auf keine Feldbergglatze, sondern ins Gesicht? Zum ersten Mal ins Gesicht?

HECKER: Was sahen Sie?

BRANDT: Linien. Steinernes Geradeaus. Mehrfach. Bildlich gesprochen, den Felsen, die Materie, an die wir alle geschmiedet sind. Prosaisch könnte es sein, wir sahen allerletzte Reste von etwas, was nur als Fundamente zu verstehen wäre – oder als Straßenrand – oder nur als steinerne, lange und strikt geradeaus verlaufende Linien. Da zeigten sich aber parallele, auch Querlinien. Letzte Reste. Von was?

„Linien", gezogen per Lineal? Nun also doch – Spuren irgendeiner – vor Ewigkeiten gewesenen – Intelligenz? Seit Ewigkeiten verschwunden? Wie gesagt, es gibt auch den umgekehrten Fall, den noch irrsinnigeren. Bei dem die Gewissheit, man hätte es mit unendlichem Stein zu tun, umkippt. Und es stellt sich heraus, dass hier unendlich Steinernes vor Ewigkeiten zu tun hatte – mit Leben. Auch mit unserem.

III IM BLINDSCHACHT

BRANDT: *Turmoil,* unbeirrbar, fuhr uns näher heran. Und dann, in extrem freigefegten Flächen des *Mare Martis,* da zeigten sich Rätsel im martialischen *Nachtlabyrinth,* das wir doch längst zu kennen meinten, wenigstens „lesen" zu können. Weit jenseits aller Spuren des russischen Parallelfahrzeugs zeigte sich da etwas ganz und gar Anderes. In all diesem Wirrwarr des Andersartigen auf dem Mars sahen wir da – Lineares.

Etwas, das hier einstmals so und nicht anders hergerichtet worden sein musste. Ja, ein Geradeaus. Rest eines bewussten Handelns? Jedenfalls war dies, mussten wir annehmen, nicht eine von Marsbeben hinterlassene Bruchkante oder Folge irgendeines Vulkanismus oder eines Meteoriteneinschlags oder eines Orkans, sondern – ein Rest von was?

HECKER: Nicht doch vom russischen Team?

BRANDT: Wirklich nicht. In diesem Bezirk fehlten alle Spuren ihres Kettenfahrzeugs. „Jetzt achte auf deinen Kopf", sagte ich mir, sagte mir eine Warnung, die ich in einem kleinen Essener Theater gelesen hatte, oben, in der obersten und hintersten Reihe, dicht unterm Dach, da hing über den billigen Plätzen ein Schild. *Mind your head.* Achte auf deinen Kopf.

Denn das geht ja unheimlich schnell mit unseren Köpfen und unseren Kurzschlüssen, nicht nur im Theater. In diesen Marsmomenten hatte auch ich erst nur das russische Team im Hirn. Aber deren Raupenspur fehlte halt hier. Und alle Vorstellungen, die mich außerdem heimsuchten, konnten nur irritieren. Mit vordrängenden Bezeichnungen, die wir wie erschrocken beiseiteschoben. Nur, damit andere desto schneller vorrücken konnten. Zu gut vorstellbar wäre nämlich, so legte sich das jeder von uns dreien irgendwie zurecht, dass solche geraden Verläufe irgendwann mal was gewesen sein könnten wie, ja – etwas wie Fundamente, wie Sockel?

Sockel von was? Von Zäunen? Von Mauern? Nun geisterten Bilder, Namen. Von Markierungen. Von Befestigungen. Und wer, bitte, hätte die hierher gestellt? Hier? Und wann?

Gerade Verläufe in einem schier unendlichen Gewirr? In einer Chaotik des Gekrümmten, Verbogenen, Zerfallenen?

Keiner redete. Ja, eine Welle an Wörtern und Namen wollte sich in den Köpfen vordrängen, so haben wir's uns am Abend dieses Tages zu klären versucht. Auch Cocksfield und Green haben zwar den inneren Wirrwarr sofort wieder auszuklinken versucht. In resoluter, in fast panisch tapferer Abwehr einer Irritation von Grund auf? Denn wenn irgendeine dieser Vermutungen zuträfe, was hieße denn das? Was war dann gewesen in irgendwelchen Vorzeiten dieses rundum toten Himmelskörpers?

Bei näherem Heranfahren auf dem porösen Trümmerboden wurden diese Fragen nur noch drängender. Unabweisbar. Denn da sahen wir tatsächlich mehr und mehr Geradeauslinien auf sehr langer Strecke. Eindeutig gradlinige Verläufe, aus niederem Restgestein. Und weil das ein so entschiedenes und obendrein so langes Geradeaus war, also ein „bewusstes", deswegen erschienen diese Linien auf der verqueren Oberfläche des Planeten als eindeutig und endgültig Unpassendes. Als Undenkbares.

Es handelte sich also, sagen wir's so neutral wie möglich, um grade Verläufe. Grade und erstaunlich lang. Um sehr niedrige. Um offenbar letzte Überbleibsel von einem mehrfachen Geradeaus. Ja, mehrfach nebeneinander verliefen da die steinernen Verläufe. Und parallel. Also „hergestellt"? Als wir nah genug rangefahren waren, starrten wir das lange an. Inmitten der hierorts natürlichen oder marsgemäßen Unordnung, in dieser außerirdischen Bizarrerie betrachteten wir nun Reste von Parallelen. Von offenbar logisch gedachten, von zwei irgendwann mal gedachten – und gemachten – Geradeaus-Absichten?

Und das musste unsere gut gedrillte Urteilskraft nun auch mit Namen belegen, mit altbewährten, aber hierorts eigentlich vollkommen unsinnigen Namen, also nur mit vorläufigen. Mit „Linie"? Als hätte hier jemand mit Linealen operiert oder mit Bändern, mit Seilen, mit dem scharf konzentrierten Blick der Landvermesser? Gleichfalls unangemessen blieben Namen wie Zaun,

Grundmauer. Auch Straße, auch Allee war ja wohl unmöglich. Endgültig Rollbahn. Aber all das wollte nun in die Hirne.

Wir sahen hier erst mal gar nichts weiter als mehrere sehr niedrige und steinerne Geradeaus-Strecken. Einander parallel begleitend auf zehn Metern, auf zwanzig. Und hier und da aber auch Querstrecken. Rechtwinklig quer.

Im Vergleich zur tieferen und flach zerrütteten Plattheit des felsigen Geländes rings, da präsentierten diese unpassenden Geraden nur kärglich wenige Zentimeter Höhe. Im Vergleich zur Umgebung nur vier oder fünf Zentimeter mehr. Kaum imposanter als dies und jenes Mäuerchen in Vorgärten.

Die Denkaufgabe, was dies in Wahrheit mal gewesen sein könnte, schien so unlösbar, wie sie sich trotzdem aufdrängte. In dem offenbar erst kürzlich frei gestürmten Gelände zeigte sich etwas, hob sich in den länger werdenden Schatten der schwachen Marssonne etwas hervor aus der Runzelstirn des uralten Planeten, das war unerhört. Ein starkes Stück. Tolldreist. Und seine Ursache konnte das unmöglich in uralten Schrumpfprozessen haben, im Erkalten eines Himmelskörpers. Auch Erdbeben schaffen Brüche oder Stufen. Aber nicht mit dem Lineal und derart lang, oder?

Fuhren langsam weiter und trafen auf Ähnliches. Querlinien, Parallelen. Schnurgerades. Auch Verzweigtes. Fanden wir hier ein System? Ein Liniensystem? Oh Wahn, oh Sinn. Das legte doch nun nahe – wir drei Weihnachtsmänner oder Könige aus einer Anderswelt – wir verfügten in diesen Sekunden über nichts Stärkendes. Zwar gab es in jeder Astronautenmontur das „Rettungsröhrchen", ein Fläschchen, aus dem in kritischen Momenten, bei Kreislaufkollaps und anderen Notfällen Hilfreiches zu saugen oder zu schlucken wäre, *vitalising*. Eines der Fläschchen hab' ich euch vorhin vorgeführt. Aber war dies hier ein Notfall? Oder waren unsere Drehschwindelgefühle nichts als pure Erschöpfung? In unmäßig lähmender Überforderung? Nein, hier gab es weder Zugriff auf metallic schüttelnden und packenden Rockpop noch auf ergreifend klärenden Beethoven oder Schubert oder befreienden Mozart, hier lauerte auch nirgends ein kluges Wochenmagazin, das cool oder zynisch jedes Verquere, ob krumm oder geradeaus, auf die Schnelle karikieren und uns mit Eleganz vom Hals schaffen könnte. Ja, Marc Hecker, fast immer beherrscht ihr die Trumps oder Johnsons und anderes noch Verrückteres raffiniert ablenkend und verwandelt das alles ins Unterhaltsame. In die inzwischen weltweit grassierende UntenHaltung. Bitte korrekt ausdrucken: mit kleinem „n", mit großem „H".

Nein, Ablenkung oder gar Denkhilfe stand uns da nicht zur Verfügung, keine Kunststückchen oder Tricks, all jene, wie mein Mister XY überzeugend bedauert und begrübelt hatte, all jene auch und gerade im allzu oft geblendeten und vernebelten Deutschland besonders hoch entwickelten Bemäntelungstechniken, das edle romantische Glotzen.

Danke für den Schluck, *Doc* Lu. Unfähig blieben wir, zu begreifen, wenigstens zu sortieren, einzuordnen. Die hier sehr deutlich sichtbaren „Narrativs" wegzuschieben, erzähltechnisch. Es wenigstens abzusondern in

Dateien. In bewährten Schubladen verschwinden zu lassen.

Was hier gar nicht zu begreifen war, zeigte sich aber ständig und zum Greifen nah. Da wollten auch wir denn doch endlich tapfer bleiben, keine Marsmännchen erfinden, sondern besser denken. So haben wir's uns am Abend beteuert. Man hat ja so was in Filmen immer vergnügt angeschaut, in Büchern eifrig gelesen. Faszinierend, diese unerklärbaren Reisen quer durch die Galaxien, schneller als oder mindestens so schnell wie Lichtgeschwindigkeit, keiner hat mir je diese Methoden ernsthaft erklären können, schon gar nicht als überlebbar, zumal bei solchem Tempo aufs faktische und materielle Überleben ja komplett verzichtet werden muss. In wenigen Sekunden vom Planeten Erde weit über Mars hinaus? Da entdeckte man dann auf Anhieb die tollsten fremden Universen, komplette Anderssysteme samt Metropolen, ohne dass irgendein Gedanke aufgetaucht wäre, etwa dass Milliarden mal Milliarden Galaxien oder Milchstraßen existieren, jeweils mit Milliarden Sonnensystemen in für den Menschen unerreichbaren Distanzen – da landen aber Leser wie Zuschauer problemlos in diesem oder jenem intelligenten Gegenwahnsinn, bloß virtuell oder nur funktional fiktional irren sie durch paradiesisch perfekte High-Tech-Labyrinthe. Und kaum sind die gesichtet, reden da die Entdecker drauflos, ist immer mindestens einer, der flott Bescheid weiß und aus dem Stand hinreißende Theorien entwickelt mit brillanten Ordnungsmarken und kessen Anwendungen. Das rotiert dann natürlich ebenso im Konsumentengehirn, befolgt ohne weiteres

Wimpernzucken alle Anordnungen, fiktiv oder real, und weiß, wie mit Absonderlichkeiten zu verfahren ist, unbeirrt sinnvoll werden die Metropolen erobert, beraubt oder missioniert, und sehr gern „befreit".

Fest gebockt hockten dagegen wir auf unserem stählernen Lurch, auf Sitzen aus Karbonfaser. Rucksackschneemänner. Überwältigt von kaum mehr als fünf Zentimetern Höhe. Gebannt vor Spuren eines offenbar streng Rationalen in irrationaler Hölle, auf einem Planeten-Leichnam. Drei strahlensicher Abgeschirmte, auch gegeneinander blockiert, komplett isoliert in je bestens verschlossenen Wärmebehältern und Luftsystemen und Kreisläufen. Kauerten kläglich auf unserem künstlich intelligenten Wühler *Turmoil*. Über Funk kam von keinem ein Wort. Nein, eine solches Gegenüber war in *Death Valley*/Nevada niemals trainiert worden, auch nicht in Chiles *Atacama*.

In den Kopfhörern rauschte es nur, das dröhnte. Auch in den Köpfen. Achten Sie auf Ihr Hirn. In unseren Helmen brauste nun zweifellos das berühmte Weltraumrauschen, das ungeheure Ewigkeitsecho, immer noch von den ersten Sekunden der Entstehung von Allem. Klar, das war es.

Irgendwann ist dann unter uns, in den nächsten Tagen, in der Verheerung unserer bisherigen Sichtweisen, ein hilfreiches Hauptwort aufgetaucht. Nicht nur in unseren tags raumtechnisch so hart isolierten Köpfen. An den Abenden in der Raumstation, als endlich Aussprache war, da erschien als Hilfs- und Halte- und Klammergriff ein historischer Name. Für das, was wir am ersten Marstag unten in der Ebene entdeckt hatten und was dann in unserer weiteren Marszeit unser Arbeitsfeld wurde. Das wollte *Pompeji* genannt werden. Da hatten wir doch wenigstens ein Wort. Hätten auch *Herculaneum* nehmen können. Eines der seit Langem anerkannten Worte fürs Schaudern des Menschen vor katastrophaler Natur. Das prachtvoll errichtete *Pompeji* als stützender Wortschluck. Statt Beatles, Queen oder Klassik.

Standen an diesem sechsten Januar offenbar vor Randbezirken von etwas, was nur noch in allerletzten Relikten vorhanden schien. Vor etwas, das auch noch nie sichtbar werden konnte für alle bislang zum Mars geschickten Raumsonden. Verzagten vor etwas zu diesem Mars vor undenkbar langer Zeit Hinzugefügtem. Drei Raumflieger am Dreikönigstag vor dem, was sie in den nächsten Tagen unbedingt näher erkunden und womöglich durchschauen wollten. Wenigstens in Annäherungen. Und was sie hilfsweise *Pompeji* nannten.

Bin als erster runter von der Raupenkröte und hab mir – wie ein Roboter mit Lebendfüllung – mit scheinbar ferngesteuerten Greifarmen Geräte aus dem Fahrzeug gegriffen, wieder die Grabungsgeräte, dazu die Behälter mit dem absolut dichten Verschluss, hab die gefüllt mit Materie vom Rand einer rätselhaften „Allee". So tippte ich das in meine Notizen. Wie in Trance tat ich meine Griffe, schloss die Behälter, kletterte wieder auf die Raupe, verstaute das Gesammelte unter den Sitzen. Green hatte seine Fassung gefunden im Bildermachen. Auch der Mann aus Reno, sonst gern fidel mit aktuellen *Higgelty-Piggelty*-Varianten, er schwieg.

Chef Cocksfield setzte unser Edelstahlbiest wieder in

Bewegung, wollte nun erst mal nur zurück. Obwohl für den Weg zurück noch genügend Zeit war, wollte er jetzt in die Bodenstation, wo man unbehindert reden konnte, auch mit dem klugen Miller. Staubten nun schweigend an der rotblauweißen National- und Stahlfahne wieder vorüber. Über Abkürzungen hatte *Turmoil* den *Black Forest* zu erklettern, aus den Höllental-Mäandern über eine *direttissima* zurück zum *World Peace*.

HECKER: Ihre Entdeckungen haben Sie noch an diesem sechsten Januar dem *Space Center* gemeldet?

BRANDT: Haben wir.

HECKER: Wie wurde das aufgenommen?

BRANDT: Langsam, besser der Reihe nach. Zuerst das Reden mit Pilot Miller, der tatsächlich gekocht hatte, „frisches" Gemüse, *tastes like heaven*. Dem hatte der *Captain* schon per Funk das Nötigste hinaufgemeldet. Miller blieb wohltuend ruhig. Ihm war inzwischen eine ältere Geschichte klar geworden, nein, nicht die doppelte Entdeckung des Südpols, aber gleichfalls eine Antarktis-Sache. Im Eis der irdischen Südpolkappe war 1979 ein Meteorit entdeckt worden, ein ansehnlicher Brocken. Den hat man ausführlich untersucht und fand, dass der in zentralen Partien bis ins Kleinste dem glich, was unbemannte Sonden bis dahin als Marsgestein analysiert hatten. Da war man sich einig, dieser Klumpen im Eis, der wurde vor langer Zeit, als der Mars noch aktiven Vulkanismus trieb, ins All geschleudert, wahrscheinlich vom gewaltigen *Mons Olympus*, von diesem vierundzwanzig Kilometer hohen Monster, dreimal so hoch wie der höchste Berg der Erde.

Und Miller wusste erstaunlich genau, welch interessantes Sortiment an Molekülen in diesem Brocken nachgewiesen worden war, organische Moleküle. Nicht nur Iridium und Meteoritenmetalle und Silikate, sondern auch Kohlenstoffe, Aminosäuren. Ergo barg dieser Marsbrocken Voraussetzungen für die Entwicklung von Wasser. Das nahm man damals zur Kenntnis. Hat aber auch das erst mal beiseitegeschoben.

Wasser, auch nur Spuren von Wasser, sagte Labortechniker Miller, wie sollten die hier noch existieren an Oberflächen, die vom All undenklich lang misshandelt wurden. Wahrscheinlich seit Milliarden Jahren. Unvorstellbar dauerhaft sei Mars schutzlos Ultra-Strahlenbeschuss ausgesetzt. Zersetzend, auflösend. Prozessen, die alles längst abbauten. Jedenfalls Lebensmoleküle. So Miller: „Das ist seit Langem verbrannt und zergangen. Und deshalb war damals auch, nach dem Fund im Eis, ziemlich rasch Schluss mit neuen Debatten übers Leben auf dem anderen Planeten. Egal, welche Belege *Mons Olympus* zum Südpol geschickt hatte."

HECKER: Auch mir fällt das jetzt wieder ein. „Sensation vom Mars". Aber das wurde abgelegt, unter Kuriosa?

BRANDT: Im besten Fall unter Ungeklärtes. Jetzt aber, trotz alledem, nun zeigte uns das *Mare Martis* ein Liniensystem. Wonach der Planet einst ganz und gar andere

Stadien gekannt haben muss. Epochen von Intelligenz? Und nicht etwa für uns, zum Jux, von den russischen Kollegen angelegt. Obwohl, ausgerechnet hier und jetzt war uns allerdings eine russische Expedition zuvorgekommen und dürfte ebenfalls von diesen Erscheinungen berichtet haben. Von einem Mars-*Pompeji*? Von rationalen Linien auf einer zerstrahlten Oberfläche? Hatte also auch Houston/Texas längst Kenntnis? Hatte uns aber vom russischen Parallel-Unternehmen nichts gemeldet? Um uns zu schonen, lieber nichts vom neuen russischen „Sieg" im Weltraum?

HECKER: Ja warum? Auch von der russischen Parallele weiß man tatsächlich bislang nichts, öffentlich und weltweit nichts. Auch unser findiges Magazin blieb blind. Warum hielten beide das geheim? Ost wie West?

BRANDT: Die im Osten anfangs wohl in der Sorge, ihr Flug ins All, dieser hoch riskante Trip könnte misslingen. Erst recht der noch riskantere Rückflug. Also schon vorweg eine perfekte Info-Blockade. Auch wir glaubten ja bei den Nachrichten von einem Start aus *Baikonur* nur an einen weiteren Erdsatelliten, vielleicht an eine russische Mond-Erkundung. Erst Freund XY hat mir unterwegs nach Denver erzählt, was ich zunächst kaum verstehen konnte. Der hat unterwegs viel philosophiert, über das Totschweigen wichtiger Erkenntnisse. Das sei schon in Roms Imperien blendend beherrscht worden, galt als zwingender Trick aller Machthabenden. Die *damnatio memoriae*, das Auslöschen von Öffentlichkeit, von Wahrnehmung, Gedächtnis, Erinnerung. Wann immer schon in Rom dem Regime irgendwas oder irgendwer nicht passte, dann sei das praktiziert worden, *damnatio memoriae*. Auslöschen. Das mussten Regierende wie Chronisten souverän und rechtzeitig beherrschen und einsetzen können.

HECKER: Auch den heute Regierenden mutete der Mars also so etwas zu? Von Grund auf?

BRANDT: Auch am Abend unserer ersten Tour war das unser Thema. Auch und erst recht an diesem Abend waren ja nun unsere *Mars News* fällig, die aktuelle halbe Stunde, wieder mal weltweit. Und nach diesem ersten Tourtag hatten wir freilich einiges zu erzählen, Fakten, *turmoiling*. Green hat die Sendung gut vorbereitet, wollte in tollen Bildern natürlich erst mal den Vorsprung des russischen Teams keineswegs verschweigen, sondern fair und kollegial herausstellen, bastelte eine Bildpassage, die in aller Pracht die metallen leuchtende Nationalflagge zeigte, die Trikolore in der grauen Marswüste. Und im Kommentar wollte ich dann den Schluss ziehen, dass wir aufhören wollten, auf Mars nur oberflächlich Aschenreste zu sammeln, von jetzt ab müssten wir tiefer bohren, in jeder Weise, gründlicher forschen, „genauer denken". So höre ich mich noch meinen Kommentar präzisieren, für den Abend des sechsten Januar.

Ohne dass ich ahnen konnte, was dann tatsächlich passieren würde. Nämlich nach Cocksfields improvisierend gemurmelter Vorwegansage, vor der Ausstrahlung. Was dann blitzartig abgelaufen sein muss unter den Aufsehern in Washington. Bevor also unsere offenbar populär gewordene Sendereihe auch an diesem Abend live und spät rund um die Welt gehen sollte, da haben die bereits reagiert. Schon nach dem ersten Gemurmel unseres Chefs, nach seinem *sorry* und *hell* und „haltet euch fest", „die Russen, verdammt, die Russen waren wieder mal vor uns im Ziel", und „außerdem und noch mal verdammt, ob ihr's glaubt oder nicht, der Mars, die Phantome leben, der Mars war einst bewohnt, irgendwie teuflisch intelligent". In dieser Weise hat er losgepoltert. Wie konnten wir wissen, wie verquer dieses Vorweggerede einschlug. Dass da über die „Dienste", nach Signalen von „Mitarbeitern" in Moskau, ein STOPP seit Monaten vorbereitet war, dass Cocksfields Gerede sofort durchschlug bis zur obersten Aufsicht. So weiß ich das inzwischen vom Menschenfreund XY und verstand sein nächtliches Reden im Jeep erst seit Kurzem. Cocksfields Geschimpfe hat unsere Live-Sendung blockiert, löste ein längst vorbereitetes Ausschalten und Löschen aus. Unsere *Mars News* verschwanden, „wegen technischer Störungen."

HECKER: Der Übertragungsweg von und zum Mars, so bekamen auch wir zu hören, der sei nun mal nicht einfach, schon gar nicht für komplexe TV-Technik über derartige Distanzen.

BRANDT: Egozentrische Staatsraison und Zirkus, sie kooperierten da bestens, in West wie Ost. Die Tarnkappen der Oberen, der „Verantwortlichen". Washington war laut XY seit Langem informiert über das, was auch die Russen vom Mars hatten berichten wollen, die in Moskau sowieso Geheimsache blieben, jedenfalls fürs Volk. Auch wir wussten ja nichts von dem, was im *Baikonur-Kosmodrom* in Kasachstan abgelaufen war und vom Kreml gesteuert blieb. Beherzt und ahnungslos zelebrierten Green und ich am sechsten Januar unsere Sendung, alles, was uns überrascht, verwirrt und beeindruckt hatte, meldeten wir sorgfältig, von John Green bestens bebildert, sogar dramatisch, oh ja, in starker, in angemessener Erschrockenheit.

Aber all unsere glaubwürdigen Aufregungen, so wusste das mein Wohltäter XY, wurden nur noch aufgezeichnet. Greens Bilder und meine Reaktionen, sie gingen nie über einen Sender. Am sechsten Januar nicht und an den weiteren Abenden nicht. Auch dann nicht, als Green und ich in den nächsten Tagen immer neue Entdeckungen und Erfahrungen vorführen und zur Erde schicken konnten, immer rätselhaftere Bilder und Daten, die, so waren wir überzeugt, jeden selbständig Denkenden aufwühlen müssten, *turmoiling*. Mag sein, auch wir stammelten nun bisweilen wie Fußballhelden, wenn sie schon in der Halbzeit atemlos ihre Taten, ihr Glück oder Pech kommentieren sollen, prompt um Worte ringen und entgleisen nach populären Vorbildern, „erst hatten wir Pech, dann auch noch kein Glück". Nur gut, dass wir von all dem nichts wussten. Die Zensur hätte uns zusätzlich in Rage gebracht.

HECKER: Die Gesprächspartner im *Space Center* verrieten Ihnen auch später nichts vom russischen „Sieg"?

BRANDT: Die Partner reagierten zunächst scheinheilig seriös, rieten uns, weiter zu forschen, tiefer zu bohren und zu testen, ja, auch in dem Gelände, das wir so interessant *Pompeji* genannt hätten, auch dort sollten wir gründlich bohren und, falls möglich, unter die Oberfläche gehen. Da ahnte noch niemand von uns, wie doppeldeutig das war, verriet das doch indirekt die Meldungen der Russen. Wir dachten anfangs nur an den Bohrer im *Turmoil*, mit dem in der Tat tiefer zu bohren wäre als nur elf Meter, das war machbar, wäre auch geschehen, hätte sich nicht ergeben, was ich schon angedeutet habe – hätte sich nun nicht das Innere des Mars – ja, von selber geöffnet. Hätte nicht *Noctis Labyrinthus* uns großartig eingeladen ins tiefste Innere des toten Planeten. In den Kern unseres ruinierten Nachbarn. Nur Geduld. Weiterhin erzähle ich eines nach dem anderen.

Wird schon so sein, dass bereits Cocksfields erste verworrene Mitteilungen in der obersten Instanz so wirkten, als sei auch irgendwas passiert mit unserer Psyche. Einer in Houston fragte besorgt, ob es sein könnte, dass wir im Stress Phantasmen aufgesessen seien. Gleich unser erster Ausflug sei zweifellos eine Tortur gewesen, physisch wie psychisch.

„Phantasmen", so hörten wir ein erstes Echo im Fernkontakt. Als erlaubten jetzt auch wir uns, womit man schon 1877 den Maestro Schiaparelli verhöhnt hatte wegen seiner Behauptung, Kanäle gebe es auf dem Mars. Was später nur noch dann zitiert wurde, wenn man sich lustig machen wollte. Damals setzte es Spott, der Italiener kam ins Fach Kuriosa. Bestenfalls unter

„optische Täuschungen". Und sanft wurden wir daran erinnert, dass man im All auf keinen Fall hineinschlittern dürfe in eigene Einbildungen, so wie Schiaparelli.

Nach Schiaparelli hat sich ja dann auch fast keiner mehr getraut, in Sachen Mars ernstlich und konsequent weiterzudenken. Sie blieben fast immer außen vor, die vergangenen Zeitalter, die Milliarden-Epochen des Mars, egal, was *Voyager, Mariner, Viking, InSight* oder *Opportunity* an Daten lieferten. Daten und Bilder, die längst deutlicher deutbar gewesen wären. Und am Abend unserer ersten Marstour, da konnten wir ja auch noch kaum genauere Angaben machen, hatten eigentlich nur gerade Verläufe gesehen, „Linien", freilich auch Parallelen, sogar Querlinien, rechte Winkel. Hatten das nur wenige Augenblicke wahrnehmen können, waren lieber erst mal zurückgefahren zur Bodenstation. Durften wir da schon, wie Chef Cocksfield, von Straßen reden, von Alleen, von Intelligenz? Schon die Tatsache, dass wir in dieser Welteinsamkeit auf etwas gestoßen waren, was dort einst mit Berechnung getan worden sein könnte oder müsste, allein das erschien uns grundsätzlich verstörend genug. Meinten wir. Meine ich noch jetzt.

Wenn ich den internationalen Herrn XY richtig verstanden hatte, dann funktionieren auch beim Zugriff auf den Weltraum Spionage und oberste Aufsicht. In Cocksfields polternden ersten Infos vernahm Houston „uralte Tollheiten". Und Washington hatte für diesen Fall gute Sicherheitsabläufe vorbereitet, vor allem die TV-Sendeblockade. Was wir erst nach unserer Rückkehr ganz begreifen konnten. Die da oben wissen halt seit je, was das Volk erträgt und was nicht.

Unsere Entdeckungen fanden wir unerhört. Hätten Beachtung verdient, meinten wir, Aufsehen, seriöses Bedenken. Eigentlich sogar *turmoil*.

HECKER: Stattdessen lieferte Houston was?

BRANDT: Letztlich Handschellen-Maulschellen. Und zwar nicht Houston, sondern Washington. Cocksfield, als ahnte er, was er angerichtet hatte mit seinem Vorspruch, am nächsten Abend, am siebenten Januar also, da gab er sich im Vorweggespräch Mühe, redete länger, konzentriert und ernsthaft, und wirkte dadurch endgültig engagiert und hartnäckig. Auch das haben wir wieder mit angehört. Diese Gespräche von Planet zu Planet, die sind anstrengend, ja fast quälend, weil sie ja nicht als Wechselgespräch laufen können, sondern wie einsame Erklärungen, mit anschließend großen Pausen, in der Erwartung von Gegenerklärungen. Minuten dauert das, bis das Gefunkte bei den Erdkollegen eintrifft. Dann abermals lange Minuten, bis die Antworten kommen. Alles wenig hilfreich für gute Kommunikation.

HECKER: Zum Beispiel? Wie ging es weiter am sechsten Januar?

BRANDT: Der Mensch in der Bodenstation fragte schließlich, ob wir nicht lieber erst mal gründlich ausschlafen wollten. Erstaunlich gerade Linien, die seien im *Noctis Labyrinthus* schon auf alten Sondenfotos zu erkennen gewesen, auch in anderen Regionen. Deswegen müsse niemand von Alleen reden, dann doch lieber gleich von Kanälen. Der Kerl höhnte.

Ein anderer war Experte und wusste: „Der dritte Tag, so wissen wir doch, ist im All immer der schwerste. Ist der Kollertag, auch schon beim Fliegen um den Erd-Orbit. Auf dem Mars ist ein bisschen Extra-Irrsinn natürlich gestattet."

Da redete einer, der uns bei Laune halten sollte, Morton McDean, berüchtigt für seine tollen Koloraturen in Sachen *think positive*. Auch McDean hatte garantiert Direktkontakt mit den Maßgebenden, sollte mit uns so aufbauend wie möglich plaudern, ablenkend und hilfreich für unser Wohlbefinden, für den Erfolg der sehr aufwendigen Expedition. Auch fürs Wohlbefinden des weltweiten Publikums. McDean lieferte, wofür er eingekauft war, als wichtiger Beschwichtiger.

Weswegen er uns auch komplett verschwieg, dass wir ab sofort vom Livebetrieb ausgeschlossen waren. Auch in den nächsten Abendsendungen ließ man uns immer neu liebste Grüße an die Familien durchrufen, als könnten die weiterhin zuschauen. Mister XY wusste, wir wurden nie mehr gesendet, nur noch aufgezeichnet, archiviert. Allein Kontrolleure wie XY sahen und hörten unsere weiteren *Mars News*, XY hatte mein Gerede zu übertragen ins Englische, hatte Untertitel zu basteln.

Chef Cocksfield, vorm nächsten Abend mit *Mars News*, also am Abend des siebenten Januar, da versuchte er konzentriert und konsequent zu reden. Er heiße James Cocksfield, wohne in San Diego/Kalifornien und habe, das wiederhole er dem bescheuerten Morton

McDean hiermit abermals, er habe dem *Cyber Space* zwei Außerordentlichkeiten mitzuteilen. Das eine sei Teufelei und *Bullshit* des Jahrtausends: *Russia first.* Das andere sei die Sensation desselben Jahrtausends, nämlich, dass Mars intelligentes Leben hatte, Millionen Jahre vor Erde.

HECKER: Danach wurde endgültig gebremst?

BRANDT: Nervliche Ausfälle waren auch beim Training debattiert und geübt worden. Man wusste, im All war damit zu rechnen, dass Leute durchdrehten, nicht wahr, Doktor Hecker? Was tun, wenn einer in der Totalwelt den Schub kriegt, Kosmoskrise, Weltraumdelirium. So was musste dann nicht gleich aller Welt vorgeführt werden, klar. Live jedenfalls nicht. Ist ja einzusehen. Cocksfield solle bitte nicht so viel Lärm machen, die Funkanlagen liefen heiß, konterte Morton McDean. *Don't worry, be positive.* Dann bekamen wir immerhin einen anderen Gesprächspartner, einen, den wir gut kannten, plötzlich redete *Doc* Irwin mit uns, unser Psycho-Trainer aus dem *Death Valley*. Auch dem schien unser Zustand bedenklich. Aber mit *Doc* Irwin schickten sie uns einen Verständnisvollen, der erinnerte daran, welche Irritationsphase wir nun durchzustehen hätten, die für die Raumfahrt typische Wippe zwischen Depression und Aggression, das alles hätten wir doch im *Tal des Todes* ausgiebig erörtert und geübt, das sei bisher noch bei fast jedem Raumfahrer zu beobachten gewesen, jedenfalls bei den sensiblen. Nett war er, der *Doc* Irwin.

Beim Raumflug werde jede Fähigkeit massiv auf die Probe gestellt, so mahnte und erinnerte der. „Alle Begriffe, wie haben wir uns das damals gesagt? Alle Kriterien fliegen da unvermittelt in die Höhe und fallen völlig durcheinander zurück ins Bodenlose, ja, sozusagen ins Abgründige, verrückt wie Mikadostäbchen, freilich um Einiges wesentlicher. Nach eurer Rückkehr, da werde ich helfen, all das auseinanderzupflücken und zu sortieren, möglichst ohne Absturz." Auch diesem Irwin ging es im Grunde um unsere Arbeitsfähigkeit. Keine Spur von sachlicher Debatte. Etwa über Systeme aus geraden Linien. Über Wasserwelten und warum denen das Wasser abhandengekommen sein musste.

HECKER: Hat dieser Irwin sich sehen lassen nach Ihrer Rückkehr?

BRANDT: Natürlich nicht. Nicht nach unseren weiteren *News*-Sendungen. Und Sie verstehen nun vielleicht, warum ich bei Leuten Ihres Gewerbes ziemlich reserviert blieb. Oder unziemlich. Er nickt, unser Redakteur in Sachen Wissenschaften. Die Abfuhr aus Houston, die kam in Wahrheit aus Washington. Die erinnerte uns an das, was sich einst schon nach dem russischen „Sputnik-Sieg" abgespielt hatte. Auch an das Echo auf den ersten Mondflug. Als unsere Mondflieger heimkehrten, da waren auch damals die Kosten immens gewesen. Und großartig die Kommentare der Regierenden, und peinlich beschränkt die Kenntnisse im „breiten" Publikum. Und – bei den Massenmedien. Mit dem Flug zum Mond hatte Präsident Kennedy den russischen Vorsprung im All einholen und übertreffen wollen. Als dann aber, nach der Rückkehr, live, unter vielen Kameras, die Mondkiste geöffnet wurde mit „Mitbringseln aus dem Kosmos", als sich da, in einem hochgemotzten Spannungsmoment, Kameras und Blicke auf das Resultat richteten, da setzte es Ärger. Sogar Wut. Apollo 11 hatte 22 Kilo Gestein verschiedenster Sorte und Größe mitgebracht. Aber was nun in der Kiste und im TV zu sehen war, das nannte ein Reporter „verbrannte Kartoffeln". „So'n Zeugs, das liegt bei uns in Großmutters Garten, dafür der Aufwand?" „*Fuck Moon!*"

HECKER: Und nun *fuck Mars*?

BRANDT: Beim Mond schalteten sich live fast alle Kanäle aus. Schluss mit dieser teuren und kläglichen Show, ja, eine *pitiful show* sei das gewesen. Vom Mond kamen halt weder Schätze noch Edelsteine noch damals schon „seltene Erden" in die Hollywoodgemüter. Die Wahrheit übers All, die blieb eisernes Hollywood-Reservat, die blieb blitzblank und goldglänzend, aber bitte kein Kistendreck.

HECKER: Und als jetzt Sie, *Doc* Brandt, zur Erde zurückkehren, was steckte da in Ihrer Kiste?

BRANDT: Abgesehen davon, dass unser Gepäck sofort in Beschlag kam, behaupte ich, wir boten den Aufsehern älteste Mythen.

HECKER: Mythen?

BRANDT: Seit je ist erzählt worden, wie gefährlich schnell die Ewigen eifersüchtig werden können. Neidisch auf die Sterblichen, wütend auf unsere Neugier, unsere Einfälle. Als Menschen das Feuer nicht nur entdeckt hatten, sondern immer neu nutzten, das Element der Götter, als sie anfingen, göttliche Energien zu beherrschen, als Menschen mit dem Feuer selber Schöpfer von Geschöpfen werden und sogar fliegen wollten. Da straften die Oberen streng. Ließen nicht nur den enormen Feuerbeherrscher Siegfried abstürzen in elende Ermordung, sondern zuvor schon Ikarus, als der real zu fliegen begann. Und verfügten früh und im Groll Prometheus, den Kreativsten der Selbstschöpfer, dort festzunageln, wo auch der von Grund auf hingehöre, ins Materielle. Oder sagen wir's prächtiger, in Goldstaub. In Sternenstaub. Weswegen wir Sterblichen seitdem nach Gold gieren müssen. Nach Gold und Geld. Nach einem Leben wie die Götter. Die schmiedeten aber den Feuerkünstler Prometheus dauerhaft fest an einen Felsen, an Stein und Eisen, bisschen kantiger als unsere Quarantäne. Und forderten seitdem immer neu höchste Opfer. Unser Leben. Zwangen uns permanent zurück ins Irdische, ins Materielle. Für immer.

HECKER: Was hätte das mit Mars zu tun?

BRANDT: Auch unser Nachbarplanet wurde auf diese Weise ruiniert. Mit Stumpf und Stiel, ich werde es erzählen. Warten Sie ab, mein Bericht ist ja noch lange nicht am Ende. Wurden denn wir Erdenwürmer irgendwann mal unabhängig, mal wirklich frei vom Materiellen? Geht derzeit Gier bei uns irgendwann noch wurmartiger? Noch materieller? Noch martialischer?

Aber in Sachen Mars sollte ich nicht vorgreifen. Sollte jetzt weiter schön der Reihe nach erzählen von unseren Entdeckungen und Überraschungen und Schrecken. Am Abend des sechsten Januar jedenfalls bemerkten wir schier nichts von unserem Aus- und Abgeschaltetsein. Spürten in den Echos nur denkwürdige Abwehr und Abfuhr. Registrierten Belehrung, fast Mitleid. Sorgen um unsere Tüchtigkeit. Auch blödes Witzeln, der kalifornische Wein sei doch erst am nächsten Sonntag fällig.

Wir gaben auf. Nahmen uns vor, von jetzt ab selbstbestimmt zu forschen, so gründlich wie möglich. Gezielt im *Nachtlabyrinth*, im *Pompeji* des Mars

HECKER: Und? Haben Sie ein *Pompeji* wirklich entdeckt?

BRANDT: Was wir in den folgenden Tagen fanden, das war mehr. Das war nichts weniger als Grund zum *turmoil*, zum Aufruhr. Egal, ob unserer Aufsicht solche Perspektiven gefielen oder nicht. Was wir fanden, das fügte sich halt kein bisschen in ihre Begriffe und Wünsche. Nach der einen der beiden gültigen Theorien ist Mars ja ein greisenhafter Himmelskörper im letzten Stadium, wie unser Mond.

Nach der anderen These war Mars vormals ein jugendliches Planetenmonster. Seine Giftatmosphäre galt den meisten als Ergebnis von wildem Vulkanismus und von Kometen, die Feuer schleuderten und Gas. Vor allem vom *Mons Olympus*, dem größten bislang im All entdeckten Vulkan, dem höchsten Berg im Sonnensystem.

HECKER: Und Sie? Bleiben Sie bei Ihrer Vorstellung vom Greis nach extraordinärem Leben, gar vom Leichnam?

BRANDT: Mars ist heute tot und kalt. Freilich muss man sich endlich seine Jugend anders denken. Nicht als Zerstörung durch *Mons Olympus* und anderes Verderben. *Olympus* war, als auf Mars Leben wuchs, längst selber ein *moribundus*, ein Sterbender. Auch die anderen Vulkane hinterließen Relikte. Aber wie gesagt, ich erzähl in der Reihenfolge, in der wir's entdeckten.

Mit *Turmoil* sind wir nun täglich ohne Umwege in die riesige Senke hinab, dann, am Rand des *Mare Martis*, tief eingetaucht in die Region, in der wir es gefunden hatten, das System gerader Linien. Nach dem gönnerhaften Hohn aus Texas packten uns verstärkte Energien. Nicht nur die Ahnung, zwischen alle Stühle geraten zu sein, hier die Russen als „Sieger", dort die eigenen Leute, die sich weigerten, unsere Verwirrungen und ihre Ursachen zu bedenken oder überhaupt zur Kenntnis zu nehmen. Plötzlich allein gelassen – das kann das Bitterste sein. Das schafft aber oft auch das Befeuern vom „trotz alledem".

Am siebten Januar, bei unserem zweiten Ausflug, da machten wir zunächst mal Halt an der oberen Kante des *Black Forest*. Da gab's freien Blick, fast klares *sightseeing*. Trotz Ärosoldunst sahen wir weit in die Tiefe hinunter, sahen in der gelbroten Trübe nicht nur den Flusslauf *Missouri*, sondern auch die irritierenden Flächen dahinter, von da oben gut zu erkennen. Markant allerdings auch die russische Trikolore. *Phobos* jagte kopfüber über all das hinweg, der schwarz glänzende Felsenleib, vorn mit weit aufgerissenem Karpfenmaul, dem Krater *Stickney*, mit dem er das aufdringliche Nationalding prima hätte verschlucken können.

Wann immer die Monde auftauchten, schaltete ich noch jetzt das Außenmikro ein. Heulen und Pfeifen wollte ich hören, wenigstens ein Dröhnen. Stattdessen Stille. Lag das an ungünstiger Windrichtung? Aber überhaupt, ein Schall, in dieser Restluft? War Ton hier je möglich? *Phobos* blieb stumm, obwohl er weiter unverschämt dicht über uns wegjagte. Nein, vom *Schrecken* sprühte weder Kometenfeuer, noch lärmte der mit Rauschen, Donnern oder Fauchen. Oder doch wenigstens mal sanfteres Säuseln, überirdisch harmonisch.

Stiegen vom *Turmoil* ab, nutzten Spektrometer, Schaufeln, Hacken, Hämmer, Greifer. Machten Messungen, fixierten Bilder, Cocksfield registrierte Winkel, Entfernungen, notierte Koordinaten, Daten.

Unter uns, am Hang des *Black Forest* gab es wieder Schlamm-Muren. Das sah aus, als seien dort soeben feuchte Marsmassen abgerutscht und weggeschwemmt. War aber alles total verdorrt und verkrustet. Zerbrannt bis ins Innerste. Unter steinernem Lack. Dieser untote Planet, er trieb seine Mimikry auch mit Schlamm, bot immer neu nur den Anschein von Bewegung oder Leben. Als seien wir in ein riesiges morphologisches Disneyland geraten, in ein phantastisches Fratzenland voller täuschender Als-Obs.

Wenn wir weiter hinausblickten in die Tiefen, sahen wir einen Bereich des *Mare Martis*, der aussah wie umgepflügt. Dicht an dicht schimmerten da Furchen. Soeben entstanden? Spuren der russischen Panzerketten? Forschungsfleiß der Kollegen? Proben für ein galaktisches Truppenübungsrevier? Für einen Bauplatz?

HECKER: Könnten diese Kollegen nicht durchaus Militärisches vorbereitet haben? Eine Abschussbasis? Eine Überwachungsstation fürs All? Washington verfolgt nun doch Ähnliches. Oder auf Mars eine Deponie? Für Gift, für Atommüll?

BRANDT: Wäre sogar ökonomisch Nonsens, schon wegen der Distanz Mars-Erde. Aber Atomwirtschaft hat sich ja sowieso und nachhaltig erwiesen als wirtschaftlicher Unsinn, jedenfalls fürs Volk. Mit größter Arroganz als bleibender Schaden fürs Volk, offenbar unschädlich für Privat- und Raubdenker. Hartnäckig wird Atomkraft weiter begünstigt und gefördert, stattlich staatlich. Erst recht diese verhängnisvollen, diese für immer untauglichen „Endlager". Weltweit sind trotzdem ständig mehr als hundert Atomkraftwerke im Bau, in folgenreichem Größenwahn, die meisten in China. Den Atommüll aber auf den Mars zu bringen, statt damit weiter die Erde zu verstrahlen, das ist denn doch unbezahlbar. Ruinös für jede Volkswirtschaft, das mussten sogar Finanzhaie zugeben. Wäre auch auf dem Mond nur hirnrissig. Nein, Hecker, beim Geheimhalten der Marsresultate, da geht es in Ost wie West um anderes. Ich will's erzählen.

Miller wusste, dass man errechnen hat, Mars habe während seiner ersten drei Milliarden Jahre mit gewaltigem Vulkanismus fast acht Millionen Kubikkilometer Wasser aus seinem Inneren herausgedampft. Das habe gereicht, die komplette Oberfläche des Planeten mit fünfzig Meter hohem Wasser zu bedecken. Wo sind sie geblieben, diese Wassermassen? Mars war optimaler Wasserplanet.

HECKER: Ja, wo blieb, warum verschwand das?

BRANDT: Die Ursache war bislang unbekannt. Wird wohl auch erst neuerdings interessant, seit auf Erden Ähnliches vorgeht. Wer will schon wissen, wie das eigene Ende aussieht. In seinen tollsten Wasserzeiten hatte Mars eine Atmosphäre so dicht wie vorerst noch die Erde. Die Marshülle war wärmer, feuchter und schon deswegen unvergleichlich dichter als die jetzige, die giftgeladene. Am Ende jedoch, aus Ursachen, die unsere Erkundungen im *Nachtlabyrinth* schrittweise ermittelt haben, am Ende hatten diese Wassermassen unter einer Lufthülle zu existieren, die so verheerend und ruinierend war und um so vieles zu dünn, dass diese dünne Hülle die Sauerstoffatome und das Wasser gar nicht mehr binden konnte. Nach „intelligenten" Katastrophen und unterm Zugriff von Strahlung und Kälte aus dem All überdauerten Wasser und zuletzt Lebensmoleküle nur noch tief unter der Oberfläche, im Permafrost.

All diese Punkte sind in meinem Bericht bald an der Reihe, hoffentlich noch rechtzeitig vor unserer Landung in Berlin. Von der Randkante des *Black Forest* jedenfalls, da sahen wir auch wieder, weit draußen in der Senke, die von jüngeren Orkanen frei gefegten Flächen des *Noctis Labyrinthus*, dahinter wiederum die „geraden Verläufe", auch die Parallelen, auch die Querlinien. Das, was der Chef im ersten unsortierten Gepolter Alleen genannt hatte. Das rätselhafte Terrain war ausgedehnter, als wir das tags zuvor hatten sehen und ahnen können.

Die vielen Geraden zeigten nun ihren Zusammenhang. Zeigten sich als Netz. Als Plan, fast wie ein Gitter. An diesem Marsmorgen plastisch markiert durch Sonnenschatten. Auch jetzt freilich nutzte keiner im Team Worte wie Netz, Gitter oder System, aber jeder dachte sie. Erst wieder in den Abendgesprächen gab jeder zu, was im Kopf als Denkhilfe rumorte, nun sogar Straßenplan. Stadtgrundriss. Jedenfalls *Pompeji*.

Mit Urteilen und Erkenntnissen wollten wir uns nun strikt zurückhalten. Die Straßenkarte dort in der Ferne, die schien an den Rändern sichtlich gestört oder entstellt, nicht mehr nur von der Wühlarbeit marsfremder Kettenfahrzeuge, also des *Sputnik*, wie wir das russische Gefährt inzwischen nannten. In den seitlichen Bezirken war Marswind wieder tätig gewesen, hatte „Linien" verweht, verwischt, verschleiert. Diese wehenden Aktivitäten waren offensichtlich das Letzte, was dieser Planet auch jetzt noch anrichten und verändern konnte, mit seinen violetten oder braunroten Staubfahnen sorgt er von Zeit zu Zeit für neue Ascheflächen auf dem *concrete rock*, wie meine Gefährten den nackten Fels nannten. Asche rückte da unten wieder vor, war drauf und dran, das *Nachtlabyrinth* neu zu verhüllen.

Als wollte der wehende Feinstaub uns mahnen und mitteilen, dass die Rätsel, die da unten ausnahmsweise frei gefegt waren, dass die nur für begrenzte Zeit sichtbar blieben, dass wir uns beeilen müssten, wenn wir der Vorzeit dieses Planeten auf die Spur kommen wollten. Den Resten einer Stadt?

Sind also über den riskant steilen Abweg hinunter, zwischen diesen sturzgefährlichen Schlammlawinen, in Wahrheit völlig versteinerten Gebilden. Jedenfalls setzten sich Cocksfields Steuerkünste auch hier wieder durch, über die Murenhänge staubte er uns in die Tiefe. Unten ließen wir die Reviere des russischen Fahrzeugs links liegen, bewegten uns zielbewusst in das hinein, was von oben wieder so ausgesehen hatte, als warteten da vorzeitliche Wege. Alleen.

HECKER: Brauchen Sie Ihre Medizin? Wasser?

BRANDT: Gern wieder Wasser, gewärmtes. Erst recht jetzt. Denn von nun an versuche ich, alles so genau wie möglich zu schildern. Endscheidendes. Mit dreimal „d".

HECKER: Wir haben bis Berlin noch fast zwei Stunden.

BRANDT: Was ich berichten will, hat unabsehbar lang gedauert. Nun also fast zwei Stunden. Nur im Groben kann das reichen. Braucht handfeste Beweis-Ketten.

Danke fürs Wasser, danke, Meister Wang. Als wir unten wieder jene „Linien" erreichten und sie genauer musterten, aus der Nähe, diese schnurgeraden steinernen Extras, desto klarer wurde, dass dies alles, wenn es denn überhaupt je etwas Städtisches gewesen sein sollte, dass es im Vergleich zum wirklichen *Pompeji* unvergleichlich viel älter war, zerfallener, zersetzter. Da ging es um Material in letzter Auflösung. Auch in großer Nähe betrachteten wir rätselnd die eisenfarbenen, die lang gezogenen Geraden aus verkrustetem Steinstaub. Als sollten hier künftig Alleen vorläufig nur markiert werden. Bevor sie gebaut würden. Miller wusste: Als der Großvater des Harun al Raschid seine Hauptstadt errichten lassen wollte im heutigen Irak, da ließ er die Grundrisse seiner kommenden Metropole, da ließ er die Pläne für Bagdad mit Asche in die Wüste streuen. Erst mal nur eine Planung. Um eine Vorstellung zu bekommen.

HECKER: Um so was ging es auch dort? Um Planungen?

BRANDT: Warum die jahreszeitlichen Orkane des Mars nicht auch diese geraden Reihungen weggeblasen hatten, das erklärten uns auch hier die Glasuren, die Lackkrusten, die hatten Widerstand geleistet. Wenn wir diese glänzenden, oft fast durchsichtigen Panzer beiseite geschlagen hatten, dann zeigte sich darunter Feinstaub, mehliges Geriesel. Im Innersten dann wieder Festeres. Die Kerne wie die äußere Kruste, die hielten diese niederen Gebilde zäh zusammen, kaum fünf Zentimeter hoch.

Turmoils Ketten schrammten sich da übel hindurch, zermahlten Lack und Inneres zu pulvrigem Aschensand, frästen und zermalmten diese Markierungen kommender oder gewesener Alleen. Zerwühlten auch den Grund darunter, als sollten unter *Turmoils* Ketten neue Gräben und Brüche entstehen. Ein Jammer, wie nun auch wir hier Denkwürdiges erst mal nur ruinierten. *Turmoils* Stahl zerrüttete auch, was kompakter schien. Brach einiges unter uns tief auf, hinterließ Risse. Gewesene Gänge unter der Oberfläche? Keller? Ach, hinter uns wehten auch jetzt wieder die grauroten Schwaden, schwebten in die Höhe zu Geistersäulen, zu Gespensterspiralen.

Nach mehreren Minuten Fahrt, parallel zu den Linien, da fanden sich hinter den Alleegrenzen andere Gebilde. Einige auffallend höher als nur fünf Zentimeter. Könnten das Mauern gewesen sein? Wenn die Panzerketten die Gebilde berührten, dann blieb, was massiv schien, keinen Moment stehen, zerfiel. Das verpuffte zur Staubwolke, schwebte davon.

Haben auch hier wieder angehalten. Beobachteten, schauten, rätselten. Hielt jeder die Mikros eingeschaltet, um ja keine Äußerung der Gefährten zu verpassen. Aber reden konnte keiner. Auch hier tönte kein Kosmos „brudersphären Wettgesang". Herrschte Todesstille.

Deimos, die Riesenfelsenburg, schoss als anderes Mondgetüm wieder stumm dahin, eilte unbeirrt übers *Mare Martis* ins Weite, verschwand im trüben Horizont. Und zu beiden Seiten der vermeintlichen Allee zeigte sich hier, deutlicher als bisher, was wir nun unbedingt verstehen wollten. Untere Reste. Also Sockel von Mauern? Geradeaus errichtet auch hier, nun bis zu dreißig Zentimetern Höhe, in der nächsten Strecke noch höher.

Es gibt ja oft auch auf der Erde in Felsbänken lang gestreckt festere Partien. Härtere Quarzitgänge. Hell, oft weiß in grauer oder roter Umgebung, was bisweilen aussieht, als sei das künstlich entstanden, als sei da etwas erarbeitet worden, als hätte da jemand Quarzit geschmolzen und gegossen und hätte mauern wollen. In uralt dunklen Granitbänken schneiden sich dann die hellen Linien oft markant, unter gleichbleibenden Winkeln, als walteten da kristalline Gesetze, die für gleiche Abstände sorgten und für gleiche Winkel. Nun auch hier, im Chaos, Kristallgesetze? Auf Erden sah fast jeder mal so was, wenigstens für Sekunden – in den Sternfiguren der Schneeflocke, die auf dunklem Ärmel landet. Und zerfließt.

Höheres und Festeres zu beiden Seiten unserer „Allee", das war das Erste, was wir an diesem Tag gründlich untersucht haben. Stiegen ab, nutzten Spektrometer, probten chemisch-mineralogische Rückschlüsse, Schlüsse auf Verwitterungsgrad und Alter. Fanden auch hier ausschließlich Zersetzung. Asche. Und enorme Alterszahlen, „astronomische". Und die vermeintlichen Mauern, wenn wir sie beklopften, zerfielen.

Hier sahen wir ganz offenbar keine Gesteinsbänke, keine Quarzitgänge, keine vergangene Marsnatur. Je weiter wir in dieses *Pompeji* eindrangen, desto unabweisbarer und aufregender das, was sich da zeigte. Die höheren unter den geradeaus laufenden Gebilden, ja, die schienen tatsächlich gefugt. In Vorzeiten angelegt, gemauert. Wenn wir da Lackverkrustung und Asche entfernten, dann zeigten sich im festeren Kern deutlich unterscheidbare Einzelstücke, jedenfalls deren Begrenzungen zu anderen Stücken. Und dann zeigten sich die Einzelteile auch ineinandergefügt. Um dann freilich, beim Zugriff, gleichfalls zu zerfallen.

Ob diese Teile in Vorzeiten nur gefugt oder auch über anderes Material miteinander verbunden waren, durch Haken, Dübel oder Bindemittel, war nicht feststellbar. Auch hier schimmerte alles ähnlich grau. Oder eisenrot. Wir zeichneten und dokumentierten, sammelten Material, Beweise. Wenn wir einen dieser deutlich erkennbaren Steine oder Quader heben wollten und mitnehmen, dann zerfiel der. Zu rotgrauem Aschenstaub, zu schwefelfarbenem Puder.

Später, im Bordlabor, gelangen Miller Altersbestimmungen. Resultat? Wir meinten, seine Methode spiele verrückt. Das Gerät kam an Grenzen. Das teilte mit, diese Mauern hätten mehr Jahre hinter sich als zwei Milliarden. In meiner NASA-Quarantäne in Houston, ausgerechnet dort bekam ich jetzt gleichfalls Altersbestimmungen, zu hören vom hilfreichen Herrn XY. Dem standen erste Resultate zur Verfügung von Kontrollen an unserem Marsgepäck, an unserem wie am Gepäck der Kollegen in Baikonur. XY fand es empörend, dass die geheimdienstliche Aufsicht uns nach der Landung auch von allen Untersuchungen ausgeschlossen hielt, berichtete er mir auf der Fahrt von Houston nach Denver. Seit wenigen Tagen also weiß ich, dass wir mit Millers Resultaten nicht falsch lagen. Dass die *Pompeji*-Materie ein Alter hat, das alles übersteigt, was hier an Zeitvorstellungen üblich oder möglich ist. Die doppelte

Milliardenzahl war realistisch. Können Sie mir jetzt doch etwas anderes bringen?

HECKER: Kollege Wang hütet irische Reserven. Ja, irische. In einer seiner Kameraboxen. Schon hat er neues Glas und, ja, Paddy.

BRANDT: Danke. Wie gut. Fast wieder ein Notfall. Du kommst aus Hungerländern heim, hockst dann aber daheim und lässt es dir schmecken. Kommst aus dem Kino, schlappst in deine Kneipe zum geliebten Getränk. Schlägst ein Buch zu, als hätte das Buch nicht geschildert, was Panzer schmilzt. Als hätte der Film nicht real existierenden Irrsinn unters Mikroskop gelegt. Du machst einfach immer weiter in unserem allgemeinen UntenHalt- und Ablenk- und Suchtsystem. Reißt kein Fenster auf, schmeißt dich nicht brüllend vor Herrschaften.

Uns Idioten dort, vor dem *Nachtlabyrinth*, wer denn hätte uns da helfen können. Sei's mit phantastischem Schluck oder enormer Musik. Im Knast gab's nicht mal mehr das seit Nevada vertraute revitalisierende *Restart Heart*.

HECKER: Wenn Sie eine Pause machen wollen?

BRANDT: Danke, Hecker. Und danke, Meister Wang. Irisch?

WANG: Paddy.

BRANDT: Danke auch für diese erste Äußerung, die erste des fabelhaften Technikdirektors. Ich versuche, weiter beim Erzählen zu bleiben. Will ja alles auf eine verstehbare Reihe kriegen. Obwohl, was wir sahen, zum bisherigen Verstehen der Menschheit nicht passen will. Auch nicht und erst recht nicht diese gemauerten Mauern.

In gleichbleibender Distanz zu den Straßenlinien links und rechts, parallel zu den Alleeparallelen, da registrierten wir nun im Boden, knapp alle zehn Meter, etwas Kreisrundes. Zwischen Straßengrenze und Mauerresten zeigten sich steinerne Kreise, der Durchmesser zwischen achtzig und neunzig Zentimeter. Diese Kreise oder Scheiben waren es wohl, die uns schon beim ersten Blick auf die Idee Allee brachten. Als hätten hier mal Baumreihen gestanden. Laternen? Säulen? Von denen nur niedere Stümpfe geblieben schienen. Sockelscheiben. Cocksfield hielt an, ließ von den Relikten Bilder machen, Material nehmen.

Nach jedem Absteigen vom Fahrzeug brach man in den Alleegrund wie in stark verharschten Schnee. Da war beim Gehen heftig mit den Armen zu rudern, ums Gleichgewicht zu kämpfen. Waren ja trainiert worden mit der unablässigen Mahnung, auf keinen Fall zu stürzen. Wehe, der Raumanzug würde leck, eine der Sicherheitskapseln bekäme davon den kleinsten Riss oder Bruch, fiele man etwa auf all das glasartig Zerschmolzene ringsum, das in diesem *Pompeji* allenthalben lauerte und glitzerte. All diesem schnittig Spitzigen war ja wohl nicht zu trauen. Und unmöglich, einer von uns durch Riss oder Leck plötzlich schutzlos –

Auch in die Rundungen im Boden konnte unsere Schaufel mühelos hinein, kam durchs scheinbar Feste auch hier weich hindurch, wie durch Gewässer oder Schaum.

HECKER: Was war das wirklich?

BRANDT: Werden Labore im *Space Center* entscheiden müssen. Wir glaubten, in den Scheiben konzentrische Ringe zu erkennen.

HECKER: Baumringe?

BRANDT: Auch manche Steinsorten zeigen konzentrische Maserung. Auch ältestes Gestein bei uns, beim erkaltenden Entstehen und Wachsen kann ringförmige Maserung entstehen, just wie bei einem Baum. Auf meinem Balkon daheim liegen solche Brocken aus den Cevennen, wie Baumstücke. Ist aber Urgestein. *Gneis.*

Im *Noctis Labyrinthus* zerbröselte unter der kleinen Schaufel fast alles Steinerne. Erst nach weiteren Fahrten, beim elften oder zwölften Greifversuch mit dicken Handschuhen, mit den verlängerten Ärmeln unserer Astronautenmontur, erst beim etwa zwölften Zugriff gelang es mir, einen der Teile aus einer Mauer herauszuheben. Im *Turmoil* kam der in den Kasten, in dem sonst sensible Geräte vor Erschütterungen geschützt sind. Ob das heil in die Staaten kam, das wissen jetzt nur die Marsgötter.

Als ich's anfangs zu zaghaft tat, machte Cocksfield mir vor, wie aus den Buckeln in der Allee Proben rauszuholen wären. Vielleicht aus einstigen Säulensockeln? Resolut fuhr der Chef mit der Schaufel in den vermeintlichen Marmorrest, fuhr ohne Widerstand hindurch, und wir beobachteten, wie auch dieser Rest zusammensank zum rostigen Staubwölkchen. Wo Säule war, war nichts mehr.

HECKER: Das Ende als Haufen?

BRANDT: Im günstigen Fall verwehend. Hecker, bravo. Wenn das Erkennen so weitergeht, sollten wir einander Du sagen. Über diese Allee jedenfalls, da gelangten wir auf eine Art Platz, auf Markierungen wie für einen *Roundabout*. In der Mitte gleichfalls ein buckelartiger Mauerrest. Von verschiedenen Seiten mündeten da andere „Straßen", und weil wir ja alles Gefundene irgendwie kennzeichnen mussten, war das nicht nur mit Koordinaten zu versehen, sondern auch mit Namen, schon weil ja auch wir uns untereinander verständigen wollten. Drum redeten wir abends ungeniert von Allee, von Boulevard, von Straßenkarte oder Platz und tauften manches konkret. Nicht nur den gewesenen Flusslauf im *Mare Martis* als *Missouri*, auch unsere erste Allee, die war nun die *Cocksfield Avenue*.

Auch auf dem *Roundabout* waren die russischen Vorgänger unterwegs gewesen. Vor nur sechs Monaten. Die Kettenspuren ihres *Sputnik* trafen sich nun mit denen unseres *Turmoil*, beide zerstückelten gegenseitig ihre Wühlarbeit. Und der Ort hieß ab jetzt *Russischer Platz*. Bogen von dort in eine „Straße", die von Ketten noch nicht zerwühlt war.

Diese neue Avenue führte in ein Terrain, in dem sich, was wir Mauern nannten, sehr viel besser erhalten hatte. Deutlich höher stand hier das Gefugte und Gefügte. Cocksfield taufte die Straße *Brandt Avenue*. Die führte tief hinein in ein mehr und mehr verwirrendes Quartier. Je weiter wir da kamen, desto höher präsentierten sich Mauerreste. Gegen Ende der *Avenue* glaubten wir in den Wänden auch Lücken zu erkennen. Untere Ansätze zu einstigen Öffnungen? Zu vormaligen Fenstern? Gewesene Unterkanten? Mehr und mehr fühlten wir uns bestätigt in all unseren eigensinnig ernsthaften, in unseren sehr real arbeitenden Phantasien von Mauern, Türen, Fenstern. Von einem wirklichen *Pompeji* auf dem Mars.

HECKER: *Ghost Town?*

BRANDT: Wir fanden am Ende mehr als Gespenstisches. Freilich, von Dächern und dergleichen zeigte sich nichts mehr. Über den Mauerlücken kaum Ansätze zu bedeckender Querverstrebung, zu Simsen, Säulen oder Stützen oder überhaupt Strukturen. Die Mauern blieben auch hier kaum höher als einen Meter.

HECKER: Gab's Farben?

BRANDT: Keine andere als den Grundton all dieser Verbrennungen. Graurot. Ein graues, ein bleiches Rot. Poröse Schlacken, entgast. Asche wie von Hochöfen. Auf irdischen Parkwegen oder Sportplätzen, auch bei uns im einstigen Ruhrstahlrevier, da findet sich das noch häufig als Belag, da sieht man violette bis zinnoberrote Kiesel-Roterde, Branderde. Löchrige Schlacken. Das Marsrot freilich, das leuchtete nicht halb so munter wie die Schlacken-Asche auf den Sportplätzen der größten deutschen Stadt.

HECKER: Welche meinst du? – Pardon fürs Du.

BRANDT: Oh ja, unverzeihliches Du. Größte deutsche Stadt ist halt mein Geburtsort, die Städtestadt Ruhr. Mehr Einwohner als Berlin, mehr Opernhäuser, mehr Theater. Und alte Asche wird da umrahmt von üppig wucherndem Grün. Im grauroten *Pompeji* dagegen herrscht gleich bleich endlose Verwüstung. Unwiderrufliches Nichts. Doch am Ende der *Brandt Avenue,* da hielt Cocksfield an, da wollte er uns etwas zeigen. Zwischen besonders gut erhaltenen, zwischen ungewöhnlich deutlich gemauerten Resten begann da in der Tat etwas Anderes. Begann da eine Seitenstraße? Und führte die in die Tiefe? Jedenfalls schien das so. Da begann etwas, was in den Städten der Erde Einfahrt in eine Tiefgarage gewesen wäre. Hier war diese Einfahrt aber gefüllt, hatten letzte Stürme das Abwärts reichlich angefüllt mit grauroten Haufen aus Aschensand, mit den hier üblichen Mischungen aus Sand und Feinstaub, der aus dieser Vertiefung dann nicht hatte weggeblasen werden können. Eine Abwärtsrampe also? Unter sorgfältiger Bedeckung? Ein Eingang wohin? In ein Inneres?

Der Steinboden neigte sich unterm Angewehten hinab und führte offenbar unter eine größere Lücke in einer rohen, in einer relativ hohen Mauer. Führte vor eine größere Öffnung, die tiefer lag als die *Brandt Avenue*. War in der Mauer hier einst ein Tor gewesen? Eingang in einen Keller? In eine Garage? Die Öffnung sichtlich längst ohne Tor.

Jedenfalls begann unter dieser Aufwehung ein Abwärtsweg und der führte unter diesen Querstreb. Und unter und hinter diesem Querstreb, da ging es in irgendeine düstere Offenheit hinein, in eine Schwärze. Das war gut sichtbar, zeigte sich finster, quer über dem Aufgewehten. Schwarz und schmal über dem rotgrau Aufgewehten: Schwärze unter dem Querstreb.

Eine Weile schauten wir uns das an. Blickten vor allem in das Schwarze. Da hinab? Einfach da hinein? Tapfer? Wendeten unsere Fensterhelme einander zu, fragend. John Green war dann derjenige, der als Erster deutlich zu nicken schien. Unternehmungsfroh hob Green einen Arm, wies mit dem Arm in die düstere Öffnung, murmelte munter sein *Let's go*. Da sah ich auch den Chef nicken. Und dann gab Cocksfield als Zeichen das Signal mit beiden Armen, die verabredete Bewegung für einen Start, wie von Schiedsrichtern, wenn sie nach einem Foul die Vorteilsregel gelten lassen: „Weiterspielen."

Das wurde nun in der Tat ein Start in ein irres Spiel. In ein Endspiel. Führte zur abgründigsten unserer Entdeckungen. War vielleicht der Beginn zu einer Untersuchung, wie sie umstürzender von Menschen nie angestellt wurde.

Wollten also tatsächlich da hinein und hinunter. Öffneten im *Turmoil* den Kasten, in dem das Kunstlicht verstaut war für den Fall, dass in Marsnächten zu operieren gewesen wäre oder an nur schwach beleuchteten Tagen oder in den markanten Marsschatten, die in dieser fast fehlenden Atmosphäre viel düsterer waren als Erdschatten. Für solche Situationen also lagerten im *Turmoil* Batterielampen. Holten obendrein wieder die Werkzeuge und Behälter, luden mit Cocksfields Messgeräten alles auf zwei kleine Wägelchen, obendrauf Greens Video- und Bildgeräte. Gut bepackt, so schlurften wir mit unseren Vorräten auf die Anwehung oder Wächte. Zogen die Wägelchen wie Schlitten hinter uns her über die brüchige Verwehung, und dahinter dann sanft hinab, auf die finstere Öffnung zu.

Die war zwar mehr als zwei Meter breit, hatte aber höchstens anderthalb Meter Höhe, war halt gleichfalls verschüttet. Zwischen Aufwehung und Querstreb blieb da nur gut eine halbe Menschenhöhe. Um da hindurch in die Schwärze zu gelangen, da musste man sich also ducken, fast kriechen. Wahrscheinlich hatte dieser Eingang nur deshalb überstehen können, weil auch er bis vor kurzem gegen all den massiven Zersetzungsbeschuss hoch bedeckt gewesen war von Feinstaubschichten. Erst kürzlich frei geweht? Klar, extra für uns.

In das schwarze Portal duckte Cocksfield sich als Erster, kroch mit der Lampe ins Düstere. Schob sich aber sofort wieder zurück in den Marstag. Im krass Finsteren war die Lampenschaltung nicht mehr zu erkennen gewesen. Drückte die Lichtknöpfe nun also schon außerhalb, vor dem Ducken, ging dann wieder vorwärts, wollte, den Lichtkegel nach vorn gerichtet, in das Schwarze hinein – da passierte es. Kurz vor, sehr knapp vor Cocksfield fiel die waagerechte Verstrebung runter. Fiel einfach runter. Dicht vor seinem Helm stürzte sie vor ihn hin und zerfiel und zerstob. Was mal Decke war, lag plötzlich vor ihm, in staubiger Restwolke. Voller Brocken.

Der Captain kam zu uns zurück. Im knarzenden Funkbetrieb verstand ich sein *Shit happens*. Wollte eine neue Konferenz per Funk. Von Marsmann zu Marsmann. Fragen, Einwände, Antworten. Was denn könnte in einem solch fragilen Gebäude überhaupt machbar sein und sinnvoll? Wir sahen im Lampenlicht wie der eingestürzte Querstreb der Anfang einer festeren Bedeckung gewesen war, einer Decke über einem tief ins Innere hinab führenden Gang. Zusammen mit dem Querstreb über dem Eingang war die Decke auf einer Strecke von fast zwei Metern in den Aschensand gefallen. Wo sie gewesen war, dämmerte nun trüber Marshimmel. Dahinter zeigte das Lampenlicht, diese Gangdecke, die setzte sich dann weiter fort, die führte in eine Tiefe? Und schien von jetzt an intakt? Stabiler? Kämen wir da gut weiter? Und dann – wohin?

Cocksfield leuchtete tiefer hinein. Da war ganz gut zu sehen, im Gang endeten die Aufwehungen. Die fehlten nach kaum drei Metern. Dahinter aber zeigte sich kein weiterer Aschenweg, sondern so was wie ein Rampenboden. Für einen Gang in irgendeine Tiefe. Und darüber, als Decke, da sahen wir, was in älteren Gebäuden auf Erden als Kreuzgewölbe gilt. Green erklärte, so ein Gewölbe werde in älteren Bauten immer sehr gelobt als besonders sicher und beständig. Kein *Twister* könne das wegdrehen. Auch auf dem Mars? Nicht mal nach

Millionen, nach Milliarden Jahren Zerfall, Strahlung, Beschuss?

Jeder steuerte Vermutungen bei. Fragen, Bedenken. Dann jedoch, weil das Kreuzgewölbe trotz allem zu überzeugen schien, kamen Ermutigungen. Nicht nur von Green. Auch der Chef zeigte sich erstaunlich forsch. „Fürs Innere des Mars sind wir doch hier", so hör ich ihn noch. Und fing plötzlich an, mit Schaufeln, mit Hacken und Haken gegen die obere Bedeckung des Gangs zu stoßen und mit Stoßen und Bohren so lange für weiteres Herunterfallen der Decke zu sorgen, bis er in Bereiche kam, die hartnäckig blieben, die Widerstand leisteten. Die einfach nicht mehr abstürzen wollten.

Chef Cocksfield voran, so krochen und wankten wir nun tatsächlich in die inzwischen genügend groß gewordene schwarze Öffnung. Folgten dem Chef und seinem Licht, zogen die Geräteschlitten hinter uns her, anfangs über das Gemisch aus Deckenbrocken und Asche.

Und erreichten dann eine Unterwelt und am Ende Dinge, Bilder, Zustände – die makabersten und vielleicht denkwürdigsten, die von Menschen je zu entdecken waren. Nach den Aktionen im Eingangsbereich konnten wir uns aufrichten, konnten aufrecht vorwärts gehen und abwärts. Als Neigungswinkel meldete der Chef knapp vier Grad. Versuchten uns umzuschauen, blickten auch zu den Seiten, anfangs aber vor allem zum Kreuzgewölbe über uns. In die Richtungen, in die Cocksfield leuchtete. Der Chef ging vorweg, schritt ruhevoll voraus, den rätselhaften Geradeausgang hinab. Hielt dann wieder an, schien die Schultern zu ziehen, zeigte ein Nicken und wies mit beiden Armen in die fernere Tiefe. *Okay, guys. Life is uncertain. Eat dessert first.*

Sind ihm also hinterdrein, in die Düsternis. Zogen die Geräte hinter uns her, von denen wir meinten, „untertage" könnte das alles wichtig werden. Schleiften die Wägelchen über Flächen, die hier wie glasiert schienen. Schritten wie der Chef, überaus bedachtsam abwärts. Und mehr und mehr auf trittfestem Boden. Und wohin? In eine Grubenteufe? Zu Bergbaustollen, zu Erzflözen? Wegen der gleichbleibenden Neigung von rund vier Grad wahrscheinlich einst Transportwege? Für den Abbau von Erzen, Kohle, Gestein? Mit Maschinen, mit Fahrzeugen? Auf Schienen? Nur die Seitenwände wechselten häufig, zeigten nicht nur, was wir für gemauert hielten, sondern auch puren Fels. Höhlenwände? Katakomben? Dann wieder Mauerungen, aber geglättet. Jedenfalls war dies kein Schlund, keine natürliche Höhlung, sondern erarbeitet, hergestellt. Mit welchem Ziel, welchen Absichten?

Gingen rätselnd den Geradeausgang weiter, auf gleichbleibender Neigung. In Sachen Sicherheit weckte hier fast alles mehr und mehr Vertrauen. Der Gang behielt gleiche Breite, stets fast drei Meter, eine offenbar weit hinabreichende Rampe. Als wenn das hier vormals wirklich in ein Bergwerk hätte hinabgehen sollen, nicht etwa in eine Tiefgarage. Die Wände wirkten unter Cocksfields Lampenlicht graurot, fahl rötlich, stumpf rostfarben. So wie hier offenbar alles. Welches Dessert wartete hier auf uns?

Auch das, was inzwischen wie ordentlicher Kellerboden aussah, schien aus Steinen gebaut. Wände und Boden dem Marsgebirge abgetrotzt? Gelegentlich gabs doch wieder ein Einknicken, ein Niederbrechen. Würde uns drei Eindringlinge irgendjemand beobachten, sähe der ein zaghaft tappendes Gleichgewichtsballett mit plumpen Babygestalten.

Nach gut zwölf Minuten wieder ein Halt, auf scheinbar festem Boden, unter offenbar stabiler Decke. Auch hier und jetzt war keinesfalls zu stürzen, meinte Cocksfield mahnen zu müssen. Unser Gehen hatten wir schon deswegen häufig zu unterbrechen, weil auf Cocksfields Licht zu warten war, weil keiner ins völlig Finstere wollte, aber auch und weil oft Halt nötig war an einer wieder mal wechselnden Wand. Meist zeigte sich da, in immer klareren Umrissen, Einzelgestein, Fugung. Links wie rechts, beide Seiten wirkten durchweg stabil, bruchfest gearbeitet.

Jedenfalls war das keine geflutete Röhre eines vormaligen Wasserstroms. War auch kein verlassenes Eisloch oder ein aufgelassenes Flöz, nicht erkennbar als uralter Erz- oder Kohlestreb. Alles um uns herum war in irgendwelchen Vorzeiten gebaut worden, in grauer Vorzeit, zielbewusst, für sehr andere Ziele und Zeiten. War Tat und Arbeit gewesen, Plan und Absicht einer unbekannten Art Bewusstsein.

Die Gewölbe über uns blieben weiterhin leicht gebogen, der höchste Punkt je in der Mitte schmückte inzwischen eine Kugel. Beim Hinabgehen blieb das zeitweilig hoch über uns, die gebogene Decke stets in gleicher Höhe. Alle gut dreißig Schritte rückte das in deutlicher Stufung wieder heran, um dann wieder in der

Waagerechten zu bleiben. Das erinnerte mich an eine Stadt im Apennin, an die Unterweltstraßen von Perugia in Umbrien. Und es schien ja auch hier so, als seien wir unterwegs in einer Stadt unter einer Stadt.

Hielten immer mal wieder an, nicht nur, um über uns die Steinbögen auszuleuchten, sondern auch um links und rechts das Mauerwerk zu untersuchen, das unbestreitbar Künstliche dieser Wände, diese verfugten und behauenen Brocken rings, zum Greifen nah. Wahrlich „vorhanden".

HECKER: Verfugt von wem? Wann? Warum?

BRANDT: Geduld, Hecker. All solche Fragen plagten natürlich auch uns. Und die bekamen Antworten. Die Konturen in den Seiten, die Umrisse von gut erkennbaren Quadern, das alles trat zuletzt so markant hervor, dass auch dann, wenn ich außerhalb des Lichtscheins, also im absolut Schwarzen gehend daran entlang tastete, dass ich dann Gemauertes und Gefugtes auch durch die Handverpackung zu spüren begann, ein markantes Vor und Zurück durch die weltraumtaugliche Ärmelverlängerung.

Weiter hinab zeigte sich an den Wänden – wie wäre das nun korrekt zu benennen – Verputz? Der schien aber nur ein fadenscheiniger Rest zu sein von einem einst hier aufgetragenen Stoff. Wirkte anfangs wie ein Spinngewebe, kaum hatte man es berührt, sank es hinab, zerzaust, und löste sich auf. Doch je tiefer wir kamen, desto besser schien auch dies erhalten. Wie ein Gewebe. Aus welchem Stoff? Wie neueste Elektro-Autos auf Erden, aus Kunststoffhaut? Doch schließlich, in noch größerer Tiefe, da schimmerte der „Verputz" nicht mehr nur graurot wie bislang fast alles, sondern da zeigte sich auf dem Planeten Mars zum ersten Mal das, wonach du gefragt hast, Farbe. Jedenfalls andere Tönungen. Farbtöne. Zunächst nur weitere Varianten des Gelblichen, des Ockerfarbenen, schließlich aber auch Violettes. Und zart Blaues, erst nur sanft, dann entschiedener. Und dann – eine Täuschung? Nein – für uns Weltreisende klärte sich das wie ein optischer Donner. Denn dieser Farbton, das wollte tatsächlich ein Grün sein. Eine Weltsensation. Auf dem total toten Planeten: Grün?

Wir hielten wieder an, leuchteten, machten Bilder, Schwenks mit Licht und Kamera, betasteten und prüften, was wir da immer noch Verputz nannten. Plötzlich jedoch meldete sich schrill ein Biochip-Sensor. Schickte üble Töne. Flackerndes Rotlicht.

HECKER: Alarm?

BRANDT: Sein Neuronensystem war vor gut einem Jahr geeicht worden in Nevada. Geeicht auf Vulkanisches, auf Silikatgestein, auch auf Kalke, Minerale, auf Wasser. Auf Metalle jeder Art. Aber hier, vor dieser gearbeiteten Wand, vor diesem grünlichen Verputz streikte sein System. Dieser Sensor fiepte und warnte, aus welchen Gründen auch immer. Wir mussten das Nervenbündel ausschalten. Die künstliche Intelligenz, sie versagte. Meldete sie Gift? Soll nicht schon Goethe den Konkurrenten Schiller vergiftet haben mit grüner Tapete? Natürlich nicht, Hirnriss.

Unseren nervenden Sensor ließen wir auf dem Gangboden stehen, egal, worauf er reagiert hatte. Beim Rückweg würden wir ihn von hier wieder mit hinauf nehmen zum Ausgang. Vielleicht könnte Miller ermitteln, auf was der reagiert hatte, was seine so große und zugleich so beschränkte Intelligenz hatte melden müssen. Zwei Tage später informierte Miller, der Apparat sei geeicht worden, so was wie Kalk zu erkennen, Sedimente, Material also aus Wasserwelten. Offenbar gab es das hier. Das meldete der schrill und dissonant, meinte das aber positiv, als Entdeckung.

Selbst der Sensor schien überfordert. Jedenfalls richtete von nun an unser Chef sein Batterielicht noch geduldiger, noch sorgfältiger auf Wände und Gewölbe. Im dünnen Marsgas übertrug sich die Helligkeit der Lampe keinen Deut weit in Bereiche außerhalb des Lichtkegels, blieben wir angewiesen auf gute Schwenks des Chefs. Die er auch emsig lieferte. Tapsten meist brav hinter ihm drein, weiter und weiter hinunter.

Dann zeigten sich Seitengänge. Nachdem der *Captain* in einen hineingeleuchtet hatte, ließen wir den gern unbeachtet. Denn der Gang war eng, der schien brüchig, führte auch nicht abwärts, sondern führte in gleicher Höhe zu engen Nebengängen. Hier fehlten schlicht Informationen. Auch Benutzer in den Vorwelten hätten Zeichen oder Schrift benötigt. In welcher Sprache? Das Innere des Planeten zu erforschen, gehörte ausdrücklich zu unseren Aufgaben.

Wieder leuchtete Cocksfield in einen Seitengang,

und da, im Lichtschein, ein Schreckensblick. Der Gang völlig zerbrochen, zerstürzt, verschüttet. Vor kurzem? Vor Ewigkeiten? Sah so aus, als sei das erst vor wenigen Augenblicken passiert. Risse und Einbrüche hatte Green schon von der Kante des *Black Forest* dokumentiert, danach auch die Brüche und Risse unter den Ketten des *Turmoil*. Sahen wir so was nun von unten? Wir prüften das Zertrümmerte mit Hämmerchen, mit Greifern, maßen mit Gammastrahlen starke Verstrahlung. Auch hier war fast alles überzogen mit der offenbar marstypischen Haut, mit Wüstenglasur. Unvorstellbar alt, meldete später Millers Labor.

Weiter unten öffneten sich seitlich abermals Gänge, diese freilich führten nun zu konkreten Zielen, aber auch hier zu Zerborstenem, zu Trümmern, zu vielfach ruinierten und zerglühten Gegenständen, die beim Berühren zerfielen. Zu dritt standen wir davor, wagten kaum zu deuten, was dies gewesen sein könnte. Standen wir hier vor einstigen Arbeitsplätzen? Gewesenem Bergbau? Stahlbau? Das wiederholte sich beim nächsten Seiteneingang. Undurchschaubare Verworrenheit, Zerfall, Verrottung. Auch scheinbares Metall, wenn man es berührte, zerfiel es, zerstob. Untertage Schwerindustrie? Seitenwände, Boden und Decken zeigten sich in diesen Seitengängen roh, als direkter Fels, *concrete rock*. Schroff und abwechslungsreich, eine wirre Geologie. Womöglich war der lange Hauptgang in die Tiefe vormals nichts anderes gewesen als ein Einstieg in ein Industrierevier untertage? Zu welchen Zwecken sonst wurden die Zugänge so sorgfältig ausgemauert? Rätselnd kehrten wir zurück zum gut begehbaren Abwärtsgang, gleichmäßig geneigt, als ginge das hier nach wie vor hinunter auf befahrbarer Rampe, in eine gigantische Großgarage.

Dann versuchte *Captain* Cocksfield so was wie einen ersten Kommentar. War stehen geblieben. „Jungs. Man sollte meinen, hier haben sie – wer weiß, welche Wesen – irgendetwas hergestellt. So was wie, ja, wie eine Unterwelt. Oder? Was meint ihr? Aus unseren Bergwerken weiß man ja, je tiefer man kommt, desto höher steigt die Temperatur. Gewiss galt das vordem auch hier. Lässt sich denken, dass auch die dort oben, irgendwann dringend, in die Wärme wollten. Kann sein, das war es, weswegen sie sich hier hinunter – flüchteten? Jetzt aber, Freunde, bleibt das hier unten unverändert eisig. Auch in jetzt fast dreißig Metern unter der Oberfläche ist die Temperatur stur geblieben, bei minus zwanzig Grad Celsius. Just wie an der Oberfläche. Kann aber sein, vordem, als die Atmosphäre einst immer dünner wurde und immer giftiger, aus welchem Grund auch immer, da flohen die hier in eine wärmere Tiefe. Und nicht nur vor wachsender Kälte, auch vor Giftluft. Hier unten gab es sie wohl doch noch, die Wärme des alten Planeten, Wärme fürs Weiterleben. Oder? Wie seht ihr das?"

„Kann sein", sagte John Green. Und dann führte Green mit allerlei Umwegen einen interessanten Gedanken aus. „Kann sein, dass, solange die Marsluft noch halbwegs okay war, oder nur erst mal halb kaputt mit Kohlenstoff, Methan und den üblichen Übeln, was ja auch fast alle Sonden gemeldet haben, so lange jedenfalls, da hatten die Wesen, die man hier vermuten muss, da hatten die hier unten tatsächlich Wärme und lernten, Luft zu filtern, so lange wie möglich."

„Und waren hier unten auch sonst sicherer", meinte ich sagen zu müssen. „Was meinst du mit sicherer?" fragte Cocksfiel. Ich merkte, dass mich in dieser irrsinnigen Schwärze und Tiefe das Reden, auch wenn es nur umständlich über Funk lief, sehr erleichterte. Hab' ja von jedem Marstag Notizen getippt, auch von diesem siebten Januar. Und hab demnach circa folgendes geredet. „Sieht ganz so aus, als ging es hier unten anfangs tatsächlich um Stahlwerke. Oder Bergwerke. Also grade mal dreißig Meter tief. Im Ruhrgebiet war ich oft tausend Meter tief, und tiefer. Ganz schön heiß wird's da. Und ich frage mich jetzt, ob der Grund, diese Unterwelt zu bauen, wirklich nur Wärme war. Kann sein, es gab da, fürchte ich, auch andere Gründe. Heftige andere. Mein Alter erzählte vom Bombenkrieg im Ruhrgebiet. Da wohnten sie exakt in der Mitte des Reviers. Dad schilderte, wie da Frauen, Kinder und Alte täglich, nächtlich in die Zechen flohen, fliehen mussten, weil *at surface area* die bösen Amis und Brits Bomben schmissen." „Schmeißen mussten. Mussten sie, unsere *Oldies*", korrigierte Green. „Ja, ich weiß, anderes hilft nix gegen Hitlers. Sind idiotisch mörderisch". Legte John meinen Arm breit auf den Rücken.

„Ach, *Frankyboy from Germany*", seufzte Cocksfield, „Bombenfurcht also, so meinst du, trieb sie hier runter? Dies alles als Schutz vor Krieg? Deswegen 'ne Unterwelt? Hm. Vielleicht finden wir ja weiter unten mehr Auskunft. *Okay, boys*, weiter runter."

Stapften und tapsten wieder hinter ihm her, schlurften, taperten, wankten und zogen unsere Apparate nach. Der faserige Verputz der Wände schien nun durchgehende Schicht zu werden, und die Schicht wurde farbiger. Fand mehr und mehr zu starken Farben. Zu widerstandsfähigen? Zu unverbrennbaren? Grau, gelb, blau. Mehr und deutlicher erschien nun auch dieses Grün. Mars war mal ein grüner Planet? Ein Wasserplanet wie Erde?

Tapsten, leuchteten, blieben stehen. Zweifelten. Nahmen Proben. Zogen unsere Gerätekästen, arbeiteten uns hinab. Mir fiel wieder ein, dass mein Vater, also der, der von der Sicherheit der wehrlosen Leute in Bergbaubunkern wusste, dass der, wann immer er meine frühe Lieblingsvokabel „phantastisch" hörte, dieses Wort zu verbessern pflegte. Zu „phantastisch realistisch". Das fiel mir ausgerechnet jetzt ein. In diesem phantastisch realistischen *Orkus*. Unterm *Noctis Labyrinthus* des Mars.

Brav folgten wir Cocksfields Kunstlicht. Die Lampe gab er nicht aus der Hand, richtete sie allerdings sehr wendig auf alles Umgebende. Nicht nur auf die immer kräftiger schimmernden Farben, sondern auch links und rechts an den Seitenwänden auf kleinere Vorsprünge, die an den Wänden hinauf und hinunter zu verfolgen waren, durchgehend hinauf und hinab zu erkennen, auch an der Decke, als Vorsprünge, so dass den Gang dann eine Verengung umgab. Auch am Boden hob sich eine Schwelle, da war so was wie ein Rahmen gewesen, ringsum. War hier mal eine Sperre, eine Tür, ein Tor? Waren dies Reste einer Schleuse? Für die Belüftung dieser Tiefe?

Im Gang dahinter zeigte sich anderes Material, ab hier gab es auch im Boden Verfärbungen, mit porös graurotem Gestein, mit Oxydationen in länglich splittrigen Körnern, metallisch. Nach weiteren gut hundert tappenden Schritten zeigte sich im Gang abermals so ein Rahmen ringsum, der Chef bat, ich solle hier *Zerberus II* notieren. Nach *Zerberus I*. Diese zweite Sperre oder Schleuse schien besser konserviert, zeigte an den Wänden noch das, was wir als Haken bezeichnen würden, als Haken oder Verankerung, für drehbare Torflügel? An metallenen Krümmungen oder Haken hingen da Reste, einer Tür, einer Panzertür? Als der Chef das anfasste und bewegen wollte wie eine Angel, da fiel das herunter, fiel das vom Haken. Da zerging das wie das Endstück eines schweren, eines vollkommen vermoderten Metallvorhangs. Ehe wir's annähernd begriffen, kräuselte sich auch hier eine kleine Staubwolke. Sank zur Seite. Ich versuchte, das einzusammeln, hob in meinen Behälter pulvrig Vorweltliches. Und tippte: *Zerberus I und II*.

Über Funk kamen zwar Cocksfields Kommentare oder Fragen. Aber über die Außenmikrofone hörten wir sonst auch hier schier nichts. Stille. Absolut? Bisweilen war's mir, als tönte von fern doch irgendetwas. So was wie ein Sumsen. Ein langweiliges, ein schwingendes Tönen. Sehr weit in der Ferne. Oder in meinem Kopf? *Mind your head?* „Hört Ihr das?"

„Was, Frankyboy, sollen wir hören?"

„Ein Tönen, ein Gesumse meine ich zu hören, wie ein Windwehen. Von irgendwoher ein Geräusch, oder? Von sehr weit weg. Hört ihr gar nichts?" – „Nichts höre ich."

– So murrte auch Green. Zwischen seinen Ohren hämmere auch hier nur seine Lieblingsband, endgültig beknackt.

Auch einfachere Wahrnehmungen, sie schienen inzwischen fast zu erschrecken. Eine Todeswelt als Wirklichkeit? Eine Albtraumwirklichkeit. „Phantastisch real". Derart weit, fand ich, hatte sich im Deutschen höchstens der junge Büchner vorgetraut, ins Reale. Oder Kleist, E.T.A. Hoffmann, klar, Kafka. Alle jedenfalls radikaler als die damals Großen, die Tarn- und Traumtechniker.

HECKER: Offen gestanden, längst weiß ich ja, dass dir auch Literatur wichtig war und ist, aber wenn du von Büchner oder Kleist redest, ist schwer zu folgen.

BRANDT: Wehe, ihr kürzt mir die Dichter weg. Ich prozessiere. Streitwert eine Million. Auch die Generation vor mir, die in der bombigen Tiefe, die konnten als damalige Normalos all dem, dem sie ausgesetzt waren, nur schwer folgen. Wer denn, bitte, könnte das? Du, Marc Hecker? Mit dem ich durchaus per Du reden will. Und jetzt? Im Ernst sich vorzustellen, dass es mal Millionen, womöglich Milliarden Jahre zuvor welche gegeben haben muss, die gegen mörderischen Irrsinn eine „Unterwelt" bauen mussten? Die starke Gründe hatten, sich vor irgendetwas tief in ihren Himmelskörper zu flüchten? Vor Ihresgleichen? Weil auch bei ihnen, gleichfalls über Milliarden Jahre, Materie und Sonnenstaub sich entwickelt hatten – ins Leben geraten waren. Und am Ende ins Fühlen, ins Fürchten, ins Denken? Ja, rede ich lieber nicht von Materie, sondern von Sternenstaub. Von galaktischem Sonnenstaub. Der schließlich zu Wesen wurde, die kannten und konnten, was wir Wand nennen oder Mauer. Gewölbe, Pforte, Verputz, Schleuse, Grün. Und ebenso kannten die dann auch Glück oder Angst? Eben das, was Bunker bauen lässt? Sehnsucht nach Sicherheit? Oder nach Freiheit? Haben menschliche Bedürfnisse vorweltliches Alter? Kann sein, erst diese Unterwelt im Mars, die liefert Erkenntnisse. Ich versuche, die genau zu schildern.

HECKER: Pardon.

BRANDT: Pardon ist nicht nötig, im Gegenteil, gut, dass du dich gewehrt hast. Hinter *Zerberus II*, da führte der Gang nicht mehr weiter abwärts, dahinter blieb der in gleicher Höhe. Und die Wände wirkten ab jetzt durchgehend gleich, und zwar gleich verkleidet. Ja, nun zeigten die sich durchweg farbig. Und die Farben verteilten sich mehr und mehr über große Flächen. Und Farben und Flächen folgten offenbar Konzepten, Plänen, Absichten. Da war nun auch Gold beteiligt. Ich nahm Proben. Green, wortlos, machte Bilder, tolle Bilder. Keiner konnte reden.

Übers Außenmikro hörte ich da immer deutlicher dieses ferne Geräusch, von irgendwoher. Da meldete sich so was wie ein singender Wind. Das Team hielt freilich nicht die Ohren, sondern die Augen auf, prüfte, arbeitete. Drangen weiter vor, schwankten hinein in immer farbigere Dunkelheiten. Eindrucksvoll erschien, was hier an den Wänden zu sehen war. Kunst? Im

Wechsel und Kontrast der Farbflächen folgte das mehr und mehr energischen Plänen oder Wünschen, irgendeinem Sinn. Ständig großzügiger und breitflächiger, immer häufiger golddurchwirkt, in Mosaiktechnik. Je weiter wir kamen, desto komplizierter, desto schöner.

Hinter der doppelten Sicherung der *Zerberus*-Tore hatten auch die Muster oder Ornamente oder Mitteilungen besser überdauern können. Cocksfield leuchtete, wir beobachteten. Keiner kommentierte. Erst am Abend im *Weltfrieden* probierten wir Worte. Erst da war dann die Rede von Mosaiken, Mustern. Oder von Kunst. Besonders interessiert an den Bildern und Zeichen war Laborchef Martin Miller.

Unterwegs, hart konfrontiert mit dem direkten Davor, unterwegs blieb fast nur Schweigen. Stumm forschten wir uns vorwärts, sammelten Bilder im Kopf und auf den Chips. Notierten Messungen, Winkel, Distanzen, Koordinaten. Wollten all dies aufs Genaueste fixieren, festhalten. Und hatten uns ständig klar zu machen, dass dieses Gegenüber weder Traum war noch *fantasy*, sondern wirklich. Im Phantastischen real. Und zwar appellierend.

HECKER: Apokalyptisch?

BRANDT: Dann würde das erst bevorstehen. Apokalypse auf dem Mars war offenbar gewesen. Ich erzähle weiter. Forschten nun und dokumentierten wie in Trance, sehr engagiert. Bis plötzlich der *Captain*, als er in dem langen Gang wieder mal die Lampe von der linken auf die rechte Seite richtete, als er also einfach und wie bisher schon oft von der einen auf die andere Wand leuchtete, diesmal von der linken herüber auf die rechte Gegenwand, dass er da, mit seinem Licht, auf überhaupt nichts mehr traf. Nein, da war plötzlich nichts mehr. Keine Wand. Stattdessen was? Pure Schwärze.

Schreck. Schock. Das Gesumse in mir oder von fern her, das tönte nun fast heulend. Offenbar war jetzt dieses rechts von uns nichts weiter als – ja, als was? Ein riesiger Raum? Für unser Licht undurchdringlich? Das All? Das Nichts? Jedenfalls etwas, in das unser forschendes Lampenlicht zwar eindrang, wo es aber weder auf Wände traf noch auf Gegenstände. Zunächst auf gar nichts.

Auch auf unserem ach so modernen Erdplaneten gibt es ja immer häufiger Hallen von enormer Dimension. Gigantische Gebäude für Sport, Musik, Politik. So etwas hier? Im wahrscheinlich einsamsten Ort unseres Lebens? In einem uralt toten Planeten? Der ungewisse Raum an unserer rechten Seite, der war wohl einfach viel zu groß für ein so winziges Leuchten wie Cocksfields Sicherheits- und Forschungslicht. Statt Wand war da Abgrund. Jedenfalls eine nicht absehbare Tiefe und Weite. Und aus der tönte es, dies sirrende Raunen?

Das war nun nicht nur in unseren Köpfen, nicht nur im Kreislauf von Blut und Nerven. Auch Green und Cocksfield meinten es jetzt zu hören. War nicht mehr bloß pulsendes Hirnblut, Anstrengung, Angst und Überforderung. Erst Green, dann hatten sich auch wir anderen auf den Boden gesetzt. Für Augenblicke verloren wir, schien es, einfachste Orientierung. Plötzlich wollte die bisherige Richtung unseres Gehens nicht mehr funktionieren. Fehlte eines der beiden Laufbänder, die Wand rechts, der gewohnte Halt.

Stattdessen untergründig Röhrendes, von irgendwo tief unter uns. Man weiß doch, Schall verbreitet sich nur in Luft. Hörte man Töne auch in fast fehlender Atmosphäre? Über welche anderen Medien sonst können Geräusche sich verbreiten?

Cocksfield führte in seinem Gepäck zum Glück stärkere Batterien. Nachtbatterien. Begann er einzusetzen. Und konnte dann einiges klären. Er leuchtete neu, wir standen wieder auf, standen hier tatsächlich vor oder über einer ungeheuren Öffnung. Dort, wo plötzlich die Wand fehlte, da ahnten wir nun, in dem neuen Licht, über der Finsternis, ein fernes und hohes, ein riesiges Gewölbe. Ein Deckengewölbe. Im näheren Bereich begann über uns eine ausgedehnte Kuppel. Als Dach über einer Tiefe. Über einem Schacht? In den der Chef nun ebenfalls hinunterleuchten wollte – zum Glück spürte er noch rechtzeitig, bemerkte noch im letzten Moment, dass er gegen diese Tiefe oder Abgrund von gar nichts gebremst oder geschützt wurde, von keinem Geländer, von keiner niederen Restwand, von nichts.

Stoppte in letzter Sekunde, ging auf die Knie, sackte rückwärts, rollte auf den Rücken, holte tief Luft, seufzte wie stöhnend. Wartete eine Weile, richtete sich auf, leuchtete dann wieder, lenkte das neue Licht in unsere alte Vorwärtsrichtung, erhob sich, tat dorthin ein paar Schritte weiter vorwärts, noch knapp zwölf Schritte dorthin, wo rechts zwar noch immer keine Wand war, wo aber ein Geländer begann. Ein niedriges, ein stabil steinernes. Eine durchgehend massive Steinbrüstung.

Wo er einigermaßen gesichert schien, als er nun wieder mit seinem Lampenlicht in die Schwärze vordringen wollte, gesichert von einem Steingeländer. Und da war nun mit dem neuen Licht besser zu sehen, war tief unter uns einiges zu erkennen. Nämlich, dass gut dreißig oder mehr Meter direkt unter uns, dass da in einem weiträumig runden Schacht auf allen Seiten dieses Schachts offene Eingänge zu erkennen waren, dass in der Tiefe Gänge von jeder Seite zusammentrafen. Aus sechs oder sieben Richtungen zeigten sich da unten im Rund Öffnungen ähnlich wie die, aus der soeben auch wir hier eingetroffen waren in, ja, in was? In einem riesig runden Abgrund. In einem gigantischen Schacht.

Leuchtete der Chef nach oben, dann erkannten wir nun mit den stärkeren Batterien auch besser das weit gedehnte Gewölbe. Das Dach einer Halle? Über einem kolossalen, einem abgrundtiefen Treppenhaus? Wo war hier eine Treppe? Auch über uns, an der riesigen Hallendecke zeigten sich Farbflächen, kraftvolles Blau und Gold. Und in der Dunkelheit und in der verbesserten Lichtkraft glänzten dort oben und funkelten im Deckengewölbe Einzelpunkte. Steine? Schmuck? Juwelen? Das schimmerte, das flackerte da oben im Wechsel unseres Lichts wie Signalfunk. Und rings am oberen Rand dieser weiten Schachtdecke, auf dem Sockel des ungewöhnlich großen und im Licht auffunkelnden Gewölbedachs, da zeigte sich ringsum als Flächenmalerei wieder das, was wir Erdlinge Mäander nennen. Den Sockel dieses enormen Dachs schmückten ringsum schwungvoll farbige Linien, als ginge es da um fließend

Elementares. Ja, soweit das zu erhellen war, zogen da Mäander rund um den Sims eines gewaltigen Gewölbes.

Als Cocksfield das Licht wieder nach unten schickte, zeigte sich die Tiefe endlos. Ja, ein Abgrund. Auf den ersten wie auf den zweiten Blick bodenlos. Jedenfalls für unsere Blicke und für unser relativ schwaches Licht, ein unteres Ende war unabsehbar.

HECKER: Könnten Sie lauter sprechen? Was sahen Sie?

BRANDT: Wir sahen, inzwischen geschützt und gestützt von diesem offensichtlich stabilen Steingeländer in ein offenbar Unergründliches hinab. Jedenfalls in eine künstliche, in eine breite, in eine dreißig oder mehr Meter breite und runde Schlucht. Und in diesen Schlund, in den mündeten, sofern das aus unserer Höhe und mit dem immer noch viel zu schwachen Licht zu erkennen war, in den mündeten in verschiedenen Ebenen seitliche Zugänge. In unserer Höhe nicht nur der, aus dem wir selber gerade herauskommen wollten, sondern in unserer Ebene auch noch fünf oder sechs andere.

In dem Schacht unter uns aber zeigten sich noch weitere, immer noch tiefere *levels*, Ebenen, jeweils mit Einstiegen oder Ausgängen von oder nach allen Seiten und Richtungen. Über diesen Anblick, über stufenweise Tiefe hinab in Bodenlosigkeit, über die murmelten Cocksfield und Green am Abend in der Bodenstation immer wieder andere Worte. Worte wie *maw* oder *gorge* oder *tremendously*. Sagten *gigantic*. *Frightening*. Nannten das *incomprehensible*. Völlig unfassbar.

Zu erkennen war an den Seitenwänden dieses einzigartigen Schachtrunds immerhin, dass es da zwar keine Treppe gab, aber doch einen Abweg. Sogar einen relativ breiten, grade so breit wie der Weg, auf dem wir bisher unterwegs waren. Dieser absteigende Gang, der schien in großen Spiralen rundum eingebaut in die Seitenwand, ja, der war real eingekerbt in die enormen Seiten der Schlucht. Der führte als große Spirale in weiten Bögen hinunter in diese unabsehbare Tiefe. Hätten wir unseren zuletzt waagerechten Weg, statt uns über die plötzliche fehlende rechte Wand zu erschrecken, hätten wir den geradeaus fortgesetzt, wäre wir in diesen Abstieg geraten, hätte uns das in die Tiefe geführt, über einen einzigartigen Spiralweg.

HECKER: In das Innere des Planeten?

BRANDT: War nur so zu begreifen. Der runde Abstieg drehte oder wendelte sich offenbar endlos hinab, in einen Schlund. Endgültig in künstliche Welt. Ja, in eine „Unterwelt". In großen Kurven ging es da unten immer neu um das herum, was wir Schacht nannten oder Schlund. Als drohte von dort ein Verschlucktwerden. Jedenfalls boten sich da Bilder wie aus beängstigenden Träumen. Der Rampengang mit seinem merkwürdig markanten Geländer, der zog da in seinen weit kreisenden Kurven um den enormen Abgrund herum und wahrte weiterhin knapp vier Grad Neigung abwärts.

Soweit unser Licht da hinableuchten konnte, zeigten sich unten zahlreiche seitliche Öffnungen in mehreren Stockwerken. Da öffneten sich offenbar immer neue Zugänge und Ausgänge in alle Richtungen, so weit unser Licht es ahnen ließ. Und der spiralige Ab- oder Aufwärtsweg schien durchgehend gesichert, geschützt von einem steinernen, einem sichtlich stabil gearbeiteten Steingeländer, das ja schon hier oben unseren *Captain* bei seinem zweiten Leuchtversuch gesichert hatte. Das Geländer bestand in seiner schier endlosen Rundumreihung aus bauchigen Steinformen in den Farben Schwarz und Rot. Wie dunkelrote Weinflaschen wirkten diese Reihen, für John Green wie *red wine bottles*, ja, all diese Steinformen glichen fränkischen Bocksbeutelflaschen.

Aber das Geländer zeigte auch Lücken. Immer dort, wo aus den Seitenwänden die Ein- und Ausgänge zu erkennen waren, da fehlten die *bottles*, da war der stämmige Schutz unterbrochen. Cocksfield: „Immer da, wo es vielleicht mal Brücken gab. Brücken in die Schachtmitte. Zugänge, denke ich, zu einem Liftsystem. Das muss enorm gewesen sein. Und so ein Zugang mit Brücke, der hatte garantiert auch da existiert, wo neben uns rechts plötzlich keine Wand mehr war. Und erst mal gar nichts mehr. Nicht mal Geländer. Weil da vormals eine Brücke begann, hinüber zu einem Lift. So nehme ich das mal an, *boys*."

HECKER: „Vormals" sagte euer Chef? Wann? Was meinte der jetzt?

BRANDT: Geduld, Hecker. Wir haben gut drei Wochen lang versucht, irgendwas zu durchschauen. Diese tatsächlich unerhörte Unterwelt. Nach mehreren Leuchtversuchen hat sich dann der *Captain* wieder einen Ruck gegeben und zu reden versucht. *„Oh, boys,"* begann er wieder, „was meint nun ihr? Auch mir bleibt dies alles letztlich, muss ich sagen, rätselhaft. Und endgültig unheimlich. *Creepy. Overpoweringly creepy."*

Überwältigend unheimlich fand er's. Auch ihm, sagte er, wolle dies alles nicht mehr in den Kopf. „Oder nur sehr knapp. Mit fürchterlichem Drumrum. Ganz gewiss gibt es so etwas wie dieses hier, gibt es so was in Gottes riesiger Welt sonst nirgends. Oder? Höchstens, vielleicht mal, etwas kleiner, in sehr großen Bergwerken? In Philadelphia? Untertage in Wales? Oder einst bei euch Deutschen? Hinter *Duddeldu?* Unter eurem Kaiser, da wurde doch wild gebaut, in die Tiefe, aber auch, in Köln, der Dom? Doch auch da, überall da, soviel ich weiß, auch da hatte das nie solch irre Dimension. Oder? Was nur sollte dieser Wahnsinn oder Tiefsinn? Wozu oder wogegen eine derart monsterartige Abseitswelt? Wozu zum Henker war das nötig?"

„Bei uns hinter *Duddeldu*", sagte ich, „womit auch du offenbar Düsseldorf meinst, da ging der Bergbau tausend Meter tief, und tiefer. Aber so monsterartig, wie du sagst, so lief das auch im Ruhrrevier nie, obwohl das nun total unterhöhlt ist, nach den tollen Kaiser- und Kohlejahren gleichfalls in sehr vielen Ebenen." – „Existiert aber so monsterartig wie hier nur in offenen Erzgruben", meinte Green. „In Afrika, in Südamerika. Da dann ohne Dach. Keine Unterwelt, sondern offene Abgründe, runter in Großmutter Erde, irre tief, für Silber, Kupfer, Nickel, Blei und all die Erze und neuen Erden, wofür nun die Wälder weggebaggert werden. Hier aber, da fehlen jetzt tatsächlich die Lifts, oder? Einst gabs hier offensichtlich mordsgroße Transportlifte. Ein System vieler Förderkörbe nebeneinander, für all diese Ein- und Ausgänge auf jeder Ebene da unten."

HECKER: Und? Wo blieben sie, die Lifts?

BRANDT: Das fragte nun auch Cocksfield. – *„Up and down"*, hörten wir John Green. „Abgekracht", so übersetzte ich das lauthals ins Deutsche. – „Kann sein. Sieht ganz so aus. Abgekracht", wiederholte der Chef das Deutsche. „Weiß der Teufel", murrte Green und sah sich um, nach unten und nach oben. – Dann aber Cocksfield: „In modernen Bergwerken, da können Kumpels oder Kohlen oder Erz oder Öl im *fracking* oder was immer da betrieben wird, da können Maschinen oder Kumpels ständig in Aufzügen rauf oder runter, müssen gar nicht immer bis an die Oberfläche, sondern die Körbe fahren Material und Leute oft nur innerhalb der Anlagen, bringen die je nach Bedarf dorthin, wo sie gebraucht werden. Sieht auch hier so aus wie einst ein enormer interner Schachtbetrieb. Aber die Aufzüge, die sind nun ruiniert, tja, *down*, abgekracht. Wie hier beinahe alles. Irgendeine Katastrophe ruinierte auch das Transportsystem. Weiß der Teufel, wie und warum und wohin da unten. Zum Teufel. Satan wohnt hier sowieso hinter jeder Ecke. Franky, wieso nickst du?"

„Im Bergbau bei uns hatten interne Schächte einen

fabelhaften Namen. Da hießen die Blindschacht. Blindschächte operierten da zentral und unvermeidlich, wenn oben oder unten harter Fels im Weg war oder weil Belegschaft oder Maschinen oft nur wenig höher oder tiefer mussten, Geräte wie Fahrzeuge wie Kumpel ständig *up and down*. Transport sollte überall möglich bleiben, nicht bloß rauf zur Oberfläche. Hier aber, da wirkt das auch auf mich fast verrückt. An Europas Ende, am Ende von Chinas neuer Seidenstraße, im Ruhrrevier, da ging das nicht nur tausend Meter tief „zur siebten Sohle" und tiefer, sondern nach Meinung der ältesten Kumpel tatsächlich Richtung Teufel. Denn das alles hatte sogar seinen Namen vom „Teufel", hieß „Teufe". Hier aber kommt es mir so vor, als hätten sie von oben bis unten ihren 25-Kilometer-Vulkan *Mons Olympus* auf den Kopf gestellt, hätten den umgestülpt."

Cocksfield fragte lachend, ob ich das heute Abend in den *Mars News* als neuen Gag nach Houston schicken wollte. „Typisch Franky. 25-Kilometer-Vulkan kopfüber. Ja, Jungs, auf dem Mars muss teuflisch und mörderisch was los gewesen sein. Über Jahrhunderte. Elend lang müssen sie all dies gebaut haben. Um zu überleben? Flucht in den Planetenbauch? Mann, Mann. Und jetzt, was machen wir? Gehen nun auch wir da runter?"

„Ist ja wohl unser Auftrag, Chef", hörten wir Green.

„John, so ist es", rumpelte Cocksfields Stimme über den Funk. „Nicht ausgerechnet jetzt dürfen wir kneifen. Im Gegenteil. Und wir, *boys*, wir stehen hier auf so was wie einer obersten Galerie. Jetzt zum Glück hinter einem Geländer aus steinigen Flaschenbäuchen. Und da sag ich mal Folgendes. Unsere Höhe hier, offenbar die höchste Ebene in diesem „Blindschacht", die nennen wir *Alpha*, klar? Temperatur übrigens immer noch zwanzig minus. Also null Zunahme an Wärme. Und noch haben wir gut Reservezeit. Was also tun? Runter in den Schacht? Kann sehr passende Informationen liefern. Eben noch hab' ich *creepy* gestottert, als wären wir erst jetzt tatsächlich eingetroffen auf dem Mars. Was anderes könnte aber genauso wahr sein. Denn mir ist, als seien wir hier angekommen auf unserem eigenen Globus. In unserer eigenen Zukunft. Franky erzählte vom Luftschutz für Frauen und Kinder, in Bergwerken. Aber mehr will ich jetzt gar nicht loslassen, ihr kennt ja meine Ansichten. Hinterher heißt es wieder, ich hätte mich „politisch positioniert". Also, hier oben, in unserer *Alpha*-Höhe, seht hier mal bloß knapp zwanzig Meter weiter, ich leuchte vorwärts. Grade vor uns seht ihr in der linken Wand weitere Ein- oder Ausgänge, auf *level Alpha*. Alles offenbar Gänge, so wie der, auf dem wir selber so tüchtig unterwegs waren. Und nun blickt mal genauer nach vorn und seht, was da aus dem ersten Gang herauskommt, unübersehbar, was da als Spur gar nicht zu ignorieren ist, tja, aus dem Loch rumpelten vor wenigen Monaten unsere *Sputnik*-Freunde. Und sind dann dort raus und von dort runter, über die verrückte Spiralstraße runter, hinab in diesen fürchterlichen Schacht, zur Hölle oder zum Teufel, auf ihrer russischen Kettendoppelspur."

In der Tat, die Gagarins, wie wir sie seit kurzem nannten nach dem ersten aller Raumfahrer, sie waren fast dreißig Meter vor uns aus der linken Seitenwand herausgefahren. In Cocksfields Licht war die Spur jetzt klar zu sehen. Und sind dann, zu ihrem Glück nicht etwa geradeaus weiter, nicht dorthin, wo im Steingeländer ebenfalls eine Lücke klaffte und dahinter keine Brücke mehr zu sehen war, die bogen da gerade noch rechtzeitig links ein auf den Rundumweg in die Tiefe. Mussten oben für ihr Fahrzeug einen Eingang gefunden haben, der geeigneter war als der, auf dem wir hineingeklettert sind in diese Innenwelt, konnten problemlos ihren *Sputnik* nutzen. Und kamen dann gut weiter hinunter, laut Cocksfield zur Hölle oder zum Teufel. Am nächsten Marstag fanden auch wir die Öffnung, die für ihr Gefährt und dann auch für unseres als Eingang bestens passte, nicht weit neben ihrer Trikolore. Ihr Nationalsignal hatte uns so irritiert, dass wir das Portal, breit und hoch genug auch für *Turmoil*, nicht bemerkt hatten.

Cocksfield schlug vor, nun einfach der Sputnikspur zu folgen. Der Weg in die Tiefe sei jetzt ja optimal markiert, der habe sich offensichtlich als sicher erwiesen. – „Aber", hörten wir John Green. – „Aber?" – „Unsere Freunde haben sich, wenn sich da unter uns in deinem Licht alles richtig entziffert, dann haben die sich nur bis zum nächsten *level* getraut, nur bis *Beta*. Sind in *Beta*, das sieht man von hier ziemlich gut, sind da lieber rein in eine der Öffnungen. Sollen jetzt auch wir – bloß bis *Beta*? Den Gagarins nur hinterher? Oder, weil's ja unser Auftrag ist, tiefer? Wenigstens bis *level* drei, oder, *sorry*, bis *Gamma*?

Wieder hörte auch ich mich reden „Warum nicht noch tiefer? Leute, wir erleben hier Unfassliches. Bitte, in diesem einzigartigen Schacht, wenigstens bis *Delta*. Bis kurz vor Teufels „Teufe"."

Ich weiß nicht, welcher Hafer mich stach. Längst schien auch mir dort alles so einmalig sonderbar und zugleich zentral irdisch und zukünftig, da öffneten sich sichtlich Tiefen und Zeiten ins Vergangene ebenso wie ins Kommende, da wurden, schien mir, tatsächlich Dimensionen umgestülpt. So sah's dann wohl auch der Chef. „In Ordnung. Sind wir also dreist, gehen wir bis *Gamma*. Obwohl Bergmann *Frankyboy* sicher noch tiefer möchte. *Doc Franky*, gib's zu, du als wilder Deutscher willst am liebsten von *Alpha* bis *Omega*. Oder? Aber weil wir heute zu Fuß unterwegs sind in diesem Extremloch oder Zentralschacht, deshalb erst mal nur bis *Delta*, klar? Dann können wir unten weiter sehen, und werden, wenn Gott will, überleben und irgendwann diesem irren *Orkus* ganz auf den Grund gehen."

Schickte noch mal sein Lampenlicht in die Riesenröhre hinab, über die Schachtwände und die enorme Rampenspirale. Beleuchtete den rotschwarzen Sockelwall, dieses zweifelhafte Flaschengeländer und dessen weite Bögen rund um die Tiefe und mit all seinen Lücken jeweils vor den verschwundenen Brücken, offenbar zu den Lifts, zu vorzeitlichen Lifts in der Schachtmitte.

Plötzlich griff sich Green einen Stein und warf ihn hinab. Und hielt sich seinen Arm ans Ohr, als Zeichen fürs „Hören". Auch jetzt hatten alle sowieso die Außenmikros eingeschaltet, horchte nun jeder ins Finstere, in den Schacht hinab. Hörten aber nur dies ferne Sirren. Green warf ein zweites Stück. Auch der schickte aus dem Abgrund kein Echo. Nur weiter diesen fern raunenden Hall. Darin ständig hohles, fremd kaltes Gesirre.

Auch über diesen Horrorton haben wir später viel gerätselt, Green nannte das „des Kriegsgottes dröhnendes Schweigen". Ob in der dünnen Abgasluft ein Steinschlag je zu hören wäre? Auch *Furcht* und *Schrecken*, so ungewöhnlich dicht und schnell die über uns dahinstürmten, auch die waren beharrlich stumm geblieben.

Im Blindschacht aber dies seltsame Gesumme. Abends foppte oder tröstete Martin Miller: „Immerhin, ihr hört da Weltraumrauschen." Und nun lag vor uns ein sonderbarer Fußweg. Archaischer Zugang zu einzigartigen Katakomben. Für mich wurden sie die rätselvollsten meines Lebens. In Vorzeiten ein Weg für Menschenähnliche? In eine Antiwelt als Rettungswelt?

Cocksfield hatte wieder geortet und fand, der Abstieg in den Blindschacht lag exakt unter dem *Russischen Platz*. Und als der Chef dann noch mal sein verbessertes Licht hinaufschickte zum großen Gewölbe über uns, da staunten wir abermals über das schimmernde und funkelnde Dach, da begriffen fast gleichzeitig alle drei: All dieses glimmende Gestein da oben, klar, das meinte den Himmel. Zeigte den Marshimmel – und seine Sternbilder. Die denen auf der Erde frappant gleichen. Die nächtlichen, die für den Mars fast täglichen Himmelsbilder. Erst jetzt erkannte ich gleich vorn mein Lieblingsbild, den wilden Jäger *Orion*, vom Mars aus nicht anders zu sehen als von der Erde. Sah jetzt auch hier das auf Erden verdrängte Bild vom Rind mitten im vermeintlichen Bild vom großen Jäger. „Mutter, ich seh' am Himmel eine Kuh." So hatte das Kind der Mutter zugerufen, so erzählte es eine unserer Familiengeschichten. Das rief 1944 ein Siebenjähriger mitten im nächtlichen Bombardement aufs Zentrum der Städtestadt Ruhr. Statt „so wie die Großen" am Nachthimmel die „Luftkämpfe" zu beobachten, freute sich das Kind über den seitlichen Umriss einer Kuh, so wie es den als Bauernkind bestens im Kopf hatte. Und hörte dann von der Mutter: „Ja, eine Kuh, das haben als Kinder auch wir gedacht. Das Sternbild heißt aber nicht Kuh, sondern *Orion*. Und *Orion* ist keine Kuh, sondern ein wilder starker Mann." Volk sieht Orion richtig.

Authentische Geschichte, lieber Hecker, auch die gehört in die Marsbeschreibung. Kind war die Mutter um 1914. Die Bombennacht über der Städtestadt war 1944. „Volksvermögen". So hieß eine Textsammlung des Peter Rühmkorf, eines sehr guten Lyrikers aus Övelgönne, bei Hamburg. Und gute Feen verwandelten Helden in Rinder.

Das kristallene Blinken im ungeheuren Dach über uns, das ersetzte denen, die hier hatten überleben wollen, den Himmel. So sahen wir's ein. „Und was ersetzte ihnen den Zenit?" fragte plötzlich Green. Und meinte die Mitte des Himmelszaubers, den höchsten Punkt im Gewölbe. Cocksfield lenkte sein Licht noch mal in die Höhe, ins Zentrum des Funkeldachs. Als das erreicht schien, funkelte da aber gar nichts. Der höchste Punkt blieb grau und dunkel. „Sieht so aus", meinte Green, „als ob das Oberste nur dürftig repariert wurde. Einst, als Sprengkraft die Lifts und die Brücken hatte abstürzen lassen. Sicher nur ‚konventionelle' Kräfte. Immerhin haben die den irren Liftbetrieb abkrachen lassen. Ist runtergerasselt bis *Omega*. *Okay Franky? Face it!"*

Ich musste nicken. Dass diesen Schacht in Vorzeiten ein einzigartiges Liftsystem beherrschte und warum das jetzt fehlte, das ließ sich wohl nur so erklären, wie Green das jetzt tat. „*Face it!"* Versucht euch vorzustellen, was sie anrichten konnten, auch „konventionelle" Bomben. Fast alles in diesem Blindschacht ließ grübeln. Auch der scheinbar endlose Wendel- und Spiralgang in die Tiefe. „*Horrible*", murmelte der Chef. „Und über all dem die Himmelpforte – kaputt."

Dann zog es auch uns hinunter, Richtung *Omega*. *Captain* Cocksfield schritt voraus, mit dem Licht, anfangs eher bedächtig und vorsichtig, auf dem ungewöhnlichen, auf dem lückenreichen Kurvengang, auch hier stets vier Grad abwärts geneigt. In derart knappem Licht und in derart weiten Bögen besser bedachtsam, über derart unabsehbarer Dunkelheit. Anfangs auf der Kettenspur der *Gagarins*. Cocksfield blieb stehen, ließ uns vorbei, ging selber als Letzter, beleuchtete von hinten den Weg. Green und ich zogen die Gerätekästen, jeder hielt guten Abstand, vor allem zu diesem Geländer aus steinernen Flaschen und mit bedenklichen Lücken.

Tappten also nicht alle drei eng beieinander, sondern in guten Abständen hintereinander. Weil der Abweg nicht unnötig belastet sein sollte? Den *Sputnik* hatte der sichtlich ertragen. So eng wie möglich ging jeder dennoch an der Schachtwand entlang, in großer Konzentration stiegen wir ab, im Blindschacht des Mars, exakt unter dem *Russischen Platz*, unter einem zerstörten Zenit.

Mehrfach sah ich zurück, dann rasch wieder nach vorn. Hinab in eine gigantische Hohl- und Unterwelt. Aus der Schwärze stieg weiterhin irritierendes Tönen. Mir schien, da klage fern eine Vorweltbestie. Die steigere sich in Sehnsuchtsjammer. Oder in eine zugig windige Gier, in summendes Drohen. Aber die Wendelrampen, sie haben uns Boten des *Weltfriedens* solide getragen und ausgehalten. Gewiss hat da Extraschutz geholfen, so kurz nach dem Dreikönigsfest. Sturzfrei erreichten wir die Ebene *Beta*, wo die Spuren des *Sputnik* seitlich verschwanden, haben aber *Beta* ignoriert, sind weiter hinab zum *level Gamma*, querten auch *Gamma* und gelangten endlich und gut zum von mir gewünschten *Delta*. In den nächsten Wochen stellte sich raus, dass *Delta* in der Reihenfolge der *levels* den fast tiefsten und untersten Platz einnahm. Unter *Delta* folgte nur noch die Ebene, die wir *Omega* nannten.

Sind in *Delta* sofort in den ersten Seitengang, zur „Verschnaufpause". Mit erleichterten, mit gegenseitigen Glückwünschen, in der Raummontur auch grotesk ungelenk mit Umarmungen, als hätten wir in der Finsternis einen Berggipfel bestiegen, klar, den umgestülpten *Mons Olympus*. „Und wo sind wir jetzt?" fragte Green. Cocksfield wusste: „170 Meter tiefer als beim Einstieg. Und bei minus achtzehn Grad." Also immerhin mit einem letzten Restchen der Wärme, in die sie sich einst hier herunter geflüchtet hatten?

In *Delta*, da hatten wir nun unseren ersten seitlichen Eingang erreicht. Der dort beginnende Gang führte zum Glück nicht weiter hinunter, blieb in gleicher Höhe. Die Decke des Gangs war kein Kreuzgewölbe, zeigte klare Kanten, Trapezform. Auch hier war nicht zu übersehen, dass es ab und an über Bodenschwellen ging, durch gut erkennbare Rahmen rechts, links, oben, unten, auch hier mit deutlichen Resten von Toren oder Schleusen oder Sperren, zu notieren als *Zerberus III* bis *VI*.

Hinter Nummer *VI* aber, da betraten wir eine enorme Halle. Einen überaus weiträumigen Saal. Cocksfield leuchtete hinein, zu den Seiten und in die Höhe. Die Hallendecke schien mit Mustern bedeckt. Nicht mehr mit Kreisen, Punkten oder Mäandern, hier herrschte andere Geometrie, zeigten sich kubische Figuren, Kegel, Trapeze, Dreiecke, Pyramiden. Auch Kugeln? Und an den Wänden meinten wir Schrift zu erkennen. Formeln? „Für Roboter", meinte Green. „Für bombensichere Lifts". Diesen monströsen Raum nannten wir *Saal 1*. Meine Probenbehälter waren fast alle gefüllt mit den Funden aus den Murenhängen, aus dem Liniensystem der Straßenkarte, zuletzt mit Stücken aus dem Abwärtsgang.

Wohin Cocksfield in diesem riesigen *Saal 1* auch leuchtete, alles Beleuchtete hat uns gefordert. Gleich hinterm Eingang war über rätselhafte Kleinigkeiten zu steigen gewesen. Doch was da über den Boden verstreut herumlag, war offensichtlich nicht zerbrechlich, das war ganz und gar steinern. Kleine Figuren, wie Spielzeug, nicht nur geometrisches, sondern auch rund geformtes, aus rotem, aus schwarzem Gestein wie das Geländer des Abstiegs. Versteinerte Puppenwelt? Spielzeug?

An der hinteren Querwand der Halle zeigte sich eine

hohe Nische. Ein in die Wand eingelassener Erker. In Trapezform, leer. Zweifellos hatte da Bedeutendes gestanden. Eine Figur. Ein Gott. Eine Göttin? Eine Maschine? „Klar, Roboter", beschied Green. „K. I.".

Am stärksten faszinierten uns die ungewöhnlichen Seitenwände, beide Wände sehr lang. Die eine präsentierte in riesenhaftem Format etwas, das, wenn man das lang genug betrachtet hatte, lesbar schien, durchschaubar. Im ersten Moment dachte ich noch an abstrakte Kunst à la Kandinsky, Klee oder Albers. War aber keine Kunst, sondern war, im besten Handwerk, tatsächlich eine Straßenkarte. Von enormer Dimension. Als wir die Wand lang genug begrübelt und inspiziert hatten, ahnten wir, was da gezeigt wurde. Dieses Riesenbild bot irgendwann den Wesen dieser Tiefenwelt Orientierungen. Erinnerungshilfe. Das Kolossalbild war letztlich nichts weniger als eine topographische Karte der Regionen, die sie oben hatten verlassen müssen.

Green hat die riesige Straßenkarte gut dokumentiert. Obwohl sie so groß war, dass er sie in einer einzigen Aufnahme unmöglich erfassen konnte. Noch am Abend kombinierte er das Ganze optimal aus drei Dritteln. Auch hätte James Cocksfields Lichtkraft fürs Ganze nicht mal annähernd ausgereicht. Wer denn auch hatte ahnen können, dass wir an fast all unseren restlichen Marstagen im finsteren Inneren arbeiten würden.

Auf den fast hundert Längenmetern des Wandbilds sehe ich in der Erinnerung wieder deutlich das geschlängelte Violett, das sich vom linken Bildrand bis zum rechten quer und längs durch das Ganze zog, was bald als Flusslauf zu begreifen war – als schönste Mäander. Und mehr und mehr wurde deutlich, dass all diese Punkte, Bögen, Linien und Striche just das Terrain zeigten, durch das wir uns vor knapp zwei Stunden oben auf dem *Turmoil* hindurchgepanzert hatten. Die Wandkarte zeigte – in vorzeitigen Zuständen – das Terrain zwischen *Black Forest* und *Mare Martis,* das Gelände zwischen dem *Schwarzwald* des Mars und dem *Marsmeer.* Und auf der gegenüberliegenden Saalwand, da erkannten wir ebenfalls eine marskundliche Karte, dort sogar ein komplettes Bild vom ganzen Himmelskörper, vom Nachbarplaneten, mit Kontinenten, mit Meeren und obendrein und über und über mit zahlreichen Zeichen.

Die in diese Tiefe Geflüchteten, sie sahen hier, was sie oben hatten im Stich lassen müssen. Jetzt sahen das wir. Sahen Bilder einer Welt so, wie sie seit undenkbar langer Zeit nicht mehr existierte. Weil sie offensichtlich verschmort war, verpulvert und ruiniert zu Schlacken und Asche.

Auf dem hundert Meter breiten Panorama zeigte ihre Stadtkarte unser *Pompeji* vor der Vernichtung, zeigte all jene „geraden Verläufe" oder „Linien", ja, als Alleen, zeigte aber auch mehrere Konzentrationen krummer Windungen. Die Straßen und Viertel einer riesigen städtischen Siedlung. Das *Pompeji* des Mars lag offensichtlich an den Ufern eines großen Fließenden, in das kleineres Fließendes hineinfloss, das dann zur rechten Seite hin einen breiten Strom bildete, der vorm Ende des Bildes in eine weite Wasserfläche mündete, in eine Meeresbucht, falls das Violette auf dem riesigen Plan auch dort Wasser meinte.

Im Mündungsbereich des Stroms fielen zwischen allerhand geraden Verläufen auch Parallelen auf und zwischen diesen Linien wiederum Violettes, auch dort Wasser? Ein Hafenbecken? Hier nun doch – Kanäle?

Jedenfalls zeigte die Wandkarte eine Siedlung in großer Ausdehnung. Deutlich gegliedert, in Quartiere. Die Straßen nicht nur im Schachbrettmuster, da gab's auch die, die sich scheinbar um Mittelpunkte drängten. Und ganz offensichtlich gruppierten die sich um das, was da mit einem großen Kreis besonders markiert wurde, mit einem Kreis rings um das, was deutlich erkennbar war als unser *Russischer Platz*. Solche Großkreise fanden sich in dem breiten Wandbild an fünf Stellen. Zeichen für Blindschächte auch dort? Alle diese Großkreise zeigten in ihren Mittelpunkten einen massiven Turm. Fördertürme? Überm jeweiligen „Zenit" für ungewöhnliche Liftsysteme? – Ach.

HECKER: Willst du eine Pause? Du wirkst erschöpft.

BRANDT: Bin ich. Denn ich liebe, zum Beispiel, die „Beschreibung eines Dorfs". Kaschnitz. Büchner-Preis. Das bleibt unerreichbar. Und nun? Beschreibung eines Planeten? Mit Sprechsprache? Vor gnadenlosem Mikro?

HECKER: Wir hören dir genau zu. Keineswegs gnadenlos.

BRANDT: „Genau" sagst du. Wenigstens „genau", das wenigstens will auch ich sein. Geht immerhin um einen

Himmelskörper. Um den roten. Wenn es auch auf unserem – dem blauen – so weitergeht wie bisher, dann werden wir froh sein, wenn uns wenigstens jene mindestens sieben *levels* unter dem Terrain der Städtestadt Ruhrgebiet Rettung liefern, die dort fast endlosen „Sohlen", Flöze, und Schächte. Stopp, was rede ich. Dieser Wandplan in *Saal 1*, der bot erstaunliche. Markierungen, und immer mit Zeichen, die nur als Schrift zu deuten waren. Offenbar eine Bilderschrift. Green hielt das detailliert fest, erst mal für unseren schriftkundigen Miller. Unseren Spezialisten für frühe Lösungen sehr vieler Rätsel.

In der Besessenheit, in die uns dieser phantastische *Saal 1* versetzte, die Stadtkarte wie die Weltkarte, in diesem Arbeitseifer verlor John Green kurz seine Orientierung. In seiner Bebilderungslust stolperte er, stieß im Dunkeln gegen etwas Größeres. Und hat anschließend auch von dem, was er da, im schnellen Wechsel von Schwärze und Licht gerammt hatte, noch fünf Bilder herstellen können, hatte damit sein Material für die Tagestour verbraucht. Und mit welchen Bildern. Green war in diesem Moment gegen nichts weniger gestoßen als – ja, gegen einen Arbeitsplatz. Auf dem Mars. Und dort auch gegen den Körper eines, der oder die an diesem Platz in unvorstellbarer Vorzeit zu tun gehabt hat. Gegen den Leib eines, der in dieser Tiefe zu überleben versuchte. Die hatten da unten auch diese Wandtafeln und Zeichnungen erstellt, auch die Spielbrocken auf dem Saalboden. Und derart immense Schächte.

Da wäre jetzt noch viel zu zeigen und zu erzählen. Aber all diese Beweise und Dokumente, sie unterliegen inzwischen „einer großen Sorge um die internationale Sicherheit". Lagern in einem gesicherten Archiv.

HECKER: Aber diese Sorge der Oberen, die ist doch nun endgültig fatal. All eure Funde waren definitiv sensationell. Ja, so umwerfend real wie phantastisch, da fehlen jetzt auch mir die Worte.

BRANDT: Willkommen, Marc, in der Tat, so irre wie real. Und danke, Lu, für den Paddy. Nein, das Material und alles, was wir im *level Delta* fanden und später, noch tiefer, in *Omega*, was wir da zu sehen bekamen vom Vergehen eines intelligenten Lebens, all das, was wir an diesem und an den nächsten Tagen sammelten und sendeten und am Ende real nach Florida und Texas brachten, ja, das war so verrückt und, ich geb's zu, sensationell. Erschütternd und zentral. Und kommt eben deswegen in die gesicherten Archive, unter Verschluss. In unserer religiös oder rational geordneten Erdenwelt haben solche Entdeckungen im Grunde keinen Platz. Jedenfalls darf da keine Information sein über ein vollkommenes Vernichten des Lebens durch das Leben. In den Monaten unseres Rückflugs wurde uns das immer klarer. Ein arabischer Dichter, genannt Adonis, hat prophezeit, die Wahrheit wird tot sein. „Aber ihr Tod, der bleibt das Brot der Dichter."

Nun starrt ihr wieder ratlos? Bedenkt lieber, was ich euch von Primo Levi vermitteln wollte und auswendig wusste. Jeder sollte das auswendig wissen. Also inwendig. Aber es scheint, nur Menschen wie Levi oder der 24-jährige Deutsche und auch der arabische Poet Adonis, nur wenige haben schon früh, manche bereits vor Jahrhunderten in Schächte geblickt unter fernem Sirenensirren, dorthin, wohin wir drei Erdenpilger nun hinunter und hineingestolpert waren, so ahnungslos wie konkret. Ins *Nachtlabyrinth,* unter einem *Russischen Platz.*

Sekunde für Sekunde geriet da jedes Raumgefühl und jedes Zeitdenken in die Kippe. Musste ständig neu starten, zurück auf Null. Schon fürs Denken im alten Rom war der rote Mars ja nicht nur Planet am Nachthimmel, sondern zugleich Metapher. Ein Sinnbild, ein Orakel. „Für manche fast ein Schwarzes Loch", hat Miller an einem unserer Abende gemurmelt. Schon für Erdenmenschen war Mars das Bild, dessen Rot nichts von Liebe wusste, aber alles vom Krieg. Zeitlos erzählend.

Kurz vor dem Start in Houston/Texas hatte ich die „Süddeutsche" entdeckt und am letzten Erdentag einen wunderbaren Satz gefunden, von diesem Erich Kästner. Der ging mir nun in meinem Marskopf herum, endgültig im Blindschacht. „Nichts und niemand kann uns unsere absolute Einsiedelei wirklich erklären. Worum es bei diesem Leben eigentlich geht."

„Und worum es da gehen könnte", murmelte später unser Martin Miller, „das lassen wir uns doch besser von niemandem vorschreiben." Und lächelte dann. „Auch nicht ausgerechnet von einem Deutschen." Sagte der im freundlichsten Tonfall, lächelnd, unser Miller. „Etwa, ob je irgendwer je andere verachten darf."

Und dann, als auch der Rückstart gelungen war, da umarmten wir uns. Ach. Und sehr konkret wird das rote Orakel Mars für euch Leute von heute, wenn ich jetzt erzählen werde, gegen was oder wen John Green da unten gestoßen war. In dem *Saal 1* in der Ebene *Delta*.

HECKER: Wir bitten darum.

IV ENDSPIELE

BRANDT: Ist alles Bisherige gespeichert? Auch das, was Sie für unpassend halten, für Lyrik?

HECKER: Brandt, wir speichern seit Beginn alles. Aus *Saal 1* fehlt jetzt aber, worüber Green stolperte. Über ein Etwas unter der großen topographischen Wandkarte? Oder weil vor der Trapeznischen ein Roboter lag?

BRANDT: Marc Hecker denkt mit, danke! Zurück also zum *Saal 1*. Der Lichtkegel von Cocksfields Lampe, der leuchtete zwar lang und schmal. Ließ jedoch, was außerhalb blieb, unsichtbar, ließ das im Schwarzen. Da hatte der Chef mit seinem Licht mal wieder allzu rasch die Gegenrichtung genommen, Green lief ins Finstere. Und stieß gegen etwas halbhoch Massives. Gegen eine Art Tisch. Der in diesem tiefen *level Delta* nicht mehr so richtig hatte zerbröseln können. Wir hörten John leise fluchen. Cocksfield lenkte die Lampe zurück. Auf einen massiven Gegenstand. Der war umfangreich, ein klotziges Hindernis. Der Chef beleuchtete da etwas, was uns trotz seiner Fremdheit überaus vertraut erschien. Ein sehr breiter niederer Tisch. Auf seiner leicht geneigten Oberfläche meinten wir Einzelheiten zu erkennen, Gebilde, Umrisse, Zeichen, die wir, wenn uns nicht das Reden vergangen wäre, als Schienen oder Signale bezeichnet hätten, gar als Diagramme. Wo vielleicht mal Schalter gewesen waren? „Regler"? Auf diesem Tisch oder Pult zeigten sich unter dem Aschenstaub, der sich wegwedeln ließ, Skalierungen. Da ging es einst offensichtlich um irgendwelche Ordnungen, mit Knöpfen, Hebeln, Markierungen.

Und rasch drängten sich wieder Namen auf. Nicht nur Tisch und Pult, auch Regietisch. Auch Steuerpult. Für ein Kraftwerk? Für Prozessoren? Für ein Rechenzentrum? Vielleicht nur für Belüftungs- oder Heizmöglichkeiten hier unten in eisiger Tiefe?

Sicherlich ging es doch hier unten vor allem um Luftzufuhr. Um das wahrlich zum Überleben Wichtigste, um das Belüften dieser Rettungswelt, oder? Die Bewetterung, die Luftfilterung und dann die Heizung in solchen Tiefen, das müssen entscheidende Probleme gewesen sein. Die Wetter waren und bleiben auch in irdischen Bergwerken Hauptsorgen, unbedingt muss da „Bewetterung" funktionieren, allzu oft endet die in „schlagenden Wettern", in durchschlagenden Katastrophen. Einen der kleinen Hebel an dem Tisch in *Saal 1*, den hatte ich angefasst, wie im Reflex. Und hatte ihn in der Hand, und aus der Hand rieselte der Hebel davon.

Mein Schrecken war noch nicht ganz vorbei, da zeigte sich im wandernden Licht etwas sehr anderes. Hinter dem Pult, das gut zehn Meter breit war, gut zwei Meter tief, hinter diesem Tisch oder Pult erfasste Cocksfields Licht jetzt etwas, das nun abermals die Mischung bot, die irritierte, die überforderte. Mischung aus Bekanntem und sehr Fremdem. Als sei hier alles Täuschung oder Offenbarung.

War aber weder Täuschung noch Kunst, sondern ein Wahrnehmen, das wir nun erst mal leisten mussten. Im ersten Moment sahen wir da eine Figur, quer zur Zehnmeterbreite des Pults. Da erhob sich eine fast zwei Meter lang gestreckte Aschenschlacke, geformt wie von Lehmbruck, Giacometti. War aber, zu steinerner Schlacke verbacken, nichts als jene rätselhafteste aller Materien. Die – so muss ich das jetzt sagen – die in unserer Galaxie über Milliarden Jahre aus Sternenstaub tatsächlich parallel hat entstehen können, dort wie hier, auf dem einen wie auf dem anderen Planeten. Und hat sich auf beiden Wasserkugeln entwickeln können zu sehr komplizierten Geschöpfen. Einzigartig und fabelhaft. Dieses lang gestreckte Etwas, dies also war einst ein hier gewesenes Leben. Ein intelligent steuerndes, ein arbeitendes, ein rettendes. Und hier und vor Ewigkeiten ganz offensichtlich ein Rettung suchendes.

Seitdem aber steinern. Ein Leben, das einst an diesem Pult oder Tisch Arbeit zu tun hatte. Das hier reagierte, dachte, schaltete, das – andere als die eigenen Kriterien konnten wir nicht bemühen – das hier verantwortlich handeln sollte. Gewiss in seinem letzten Moment in extrem schwerem Dienst. Wahrscheinlich in höchstem Stress, in seiner Schlusssekunde in Schrecken und Entsetzen, nämlich bei einem letzten entscheidenden Handgriff, bei einem ultimativ entscheidenden Versuch – der Abwehr – in Sachen Luftschutz.

Der steinern poröse Körper hatte hinter dem Tischklotz auf einem Sitz gehockt – der Sitz war noch jetzt als Hocker klar erkennbar –, um sich von dort – im Todesmoment? – rasch zu erheben, sich nach vorn zu werfen, weit nach vorn, zu einem dieser vordersten Schalter, sich dorthin zu dehnen. Und hing seither, lang gestreckt, gedehnt, über dieser offensichtlichen Schaltanlage. Vornüber gesunken. Zerglüht, zerschmolzen. Seit Epochen als eisengraue Steinschlacke. Unter grauer Glasur.

Doch, gib mir nur dein Glas. Danke. – Meine Hand ist nicht das Einzige, was unter solchen Erinnerungen zittrig wurde. Aus objektiven Gründen, *Mylords*. Aus objektiven.

Auf diesem Wesen zitterte, vibrierte nun der Lichtstrahl aus der Lampe unseres Chefs. James Cocksfield wollte so ruhevoll wie möglich diese Erscheinung ins Licht setzen, diese Parallelfigur, diese Endfigur. Hatte sein Licht zögerlich nah herantasten lassen, fast schüchtern. Berührte das nun. Einen Nachbarn? Einen Vorbarn? Das Licht konnte da kaum ruhig bleiben.

Bin eigentlich kein Melancholiker, schon gar kein Melanchoholiker. Aber auch meine Finger, jetzt wieder diese Mühe mit dem Griff ums Paddyglas, nein, das kommt von keiner Trunksucht. Auch nicht von irgendeiner genetischen Grundausstattung oder vom Es oder von übler Kindheit, etwa im Ruhrgebiet, das für mich einzigartig schön ist. Auch nicht von all den langen, von den zu viert konsequent und monatelang überstandenen Schwerelosigkeiten, mehr als ein Jahr in der Kapsel, wo Kraftübungen hilfreich sein mussten für Muskeln, Nerven, Gemüt. Nein, mein Geschüttele kommt – vom Umstülpen unseres Wissens. Über uns selbst. Übers Leben. Über die Laufbahn der Intelligenz. Die uns in diesem *Saal 1* schlagartig aufstieß. Unvorstellbar lange vor uns, vor Epochen in Milliarden Jahren. Da hatte Materie sich auch auf dem Mars aus Sternenstaub entwickelt, am Ende zu Menschenähnlichem, ja, erschlagend ähnlich.

Cocksfield hat die Lampe nicht lange ruhig halten können, unübersehbar zitterte sein Licht nun auf den Resten von etwas, das vor Ewigkeiten Panik hatte, Schlusspanik. Und hatte zuvor offensichtlich Wünsche, Hoffnungen wie wir. Ideen, Ängste. Und in letzter Sekunde massiv Probleme.

Wir grotesken Kapselkasper standen herum und versuchten zu fassen. Betrachteten immer neu dies Gegenüber. Und ahnten seine verfestigte Verformung. Als sei dieser Körper nicht nur in der schlagenden letzten Hitzesekunde gedehnt worden, sondern auch danach noch ausgedünnt und gestreckt, im Verlauf einer Marsewigkeit. Oder aber schon sofort, im ersten Blitz des immensen Hitzestrahls.

Abermals befiel uns drei Planetenwanderer eine Art Lähmung. In Schreck und Schock. Vor einem verwandelten Verwandten.

Fast in Narkose suchten wir's auszuhalten, konnten und mochten lange Minuten nicht reden. Green schwor dann plötzlich, er werde in den nächsten Tagen mit genügend optischem Material diesen *Saal 1* gründlich heimsuchen, sorgfältig und vielfach. Erst nach und nach kamen auch wir anderen, zögerlich, in Bewegung. Traten noch näher heran an die Figur, gingen vorsichtig um sie herum, sahen sie uns von allen Seiten an, dieses parallele Leben.

Wenn auch Mars eine Wasserwelt gewesen ist, was uns ja schon im *Höllental* fast jede Einzelheit hatte mitteilen wollen, wenn auch hier einst Sonnenkraft, Minerale, Kohlenstoffe und dichte Sauerstoffhülle wirkten, dann, unter vergleichbaren Bedingungen, dann begann und wuchs und differenzierte sich Leben am Ende zu derart Ähnlichem? Und auch zu ähnlichen Verhängnissen? Klangen einst nicht irdische Wörter für Krieg und Tod verblüffend gleich? Tönte nicht Krieg und Tod wie Mars und *mors*?

Horrible monument, hörten wir James Cocksfield.

Bekanntlich sind Arten auch auf der Erde, seit es Menschen gab, entstanden und wieder vergangen. Von allen bisherigen mehr als die Hälfte. Bislang freilich nie das Leben selbst. Einzig hier? Auf der Nachbarkugel?

Aus der Ergriffenheit lösten wir uns wortlos, leguanisch-lemurisch, also wie in Madagaskar die Geister aus einem Totenreich. Dann kam noch mal Greens Schwur, an diesen Ort unbedingt wieder herkommen zu wollen und zu arbeiten. Cocksfield wiederholte sein *horrible monument*. Schon Römer urteilten bekanntlich oft *horridus*, also „erschreckend". Nannten so auch den Rhein, hinter dem sie zu Recht Germanen vermuteten. Hinter *Rhenus horridus* wuchsen dann Europas erste historisch belegte Völkerwanderungen, nämlich der Menschen, die in Rom für Horrorwesen gehalten wurden, für Halbmenschen. Keltische oder germanische. Und die eroberten es dann, Rom.

Zum Glück hatte ich auch an diesem Tag eine Komposition im Kopf, Schubert, Quintett opus 163, zweiter Satz. Hatte mir das mitnehmen können, konnte das schon in der Raumfähre hören, schalldicht. 1828, aus Schuberts Todesjahr.

Lass mich kurz Luft holen, bisschen von der guten Flugzeugluft. Wir damals, wir leuchteten, dachten und gingen dann doch wieder weiter herum in dem großen Saal, stießen noch gegen andere Gegenstände. Nicht nur gegen die kleinen Dinge auf dem Boden, die gegliedert schienen, nicht nur steinern, sondern die auch anderes enthielten, Glas, Metalle. Spielzeug? Gingen da vorsichtig hindurch, so oder so gebannt. Kaum fähig, irgendwas rasch zu tun oder zu denken. Mussten ja allmählich auch wieder hinauf und zurück. Mehr kann einer an einem einzigen Tag nicht wahrnehmen.

Zuletzt passierte es im *Saal 1* noch einmal dem aufgeregt eiligen John Green, dass er wieder schnelle Schritte außerhalb des Lichtkegels getan hatte und war ein weiteres Mal gestrauchelt, über Hindernisse am Boden. Bat den Chef um Beleuchtung. Vor einem der seitlichen Ausgänge lagen da welche. Mehrere. Eine Figurengruppe. Dicht beisammen. Aneinandergedrängt, aneinandergekauert. Große und Kleine, viele Kleine. Starben in gemeinsamem Umarmen? Und zwischen den Figuren auch hier das, was wir „Spielbrocken" nannten. Auch hier keine Kolosse, keine Monster. Auch hier hingestreckt, wie Skulpturen. In der ohnmächtigen Schlusssekunde.

So jedenfalls sahen wir diese Wesen. Im Tiefgeschoss *Delta* blitzartig zerbrannt. Ins Zinnoberrote gedehnt. Das verbrennende Ende und totale Finale des Mars, das muss also bis hier unten hindurchgerast sein, wie „schlagende Wetter", als explodierendes Feuer, gut 170 Meter unter der Oberfläche.

HECKER: Was denn genau „schlug" da durch bis unten hin? Ein Krieg? Gab's Hinweise?

BRANDT: Ja, die fanden sich. In den nächsten Wochen. In dieser parallelen Gegen- und Unterwelt des Blindschachts. Schon den Rückweg aus der Unterwelt *Delta*, auch den fanden wir zum Glück problemlos. Zunächst war da nur den eigenen Spuren zu folgen, dann ging's wieder die ungeheuren Kreiswege empor, in dem Abgrund wieder hinauf, durch das hohl summende Rund. Sammelten unterwegs Geräte und Behälter wieder ein, konnten dann am Ausgang auch die Enge der halb verwehten Eingangspforte wieder passieren, halb kriechend, kamen zurück zum *Turmoil*. Und fuhren auf dem Raupengerät durch die graurote Stille der Oberwelt. Wieder über den *Russischen Platz*, in dessen Mitte uns nun der niedrige Sockelbuckel besonders interessierte, Reste vom Förderturm eines monumentalen Liftbetriebs? Über einer zerstörten Himmelspforte. Pränuklear ruiniert. „Konventionell".

Ließen uns vom *Turmoil* zurückrütteln zum *Schwarzwald* des Mars. Dunkel stand der vor uns in der Dämmerung. Fast finster im Spätlicht der fernen Sonne, die sich hinter dem *Black Forest* ducken zu wollen schien. Den diese Sonne welteiskalt und erstickend einsam ließ. Unterwegs ging es uns so, als wollte uns irgendeine Kraft auf einem Operationstisch festschnallen, tapfer hatten wir für den Narkotiseur längst bis sechzig gezählt, bis siebzig, waren aber noch immer bei Bewusstsein. Nun rede ich wieder egoman? Lyrisch?

HECKER: Die Zustände des Frank Brandt meine ich zu verstehen. Bis Berlin haben wir noch genügend Zeit, bis dahin will ich aber begreifen, was für das einst existierende Marsleben das finale Problem war. Und deine Lyrik, die werde ich im Magazin verteidigen.

BRANDT: Danke. Sag deinen Chefs, Bildhaftes sei inzwischen der einzige Realismus, der noch vertretbar ist. Für den Marsflieger sei das, was eure Erfolgshäuser für sachgemäß halten, pure Drückebergerei. Flucht. Und ich merke, du siehst die Zusammenhänge. Einen Schluck euch beiden, aufs „Du"!

Beim täglichen Weg in den *Orkus* des Mars haben wir nun den Eingang der russischen Kollegen genutzt, dicht neben der Russlandflagge. Kurvten mit *Turmoil* in den Schlund runter, über den irren Spiralweg. Und haben Funde gemacht, jeder ausreichend, um dankbar zu Hölderlins Neckarturm nach Tübingen zu kriechen und dem Alten dort auf Knien zu versichern, nein, du warst nicht verrückt. Haben am Ende auch nichts mehr erdwärts gefunkt, an die „politischen Realisten". Sondern sind abends, trotz bleierner Müdigkeit, stundenlang beisammen gehockt und versuchten, zu begreifen, in Worte zu fassen, was wir da, zur Hölle, immer neu entdeckten –

WANG: Mene tekel upharsin.

BRANDT: Danke, Technikdirektor! Danke für deine zweite Äußerung in gut vier Stunden. Ein *Doc* aus dem Reich der Mitte mit Urzeitsprache?

WANG: Mit Heine.

BRANDT: Himmlisch, mit Heine und mit dem, was an der Wand vorüberflammt. „Und sieh und sieh! An weißer Wand."

WANG: Und sieh! und sieh! an weißer Wand,
 da kams hervor wie Menschenhand
 und schrieb, und schrieb an weißer Wand
 Buchstaben von Feuer, und schrieb
 und schwand.

BRANDT: Und schrieb mit Feuer exakt dieses: *Mene tekel upharsin.* „Gewogen und zu leicht befunden." Der Feldherr „ward aber in selbiger Nacht – "

WANG: – von seinen Knechten umgebracht.

BRANDT: Auch dies, Freunde, auch Wangs Heine-Zitat gehört in meinen Bericht. Ist Signal vom Mars, gerichtet an Babylons Erde. Fanden da ständig neue Zeugnisse vom Scheitern intelligenter Wesen. Unvorstellbar lange vor uns. Nicht nur Bilder, auch Schriften. Bilderschriften. Und es lohnt jede Anstrengung, die Zeichen aus dem *Noctis Labyrinthus* zu entziffern. Nach und nach überwanden wir alle Beklemmungen, arbeiteten uns im Blindschacht tiefer und tiefer, am Schluss bis zu denen, die zuletzt lebten. In *Omega*.

In den oberen Ebenen trafen wir noch mehrfach auf *Sputnik*-Spuren, da hatten auch die russischen Kollegen *Pompeji* gemustert und werden alles gemeldet und vermittelt haben. Und während wir noch mutig von einem *horrible monument* zum nächsten stolperten, haben Meldungen vom Mars über Geheimdienste längst auch die westliche oberste Aufsicht erreicht. Das schien mein internationaler Mensch XY zu wissen. War als Sensation nachrichtlich längst alles auf den Hochsitzen der Machthaber, auch der kapital „christlichen".

HECKER: Nachrichten über gewesene Intelligenz?

BRANDT: Auf welche Weise intelligente Egos sich selbst ausschalten, egomanisch. Wie aber Andere im Inneren unseres Vorausplaneten eine Rettungswelt bauten, wie sie Hunderte Jahre daran planten, arbeiteten, sicherten, tunnelten und zweifelten. Weil auch auf dem Mars Gegen-Intelligenz lange im Voraus ahnte und erkannte, was kam.

HECKER: Was kam da? Und warum blieben sie hilflos?

BRANDT: In jedem der fünf großen Stockwerke oder *levels* fanden wir neben Räumen wie *Saal 1* auch unzählig viel Kleineres, Engeres. Wohneinheiten für Familien. Von Geschoss zu Geschoss waren aber die kleineren Räume fast leer, gefüllt nur mit Ruiniertem, mit rätselhaften Resten. Nur in *Delta* und *Gamma* wenige Reste von Körpern. Offenbar in Panik. Vom finalen Feuersturm hingestreckt, verglüht. Versteinert.

HECKER: Wo blieben die anderen Bewohner?

BRANDT: Ihr erfahrt auch das. Die in den oberen *levels* *Alpha* und *Beta*, die hatten lange so getan, als seien sie die klügsten und besten, handelten auch, epochenlang, überaus umsichtig, fast so vorsorglich wie zentrale Europäer oder biobewusste Kalifornier. Zögerlich vorsorglich. Bis auch sie merkten, dass sie dabei waren, zu zerstören, was sie am Leben hielt. Mit dem Klima die Lebenssysteme.

Ihre Versuche, sich zu retten, bestanden am Ende nur noch darin, sich immer noch tiefer ihre Anderswelt zu bauen, noch besser, noch sicherer, immer erstaunlicher. Keine Verliese, keine kahl sachlichen Überlebenszellen, nein, ihre Welten erschienen wie Versuche, die jeweilige Vorwelt in der Tiefe nicht nur zu retten, sondern auch zu verbessern, zu überbieten. Zum Beispiel mit der Pracht großer Gemeinschaftsräume. Nicht nur in den Bildern an den Wänden, von *Alpha* bis *Delta*. Also in den oberen *levels* glänzten auch ihre real errichteten Gegenwelten mit den Schönheiten, die sie in der vergifteten Vorwelt hatten zurücklassen müssen.

Miller wünschte sich von mir immer mal wieder Material aus den Wänden, die unverputzt geblieben waren. Ihn bewegte die Idee, dass die Marswesen mit ihrer grandiosen Unterwelt eine vulkanische Vorwelt bearbeitet haben könnten. Dass dies alles vormals fossile

Röhren und Schlote gewesen waren, Höhlungen eines in frühesten Perioden auch auf dem Mars mal sehr aktiven Vulkanismus. Ich tat ihm den Gefallen und sammelte Gestein aus allen *levels*. Und dann rückte Miller heraus mit klug ergänzenden Erklärungen.

HECKER: Wie aber kam es zum vernichtenden Finale?

BRANDT: Unsere Funde ließen am Ende zwei Deutungen zu. Zum einen kam das als Katastrophe, schlagartig. Zum anderen sprach aber vieles für einen schleichenden Untergang, über Epochen hinweg. Wenn wir für die eine Version Beweise hatten, fanden wir auch viele für die andere. Schließlich sprach alles für die Kombination von beidem. Dass über Zeitalter hinweg ein verdrossen wachsendes Ahnen und Erkennen immer genauer wurde und zugleich immer härter bedrängt. In erbitterten Machtkonflikten. Weil sich auch dort Religionen in Machtdenken verwandelten, „Kulturen" sich verschieden entwickelten und zur Basis wurden für konträre Mächte. Was nur enden konnte im Crash. Und am Ende in einem hochtechnologischen Feuerfinale.

Jede Inschrift, jedes Bild und dann auch jeder Stein aus der Grabeswelt lieferte Hinweise. Vermehrte die Pracht wie die Rätsel. Wir arbeiteten wie im Fieber. Oft über unsere Kräfte. Bei den Erkundungen wars ja schon entscheidend, wer die Lampe hielt, wer „aufklärte". Wie wir welche Bilder und Zeichen zu fassen bekamen, was man sah, was man nicht sah. Mit Cocksfields Neugier und Eifer waren Green und ich fast immer einverstanden. Miller pendelte zwischen Raketenturm und Bodenstation, arbeitete intensiv, half abends und nachts mit Fragen und Auskünften und Miller stellte neue Forderungen: „Wäre toll, ihr fändet auch Folgendes –"

Rätselhaft war ja schon die Lage der versteinerten Wesen gewesen im *Saal 1*. Die finale Katastrophe kam ähnlich plötzlich über den Planeten wie sie in *Pompeji* aus dem Vesuv platzte oder atomar über Hiroshima und Nagasaki. Immense Zeiten hatten sie genutzt, sich in Naturhöhlen zu vergraben, „Sicherheit" zu finden, letztlich in Palästen, voller Technik und Präzision, anfangs auch voller Kunst, bis zu den Erhabenheiten, die wir auf der Erde gern Elfenbeintürme nennen.

In den oberen *Orkus*-Ebenen sahen wir an den Wänden Malereien von fotografischer Genauigkeit, Naturalistisches. Oft Landschaften. Zeichnungen von paradiesisch schöner Welt, schließlich Montagen in diversesten Techniken. Und neben und unter den Bildern mehr und mehr auch Schriftartiges. Zeichen, die offenbar informierten, wohl auch interpretierten oder aber mahnten. Die nun auch mit uns redeten, mit Wesen der Parallel- und Nachwelt.

HECKER: Auf den Bildern waren die Marswesen fotografisch zu sehen? Keine Antennen?

BRANDT: Keine Maschinen, keine Robotermonster.

HECKER: Sondern?

BRANDT: Spiegelfiguren.

HECKER: Wie?

BRANDT: Wie wir. Gewachsene Köper. In den oberen *levels* so sinnvoll wie schön. Ja, uns alle hat es bereits gegeben. Lange vor uns. Auf der Parallelkugel. Die Wirkung war auf mich kaum anders als bei alten Mumienmalereien Ägyptens, bei den Gesichtern auf Sargbrettern, Tausende Jahre alt. Große dunkle Augen sahen uns schon dort an, zum Verlieben über Jahrtausende.

Kann freilich sein, im alten Ägypten wie in den oberen *levels* im *Orkus,* dort wie auf Erden blieben die Abbildungen um einiges zu edel. Waren geschönt, ins Paradiesische. Schlank, großgesichtig, großäugig, die Köpfe mit hohen Stirnen. Nein, nirgends Monster, Stirnwülste, keine haarig tierischen Biester, kein Hollywood-Rassismus. Tut mir leid, wer vom Mars Traumbilder als neue Schlafmittel erhofft, der wird enttäuscht. Sie waren wie wir. Waren uns nur sehr weit voraus. Um Zeitalter. Um Marsperioden, um Erdzeitalter. Die Gestalten in den oberen Ebenen wirkten so, wie auch Irdische sich selber gern mochten. Prächtig gewandet, ebenmäßig anmutig. Hinreißend auch bei dem, was auch dort für manche die Erste der Künste war. Zum Schönen die Liebe, die Lust.

Weibliche Gestalten in weiten Gewändern, aus Stoffen, die auch wir Heutige kostbar nennen würden, festlich. Zeigten sich in ornamentalen Formen, die wir schon am Ende des ersten Gangs und später in weiteren großen Sälen sahen, auf enormen Wänden. Natur- wie Seelengesetze schienen in Geltung wie bei uns. Unter den Gewändern gefiel mir besonders ein Ganzkörperschwarz, darauf sehr große Rhomben in hellem Grün. Das hatte was. Fand ich.

Je tiefer wir uns hinunterforschten in den Ebenen oder Stockwerken, desto realer zeigten sie zum Festlichen auch ihre Alltage. Lebten, feierten gern, liebten Landschaften wie Körper wie Hügel und Berge, wie Flüsse und Meer und Schiffe, mochten blühendes Land, Fauna und Flora in Vielfalt. Lebten immer mehr auch mit tollen Techniken, nutzten zuletzt auch und über Epochen die Technologien unseres jüngsten irdischen Traumlands, nutzten das, was ich DigItalien nenne.

Lebten ab *Gamma* auch mit Fahr- und Flugzeugen, in allen Versionen, mit Massenverkehr, auch ferngesteuert, auch automatisch, auch mit magnetisch elektronischen Schwebemethoden, mit denen sie nicht nur ihren Planeten umrundeten. Bevor sie sich einzugraben hatten, kannten sie erstaunliche Luftfahrt, jederlei Senkrechtstarter, Rotoren- oder Düsentechnik. Längst auch Laserrechner, Lichtrechner, Biotechnik, auch das Erzeugen von Nahrung und Leben automatisch maschinell, mit künstlicher Intelligenz. Nicht alles konnten wir enträtseln, fanden am Ende Hilfe meist durch Martin Miller, oft auch durch ihn nicht mehr. Meist war er es, der hilfreiche Schlüssel fand. Geduld, Geduld.

Green fiel auf, dass einer der zauberischen Paläste für die dortigen Traumtänze zuunterst wieder auftauchte, in *Omega*. War dort aber nicht mehr eine Krönung von Fluss- und Waldbildern, stand da nicht mehr in Mischwaldlandschaften, sondern *Omega* zeigte denselben Palast in Wüsten. Verwüstet. Mehr und mehr wurde klar, das Vernichtende, das Elend hatte sich in den spiegelnden *levels* von oben nach unten gesteigert, von Zuflucht zu Zuflucht. Die Oberen erwischte es laut Auskunft der Unteren am heftigsten, ohne dass deshalb die Unteren, nachdem sie es dokumentiert hatten, verschont blieben. Die Wandbilder in den letzten und untersten Geschossen wurden mehr und mehr begleitet von Schriftzeichen. Die Bilder in *Omega* waren von Zeichen umgeben und überlagert. Als wäre das alles konzipiert als Informationen für Nachwachsende, die in diesen Tiefen ohne Kontakt mit der Außenwelt aufwuchsen. Mich erinnerte das zum einen an die Kindheit meiner Eltern in Luftschutzkellern und Bunkern, zum anderen auch stark an antike Darstellungen, die ebenfalls Kult wie Alltag der Antike rekonstruierbar machten, nicht mehr nur aus den Chroniken von Historikern, die ihren Auftraggebern zu gern Schmeichelhaftes lieferten.

Erinnerungshilfen, Lehrbilder sahen wir da, Zeugnisse ihres Stolzes wie ihrer Schrecken. Damit die, die zu überleben hatten im Künstlichen, nicht vergaßen, wie anders alles mal gemeint war. Bei Baukunst, Luftfahrt, Seefahrt und allem Fortschritt. In *Alpha* und noch in *Beta* nirgends Rauch, Müll, Ruß, Abgas, weder Trümmer noch Zerfall. Obwohl die besseren Bilder deutlich zeigten, dass auch sie intensiv fossile Vorräte nutzten, Verbrennungsmotoren, massenhaft automatisches Vermehren pflanzlicher wie tierischer Vorräte. Wobei sie ebenso glänzend und massenhaft Militärgerät produzierten, blanke, auch elegante Tötungstechniken, jede Methode, es zu perfektionieren, das Durchbohren, Zerfetzen, Zermalmen, Zerstückeln, Zersprengen. Selbst diese Bilder strahlten und prahlten anfangs mit prächtig dramatischen Himmelsfarben, da herrschte das Vorbildliche, Beruhigende, Beschwichtigende. Wir redeten schließlich von Regierungsbildern, von ablenkender Bemäntelungskunst, von Virtuosen des *appeasements*. Studierten aber die Traumbilder mit ebenso viel Neugier wie die appellierenden. Propaganda betäubte und blendete auch dort beklemmend perfekt.

Bis wir dann in den letzten Tagen in den untersten Geschossen Gegendarstellungen fanden. Tief unten, in *Omega*, da wurde offenbar alles Höhere verzweifelt kommentiert mit Zeichen und Schrift. Auch dort zeigten Stiche und Malereien Marswelt, nun aber zerrüttet, im Schmutz, verdunkelt in bedrohlich finsteren Farben, mit Rauch, Dreck und trübem Rotgrau, ölig schwärzlich verfaulend. Da überraschten und schockten Wracks, immer noch krassere Kriegs- und Krüppelbilder. Statt Protzfiguren magere und entstellte, leidende, verwundete Gesichter. Bilder in dämmernden Farben, gebrochenen Linien, Paradiesisches im Zerfall, unter violettem Himmel, explodierenden Energien.

HECKER: Krieg?

BRANDT: Als hätten auf dem Mars wenigstens die Tiefgeschosse den Drachen gekannt, der in Europa schon vor mehr als tausend Jahren *Nidgir* hieß. Neidgier. Ein Drache, unausweichlich? Auch das *Pompeji* des Mars war offenbar ohne Blendung und Narkotisierung nicht mehr zu ertragen gewesen – ein Befund aus dem All. Bewusstsein hat wohl allüberall zu wählen. Zwischen Schlaf und Wirklichkeit.

In den untersten Geschossen versuchte die Schlussphase der Marsbewohner energische Gegenchroniken, mit Beweisketten. In Appellen ging es da zunehmend um das, was wir „aufrüttelnd" nennen, ja, *turmoiling*. In *Omega* starteten Plädoyers, optische wie schriftliche Debatten. Im untersten *level* fand sich, was in den Regierungsbildern nie vorkam: beherzt ungeschützte, ungeschönte Erschrockenheit.

Was im Höheren klares Geradeaus war, hatte in *Omega* zu schlottern, krümmte und verschob sich dort im Entsetzen. Da fror das, tobte, zitterte, hungerte, verdrehte Körper und Gesichtszüge, heimgesucht von Entzündung, Verkrüppelung, Entstellung. Sie schützten sich mit Mundtüchern, mit Masken, mit Atemmasken, Gasmasken. Schöne Kinder, heimgesucht von Missbildungen, junge Leute in Sicherheitsmonturen, Rettungskapseln. Da sahen wir die eigenen irdischen Entsetzensfelder, Phobien wie Dämonen, sahen Perspektiven gebrochen, verstört, zerstückt, geborsten. Fast immer gespalten und bedeckt von Schriftzeichen, von oft wild protestierenden. Hoffentlich wird das irgendwann entziffert sein, in Texas, Washington, Moskau. Ja, vielleicht auch in Moskau.

Die Oberen können sich hüben wie drüben nicht dauerhaft drum herummogeln. Green sendete noch von unterwegs, als es bis zur Landung in *Space Coast*/Florida nur noch zwei Tage dauerte, da schickte er seiner Freundin in Kalifornien Fotos, Bilder aus *Omega*. Eines war ein riesiger Comic, zeigte zwei beißwütige Bestien im engen Kreis hintereinander herrasen, mit Blasen überm Kopf, und Miller hat die Schrift entziffern können, Millers Methode werde ich beschreiben, die Schrift über jedem der gefräßigen Köpfe im Kreis lautete: „Er verfolgt mich! Er verfolgt mich!"

John Green, Jüngster im Team, digital unser Cleverster, er schickte der Freundin auch dies. Und wenn wir ihrer Antwort aus *Frisco* glauben dürfen, dann traf das da nicht nur ein, sondern löste Begeisterung aus. Doch freilich, das Bestienbild blieb jenseits aller offiziellen Kanäle, umging all die „öffentlich-rechtlichen" Kontrollen, die auch im Land der Dichter und Denker seit dem Zweiten Weltkrieg unsere großen Sender sichern. Behilflich war da, so meldete die Freundin, ein älterer Graukopf, den sie in der Uni getroffen hätte als Literaturkenner und Könner im Weltraumnetz.

Da wusste ich noch nichts von meinem *Whistleblower* XY. In *Omega* jedenfalls sahen wir halt Satiren, Parolen und Bilder voller Zorn und Empörung, immer neu ohnmächtig wütende Bildsignale, und aus all dem ergaben sich dann Antworten auch auf Fragen, die ein Magazinmann nun mehrfach stellen musste und die ja auch das Team nie losließ. Was denn hat sich am Ende verheerend ereignet bei unseren Nachbarn, unseren Vorgängern? In jedem *level* stießen wir auf Reste von Schleusen oder auf zentrale Tische oder Pulte wie in *Saal 1*, auf Schaltungen sicher nicht nur fürs Heizen in erkaltender Tiefe, sondern auch für die Luftzufuhr. Green maulte, ganz sicher rationierten sie hier am Ende auch die Luft, für jeden täglich zwei Kubikmeter, für Kinder nur einen, für die Oberen drei.

Es schien, dass sie mit immer tollerer Technologie gerade die Lebensmöglichkeiten zugrunde richteten, die sie mit diesen Techniken hatten steigern wollen. Gerieten in fatale Spiralen, in unabänderlichen Zukunftssog, nur mühsam zu bremsen. Am Ende schon gar nicht von selbstherrlichen „Führernaturen".

Die unteren und späteren *levels* des Blindschachts kommentierten und agitierten jedenfalls die oberen, die früheren Epochen, stellten die in Frage, schienen sie massiv zu widerlegen. Zum Beispiel in Sachen Arbeit. Auch sie kannten Arbeitsteilung, anfangs sicher auch das, was wir Sklavenarbeit nennen würden, auch da gab's hinkende Unterdrückte, Krummgearbeitete, die auch beim Tunnelbau in der Unterwelt eingesetzt wurden in den Gängen und Schächten. John Green hat das bildlich dokumentiert, Martin Miller hat es zu deuten begonnen, Miller hat ja all unsere Touren mit zähem Interesse verfolgt, auch das wäre nun unbedingt genauer zu sichten, hochzurechnen, rückzurechnen.

HECKER: Mars als Unruheherd *turmoil* für Erde?

BRANDT: Schon Millers Sortierversuche ließen ahnen, wie sehr unsere Funde die derzeit Maßgebenden erschrecken muss. Nicht jeder erträgt, sich im Spiegel zu sehen. Schon deswegen hielt es hüben wie drüben die Aufsicht für nötig – in Washington wie in Moskau – uns und unser Material zunächst zu isolieren, „sicher zu stellen". Schon nach Cocksfields ersten nur gepolterten Andeutungen schrillten Alarmglocken, schaltete gut vorbereitete Aufsicht sich ein.

HECKER: Wie erkanntet ihr Sklaven auf dem Mars?

BRANDT: „Erkennen" ist kühn gesagt. Aber auf Dauer bemerkten wir Figuren, die waren anzusehen und gewachsen wie die der Herrschaften. Ihre Arbeit unterschied sie. Körper- und Kraft-Arbeit sorgten für andere Haltungen, für geduckte. All das wäre aus all dem herauszufinden, was wir mitbrachten nach Houston. Die unteren *levels* verschärften alles Ungleiche und Ungerechte, karikierend anklagend. Schon dass es Dunkelhaarige waren, die das Grobe zu tun hatten, das Schleppen der Mauersteine, des Mülls, das war nicht zu übersehen, schien selbstverständlich. Dunkle Haare, kurz geschnitten, auffallend gleiche Gestalten. Erbgut nach Maß? Vielleicht mit der Gen-Schere? Jedenfalls kaum Unterschiede. Und das reichte auch dort früh, um die Gesellschaft zu spalten, in unten oder oben. Sichtbar dann auch an Uniformen, Orden, Kleiderprunk, Mode, im Protz der Fahrzeuge, der Bauten, der Maschinen. Die üblichen, die „natürlichen" Differenzen, eigentlich sinnvoll und anregend und schöpferisch, auch dort offensichtlich verwertet, missbraucht. Unterschiede wurden zu „Argumenten". Fürs Unterdrücken.

Miller machte als Erster drauf aufmerksam, wie der Realismus der untersten Ebenen das Paradiesische der höheren Regionen zitierte, kommentierte, karikierte. Was anfangs und oben verehrt wurde, geriet in den unteren *levels* in kritischen Vergleich, in den Verriss, *Omega* agitierte, entlarvte die erhabenen Projektionen von *Alpha* und *Beta*. Und höhnte die Paläste.

HECKER: In *Omega* wohnten die letzten Überlebenden?

BRANDT: Die ironisierten und höhnten die Älteren und Oberen, die Schönen und Beschönigenden, verhöhnten die elysisch verklärenden Sichtweisen der Alten. Da entdeckten wir Diskussionen über Epochen hinweg, durch Zeitalter hindurch. Ging es um Attacken der Fakten gegen Ideologien, Religionen, Machthaber. In *Omega* fanden wir letzten Aufruhr, so ohnmächtig wie verzweifelt. So sehr zu spät wie wohl auch bei uns. Das wäre nun gründlich zu erarbeiten, wäre überaus aufschlussreich, nicht nur in San Francisco oder Stanford. Sondern *worldwide.*

In den tiefsten Ebenen fanden wir Räume, die Kliniken gewesen sein müssen, Sanatorien, Bäder. Wieder andere Räume waren offensichtlich Bibliotheken, ja, mit Büchern. Und die, längst mineralisiert, ertrugen keine Berührung, lösten sich augenblicklich auf, schon im dünnen Windhauch unserer Annäherung. Schon beim Vorüberschreiten des hoch gewachsenen Chefs zerfielen sie zur staubigen Zellulose.

Fanden auch Hohlräume, zweifellos Kliniken, weil da Röntgentechnik zu mutmaßen war, Nukleartechnik. Trafen immer neu Schaltpulte wie in *Saal 1*, Schaltungsanlagen, wahrscheinlich alles Einrichtungen, die der Unterwelt neues Klima zu schaffen hatten, künstliches. Gegenklima, um jeden Preis. Erst am vorletzten Tag in der untersten Tiefe, da passierten wir metallene Schleusen, die so kraftvoll wirkten, dass wir sie zunächst für vormals exakte Sperren hielten. Waren aber auch hier ebenso Wärme- wie Luft- oder Wasserschleusen, stärkere, massivere. Gelangten hinter solchen Sperren in sehr lange Hallen oder Tunnels, in der Länge mehrere hundert Meter, gegliedert in mehrere Stockwerke. Auf verschiedenen Ebenen lagerten da auf schier endlosen Regalen in Unmengen kleine, größere und große Kästchen und Kasten. Miller hatte auf Greens Fotos solche Behälter bemerkt und wollte unbedingt, dass wir die auch live fänden und mitbrächten. Und nun fanden wir die in dem Riesensaal, hunderttausende Behälter, wahrscheinlich Millionen, alle in deutlichem Schwarz, alle mit Zeichen versehen, mit vergehenden Resten von Prägungen, Signaturen. Informationen gewiss zu Orten oder Zeiten oder Figuren oder Urhebern. Offenbar eine riesige Datensammlung. Martialisches Archiv. Die Mars*cloud*.

In dieser sichersten Tiefe bargen sie offenbar ihre Historie, ihr Gedächtnis. Zunächst auch sie wohl mit diversen Methoden, auch elektronisch, in Digitalspeichern, Biospeichern. Vielleicht mit Mitteln, wie sie bei uns noch gar nicht entwickelt sind. Weil ja auch wir unsere kaum mehr überblickbaren Daten und Bilder und Dokumente und Werke rührend zu ordnen und zu bewahren versuchen. Wer wird, wer soll, wer darf und kann das am Ende alles sichten, nutzen, prüfen?

HECKER: Suchmaschinen.

BRANDT: Fast drei Dutzend Behälter nahmen wir mit auf den Rückflug, öffneten selber nichts, wollten als gehorsame NASA-Partner keinesfalls zerstören, verschmutzen, verderben. Haben die Datenträger bis Florida so sicher wie möglich transportiert und unangetastet gelassen. Offenbar auch neuronale Speicherungen, solche, die wir Irdischen nur erst geheim entwickeln, nicht nur in Kaliforniens berüchtigtem Salztal. Aber auch diese Mitbringsel, gleich nach unserer Rückkehr wurden sie kassiert. Irgendwann, hoffen wir doch, wird zugänglich, was diese Datenbänke speicherten. Kann sein, das Öffnen schafft Depressionen. Oder, endlich, hilfreiche Panik.

HECKER: Mit den Fakten des Marsfinales?

BRANDT: Wie hätten sie ihr Finale dokumentieren sollen. Das war zwar absehbar, schon lange zuvor, sonst hätten sie ja nicht derart aufwendig und über Epochen so enorme Abwehr getroffen, hätten sie nicht grandiose Überlebenssysteme angelegt, Heilstätten, Rettungswelten, ungeheure Archive samt riesiger *digital cloud*. Das belegt ihre Ahnungen, ihre Ängste.

HECKER: Und was kam dann tatsächlich?

BRANDT: Schon fast mit Asche in den Zähnen muss mich Freund Marc, der Hecker, fragen. Betäubung durch UntenHaltung hat unsere irdischen Hirne ganz schön mutiert. Hallo, Marc, hallo, Lu, ich könnte es mir beim Antworten nun platt und einfach machen und antworten: Leben auf dem Mars wurde vergast. Das ist erstens nur halb richtig. Und zweitens würde es sie missbrauchen, die zentrale Vokabel für den Völkermord der Nazidiktatur. Und halb richtig, weil es die Zeitdimension wegließe. Das deutsche Morden lief in wenigen Jahren, wurde realisiert als Geheimsache, selbst von Juden weiß man, dass viele noch bei der Ankunft in Auschwitz nicht wussten, was sie wirklich erwartete im „Arbeitslager".

Auf Mars, soweit das zu rekonstruieren war, vollzog sich das Finale über Zeitalter. War aber als Gefahr Zeitalter zuvor bekannt. Als Resultat der Klimavernichtung, der Verwandlung des Klimas ins Abgas. Nach dem Finale blieb Mars Milliarden Jahre und bis heute dem All ausgeliefert. Wurde zerstrahlt, zersetzt. Und was sich davor auf dem Planeten entwickelt hatte, das wäre unauffindbar geblieben ohne jene zufällig und nur „vorüberwehend", nur nach einem jahreszeitlichen Orkan sichtbar gewordenen „Linien", die uns irritiert hatten. Die uns und die Russen hinein und hinab lockten, in den Blindschacht.

Noch hab' ich nicht mal vom Rückflug erzählt. Unsere größte Sorge war da weniger, ob auf dem *Feldberg* Abheben und Rückstart gelingen würden. Soviel ihr seht, kamen wir an *Furcht Phobos* und an *Schrecken Deimos* heil vorbei. Nein, als Sorge blieb da, ob das *Nachtlabyrinth* im *Mare Martis*, ob *Pompeji* nicht bald wieder verschwinden würde, verweht und verschüttet von neuen Orkanen, die sie dann für immer wieder versperrt, die Erkenntnisgrube *Noctis Labyrinthus*.

HECKER: Grube für welche Erkenntnisse?

BRANDT: Auch dort wurden die Ungleichheiten zwischen Oberen und Unteren trotz gemeinsamer Gefahr nicht überbrückt. Auch da lebten wenige Obere auf Kosten der meisten. Hemmungslos und bis ins Finale.

Obwohl es auch dort lange vorher zu „konventionellen" Kriegen kam, deren Methoden sich wechselseitig steigerten, in Rüstungsspiralen. Diese Spiralwahrheit, die sollte jedem Erdling bekannt sein. Das Phänomen Spirale sollte schon in Kindergärten und Schulen als erstes Einmaleins gelernt werden. Dieser Wunsch bewegte uns vier Heimkehrer auf dem Rückflug, drei Amerikaner, einen Europäer. Dies, könnte sein, war gute Erkenntnis.

Bislang hab' ich zu wenig von Martin Miller berichtet, vom Piloten und Laborspezialisten, der in der Bodenstation die Versorgung organisierte und ein Labor. Und der sich optimal um das kümmerte, was wir abends mitbrachten. Miller faszinierten die Regierungsbilder ebenso wie die realistischen. Dann aber auch alles offenbar Schriftliche aus den tieferen Etagen. Wenn da Bücher ins Unleserliche zerfielen und die *Cloud* unerschließbar blieb, dann weckte seine Neugier umso mehr, was wir abends mitbrachten von den „beredten" Wänden in fast allen Geschossen. Da fragte er nach Fortsetzungen und Fundorten, nach *level* und Lage von diesem und jenem, bat um schärfere Aufnahmen, vor allem von den Inschriften wollte er „besser Lesbares", besser Beleuchtetes, zuletzt vor allem aus *Omega*. Er war der Erste, der dort die Zitate erkannt hatte, die Karikaturen, die Polemiken im Zorn gegen die „Lügenbilder" der Oberen. Sah als Erster, wie in *Omega* immer wieder neuere Zeichen die älteren widerlegten, wie Schrilles das Beschwichtigende attackierte, den Pomp der Herrschaften. Klar, dass solche Durchblicke übel ankamen, in West wie Ost.

Unterwegs, in den Monaten des Rückflugs, schon nach gut zehn Tagen überraschte Miller uns mit der Andeutung, es könne sein, dass er's schaffen werde. *I'll catch it.*

HECKER: Was werde er schaffen?

BRANDT: Den Schlüssel finden. Zum Entziffern der Schriften. „Einen Schlüssel für all das verdammte Geschlingel über, neben, unter und in euren Bildern." Nichts weniger als einen Zugang in die Marssprache, in die Vorzeit des Planeten. Miller, anfangs eingeschätzt als sicherer Steuermann im All und als Labor- und Computerfreak, er hatte in seinen Wartezeiten in der Bodenstation begonnen, die Zeichen aus dem Blindschacht zu sortieren. Diese uns offenbar dauerhaft unzugänglichen „Buchstaben" unter den Bildern. Hatte in seinem Rechner zunächst willkürliche Hilfsalphabete gebildet, fütterte die dann mit vielleicht wahrscheinlichen, zunächst oft nur willkürlich behaupteten Antworten, mit halbwegs Akzeptablem. Hilfreich war da der Vergleich der Bilder, entweder untereinander oder mit den begleitenden Zeichen, so wie sie ihm Greens Dokumente ständig lieferten. Miller behauptete anfangs einfach Kontexte, Zusammenhänge. Operierte zu Beginn mit unserem vertrauten Alphabet, bestückte das aber in immer neuen Anläufen mit dem, was zwischen *Alpha* und *Omega* zu erkennen war. Anfangs missriet vieles, bot unsinnige Lösungen. Dann aber, allmählich, gabs erste Querbezüge. Schließlich Sinnvolles. Verglich die Bilder mit dem, was darunter oder daneben lesbar schien. Stets bereit zu korrigieren, notierte er Ähnlichkeiten in seinem Alphabet und löschte und verbesserte bereitwillig immer neu. Verwarf, verbesserte, immer mehr fand sich Zutreffendes, zeigten sich Erfolge, Antworten. Lieferte ihm seine Spielerei Stimmendes. Fand er ein erstes, sein sehr vorläufiges Marsalphabet.

Und dann, vor unseren Augen und Ohren, da wurden in den gut sieben Monaten Rückflug aus Hilfsschlüsseln und Annäherungen diese und jene Gewissheiten. Schon gut zehn Tage nach dem Start überraschte er mit dem „*I'll catch it.*" Buchstabierte uns dann vor, was unter diesen und jenen Wandbildern zu lesen und gemeint sein könnte. Die Flugtage wurden spannend, jetzt war Neues zu lernen, es schien, als ginge es mit Millers Hilfe um Übersetzungen aus dem Jenseits. Jedenfalls aus Epochen vor unvorstellbar langer Zeit. Und zugleich um die Zukunft unserer Erde.

Ein erstes Wort, das sich immer klarer zeigen wollte, das war ein Doppelwort. Eine Kombination aus zwei Zeichen. Das erste sah aus wie das „L" in unserer lateinischen Schreibschrift, das wirkte mit schwungvoller Schleife am Kopf wie eine Blume mit runder Blüte. Immer wieder tauchte dies Zeichen neben Türen und Toren auf, auch am Beginn der vielen langen Gänge in den tieferen Blindschachtgeschossen. Da erschien dieses „L" häufig verhakt mit einem anderen Zeichen, mit einem winzig simplen Haus unter dickem Dach. Wir schwiegen, wir rätselten. Und da war ich es, dem diese Aufgabe lösbar schien. Denn plötzlich sah ich wieder vor mir, was im Bombenkrieg fast an allen Häusern zu lesen war, meist neben den Eingängen oder neben Kellerfenstern. Und hörte wieder, wie später über Krieg oft viel zu reden und zu erzählen war, nie aber über das Wort, das fast an jedem Haus stand, auch an Bunkern und an Ruinen – das Wort Luftschutz.

Nicht nur in der Zwölf-Großstädte-Stadt Ruhr, mit den meisten Einwohnern in Deutschland, aber besonders häufig dort. Meist zusammen mit einem Pfeil nach links oder rechts. Auch das entsprechende Mars-„Wort" zeigte sich stets auf einem Querstrich, auch dort am Ende des Strichs mit einem Haken, Pfeil oder Finger. Als Hinweise, wohin man sich hier wie dort würde retten können, bei Problemen mit der Luft? In der Städtestadt meist abwärts, runter in die Keller oder Bunker. Schon 1936, in der exakten Mitte des Ruhrreviers, da mahnte auf dem mehr als tausend Jahre alten *Burgplatz* im weit mehr als tausend Jahre alten Essen, später Europas größte Bergbau- und Stahlstadt, ein Denkmal auf hohem Sockel, eine mehrere Meter hohe rote Bombe. Die stand da als Mahnung in Sachen „Luftschutz". Davor hatte Goebbels geredet, auch Hitler, mit frenetischem Hass auf all die „Feinde des Reichs".

Schon Mars also hatte ein Signal für Luftschutz. Eine andere Inschrift in *Omega* beschäftigte uns ähnlich intensiv. Überm Eingang zur Bibliothek fiel eine Reihe von Zeichen auf, die, wenn man genau hinsah, gleichfalls reduzierte Bilder waren. Miller erschloss Schritt für Schritt die Bedeutung und fand, über dem Bücherhaus war zu lesen: „Jeder gleich. Jeder einzig."

HECKER: Wie konnte da Leben auf dem Mars sich selbst vernichten?

BRANDT: Weil auch dort großartig Geschriebenes geschrieben blieb. Unbeachtet. Nach und nach konnten wir's entziffern. Die Probleme des Mars starteten auch dort mit Verteilungskämpfen. Zunehmend egozentrisch, gegen jede ernsthafte Kommunikation, am Ende erbarmungslos. Und tödlich nicht nur für die geduckten Unteren, sondern am Ende für alle. Leben zerstörte sich selbst, ruinierte mit Klima und Immunsystem den Luftschutz und damit das Ganze.

Mit dem Riesenvulkan *Mons Olympus* hatte das längst nichts mehr zu tun. Gigant *Olympus* schwieg seit Äonen. Bei der Vernichtung der Biowelt musste der nicht mitmachen. Das schafften die Martialischen ganz allein. Immerhin hielt Miller es für sehr wahrscheinlich, dass die unerhörte Unterwelt fossile Schlote, verlassene Reste eines einst überaus aktiven Vulkanismus genutzt haben dürfte, Röhren und Schlote erloschener Vulkane ausbaute, verlängerte, vergrößerte, bewohnbar machte.

Sie hatten ihren Planeten sehr viel weiter entwickelt als wir bis heute den unseren. Nutzten seit Zeitaltern Technologien, die auch bei uns als Fortschritt gelten. Kannten sämtliche Raffinessen moderner Ernährung. Auch „unbezwingbare" Kriegstechnik. Nicht nur atomare, auch digitale. Auch Cyberkriege. Als wir auf dem Rückflug Millers Entschlüsselungsmethoden zu begreifen begannen, fanden wir auf einem Bild in *Delta* eine offenbar absurde Parole, die dann in Varianten auch in *Omega* auftauchte. „Verbrennt die Verbrenner!"

HECKER: Wie ist das zu deuten?

BRANDT: Als Verzweiflungsruf. Fast alle Verbesserungen und Motorisierungen verbrennen. Sorgten und sorgen nun mal für den Abbau des Schützenden. Der Biosphäre. Auch dort gab's zweifellos die Probleme mit atomarem Müll, auch dort unlösbar. „Wohin mit der strahlenden Kraft?" Diese pathetisch doppeldeutige Frage war in *Delta* zu entziffern, und die Leute darunter in *Omega*, die wiederholten das im Hohn. Die ständig „verfeinerten" Kriegstechnologien sorgten im Finale für den total atomaren Feuerofen. Das Ende ausnahmslos aller. Der Privilegierten wie der Geduckten.

HECKER: „Verbrennt die Verbrenner"?

BRANDT: Verzweiflungsruf für den Schutz der Luft. Verbrennungen beflügelten ja auch dort fast jeden „Fortschritt". Dann auch die Verteilungskämpfe. Als Vater fast jeden Fortschritts galt auch in unserem Parallelplaneten der Krieg. Und marsgerecht war dann auch dort die Totalkatastrophe. Vielleicht finden sich einst im riesigen Archiv der Unterwelt Belege dafür, wie auch dort von Anfang an gewarnt worden war. Schon von den Göttern? Göttinnen? Von Schreibenden erst spät, dann deutlich, aber umsonst. Auch auf dem Mars wurde wohl kaum mehr – gelesen.

Die jähe nukleare Hölle, sie vollendete, was der Abbau der Atmosphäre eingeleitet hatte. War nicht mehr zu verhindern durch den einzigartigen Rückzug in die Tiefen. Von langer Hand waren die Schäden entstanden, Aridisierung, Austrocknung, Verwüstung. Was auch dort zu wandernden Flüchtlingsvölkern führte, zu regionalen Kriegen, zu globalen. Und dann –

HECKER: Konnten eure Geräte Spuren des Finales messen? Nukleare Verstrahlung?

BRANDT: Zu messen war nach Äonen nur die Verstrahlung aus dem All. Der kosmische Dauerterror. Die marsgemachte Schlusshölle geschah schon vor dermaßen langer Zeit, dass deren Direktspuren längst verschwunden waren nach den bekannten Halbwertzeiten. Ausgestrahlt. Imposant der Stolz einst auf den Regierungsbildern in *Alpha* und *Beta*, der prunkende Hochmut beim Präsentieren der Errungenschaften da oben, die man leider hatte verlassen müssen, der Stolz auch auf ungeheure Explosionswolken als Zeichen von Macht und strahlendem Können. Auf die gewaltigen Pilzwolken, höher als die höchsten Wohnbehälter.

Es lief dort vieles peinlich ähnlich wie Äonen später auf ihrem Parallelplaneten. Die Reichen epochenlang noch reicher, der Stärkste im Recht, Stärke als Recht. Und das Marsfinale, nach dem ein Magazinmann stets fragen muss, das haben die Wandbilder dann schlicht ja nicht mehr dokumentieren können, da war dann einfach keiner mehr, der das hätte festhalten können. Immer wieder die schöne Illusion, am Ende werde schon noch einer sein, der wenigstens das Licht ausmacht.

HECKER: Für den Mars macht dies nun *World Peace*?

BRANDT: Wenn schon, dann kein Ausschalten, sondern endlich ein Einschalten. Noch jetzt, vor nur drei Tagen, da beehrten mich in meiner Zelle drei „Wissenschaftler". Offenbar aus Washington. Einer im Arztkittel, der mit Bewunderung unser Überleben registrierte, ramponiert seien wir zwar, nicht ohne Schäden, aber erstaunlich auferstanden, *risen from the dead*. Sehr besonders tat dann aber der, der sich „hauptverantwortlich" nannte. Sein Name war kaum zu verstehen gewesen. Für mich hieß er sofort „Z". Für Zombie. Z erklärte, meine getippten Notizen, auch schon unsere *Mars News* seien oft nur schwer zu begreifen gewesen. Inszenierte dann eine bedeutende Pause, blickte stumm auf seine Kollegen, dann wieder auf mich. Schließlich ich: „Ich dagegen heiße Frank Brandt. Und habe meinerseits Probleme, Sie zu verstehen. Unsere Entdeckungen auf dem Mars fanden wir alle so umwerfend, dass wir sicher waren, auf der Erde würden wir gefeiert, überschüttet nicht nur mit Medizin, sondern mit Lob, auch von Washington. War es so arg, dass eine russische Crew uns zuvorkam? Verstehe ich Sie da richtig?

World Peace stahlen die Russen zweifellos die Show, oder? Schon der Start der Russen hat Verantwortliche wie Sie offenbar überfordert, so dass Sie nicht mal die Kraft fanden, uns zu informieren, oder? Jedenfalls haben dann auch wir glatt vergessen, dem *Black Forest* des Mars Ihre penibel vernähte Flagge Europas und der USA samt Gedenkplakette auf die nackte Glatze zu heften. Die liegt da nun nur so herum. Wird verwehen.

„Die Russen brachten es fertig zu schweigen. Bis jetzt." „Aha. Ich verstehe. Das ist alles nicht ganz einfach, weder für Sie noch für die Russen. Unser Team jedenfalls hat Erde wochenlang bestens informiert, authentisch. Unser Labor im Raumschiff finden Sie übervoll mit Daten, Messdaten, Zeitdaten, Ortsdaten, Fotos, Gestein, Materialproben, mit all den Vergleichen, um die wir gebeten wurden und die dann darüber hinaus Miller und Cocksfield angeregt haben, unterwegs. Pardon, dass wir Unbegreifliches entdeckten. Das musste verwirren, auf dem Mars Intelligenz und denkwürdige Selbstvernichtung, wirklich ein Schreckensbild, ich seh's ein. Schock für Erde, und ist nun unsere Schuld. Für die gehören wir eingesperrt. Sehe ich ein."

„Ich respektiere Ihre Erregung." Z blickte wieder auf sein Gefolge. Holte bedeutend Luft. „Aber es bleiben Fragen." Und fragte dann, betont wissenschaftlich, wo denn zum Beispiel *Saal 31* sei. „Den finden Sie in unseren Dokumenten genau beschrieben." „Und als was verstanden Sie bisher *Zerberus I* bis *VI*?" „Überlebenswichtige Pumpen. Für Wasser, Wärme und Luft. Luftschleusen. Luftschutz. Also Versuche, in einer großartigen Unterwelt zu überleben, was auch unserer Erdenwelt sehr bald zu empfehlen wäre. Diese *Zerberus*-Engpässe, die sollten retten vor dem, was auch die dortige Intelligenz anrichtete, als Untergang. Auch die Vorrichtungen *Zerberus* sind exakt dokumentiert, als Belege für die Ursachen des Finales."

„Welchen Finales?" Fragte der tatsächlich. „Für atomaren Crash." Allerhand zitterte da in mir, böser Mix aus Resignation und Empörung, gegen diese Blockade jeder Offenheit. „Mir scheint nicht", so kam's mir schließlich aus den Zähnen, „dass Sie wirklich wissen wollen, was in *Alpha* bis *Omega* zu begreifen war. Obwohl Sie eigentlich auch unsere letzten Mitteilungen kennen könnten, auch das, was wir bis fast zum Schluss per *Mars News* sendeten. Oder?"

Z wollte dann wohl auch mich ziemlich tief treffen. Wieder, wie bei der Nennung seines Namens, presste er seine Lippen schmal und formulierte, was ich mir seit seinem Besuch Wort für Wort wiederholt habe, um es nicht zu vergessen. „Schon Ihr oberromantischer Großkünstler Wagner", so erklärte er plötzlich, „bereits der brandmarkte die Schöpfung als pures Übel. Als elendes Misslingen. Etwa nicht? Der diffamierte den obersten Gott und ließ dann fragen: ‚Weißt du, was Wotan will?' Als Antwort kam: ‚Das Ende.' Ja, so lehrte das weltweit Ihr globaler Oberromantiker. Erlauben Sie uns Amerikanern, dass wir diese Leitkultur einfach nicht mitmachen werden."

Der fragte dann nur noch, ob auch ich bereit sei, von unseren Entdeckungen vorerst strikt zu schweigen. Es sei ja wohl klar, dass, bevor das publiziert werden könne, inständige Studien fällig seien. Nicht nur Analysen unserer Gesundheit, sondern dass für eine Veröffentlichung auch „eine angemessene Form" entwickelt werden müsse. Und wiederholte dann seine Frage, ob ich bis dahin bereit sei zu absoluter Verschwiegenheit. Da holte auch ich tief Luft, imitierte sein Geseufze grimmig ähnlich, betrachtete ihn mit größtmöglichen Augen und fragte: „Verschwiegenheit als ‚angemessene Form'? Nun also tritt Washington in irren Wettbewerb mit den obersten Geheimdienern des Ostens? Und Geheimdienst ist nun auch die Bedingung, unter der ich irgendwann hier mal wieder raus darf, endlich zurück nach Europa?" Z, nach einem Blick auf seine Gefährten, schien zu nicken. Darauf ich: „Dann bestellen Sie doch bitte Ihren Kontrolleuren, sie machen den Planeten Erde zum Schwarzen Loch."

Z erhob sich. Auch seine Begleiter. Stumm zogen die ab. Ach, Marc und Lu – tja – schon beim monatelangen Rücksturz Richtung Heimatkugel, da war im Team enorm zu grübeln, nächtelang. Über unsere spiralig labyrinthischen Erfahrungen. Auch über die mit dem Mitteilen.

HECKER: Nach der Schlusskatastrophe war Mars, dies riesige Raumschiff, ein Endprodukt wie der Mond?

BRANDT: Dokument selbstherrlichen Lebens.

HECKER: Das enden muss im Verglühen? Aber –

BRANDT: Aber?

HECKER: Aber dem Frank Brandt merkt man doch auch anderes an. Schon wie couragiert du den Mister Z gekontert hast. Irgendeine Hoffnung treibt doch auch dich, trotz alledem. Obwohl eure Entdeckungen bedrückend wirken. Die Uhr auf der Erde, so viel durchschaut auch einer vom Magazin, die rückt vor, auf einen Zeitpunkt ziemlich kurz vor Mars.

BRANDT: Getroffen. Aber es stimmt, vieles wirkte da auch grandios. Allein der Lebenswille. Aber zum Erstaunlichsten und Schönsten von allem gehören bekanntlich Kristalle. Und die sind vom Totesten. Zwingen mich zum irren Superlativ. Zuletzt wuchs auch bei den Menschenähnlichen der wunderbare Grundbefund: „Jeder gleich. Jeder einzig". Dass sich auch kosmisch so etwas ins denkende Leben schleicht, Marc und Lu, ist das denn nichts?

HECKER: Wow. Aber das Ende dort bleibt trostlos. Auch für uns? Worauf denn noch dürfen wir hoffen?

BRANDT: Auf Kommunikation. Aufs Vermeiden von Blindheiten. Jeden Verschweigens. Jeden Kriegs sowieso. Zu hoffen ist auf Offenheit, ja, auch auf eine, die in Panik versetzt noch rechtzeitig. Die auch bei uns Erkenntnisse herbeizwingt, privat wie politisch. So dass wir – ja „wir" – damit wir Gegebenheiten endlich zur Kenntnis nehmen. Und dann nichts anders können als Konsequenzen ziehen. Lebenserhaltende. Solche, die aufhören, Leben zu löschen. Das ist es, was zu lernen Lust macht. Auch darüber haben wir in den Monaten des Rückflugs debattiert. Da sahen wir sie ja in seltener Klarheit, die alten Sternbilder, die „ewigen", die guten Bekannten seit Kinderzeiten, die Kleinen und die Großen Bären, die uns die Priestergewerbe aufgebunden haben. Himmelsbilder. Etwa den „Großen Jäger", den funkelnden Macho, das Super-Ego *Orion*. In dem jeder, der genauer hinschaut, ein Rind erkennen kann. Das bei uns aber als Kuh nie zu Ehren kam. Obwohl in den Sternlichtern des „wilden Helden" der Umriss eines Rindviehs kinderleicht erkennbar ist. Kinderleicht sogar mitten in Bombardements des letzten Weltkriegs, ich hab's erzählt.

Eine sehr andere Einschätzung dessen, was bei uns *Orion* heißt, die entdeckte Miller auf Wandbildern im Tiefgeschoss *Omega*. Da hieß dies Sternbild wörtlich *Milchtier*. Ja, *Omega* setzte *Milchtier* oder Rind oder Kuh ostentativ dorthin, wo sonst auf den Wappen höherer Herrschaften Raubtiere ihren Platz haben, auf martialischen wie auf irdischen Regierungsbildern. Als „Hoheitszeichen", für Kraft und Macht, Herrschaft und Besitz. In *Omega* stand dort, wo sonst die einschüchternden Bestien lauerten, das *Milchtier*. Bekannt als meist friedlich freundlich. Das stand dort da, wo auch bei uns weiterhin Adler stehen oder Doppeladler, wo Bestien Stärke signalisieren. Auch hier, ihr Lieben, die Silbe eins in signalisieren bitte mit „ie".

HECKER: In der Ebene *Omega* „siegte" das *Milchtier*?

BRANDT: Und unterlag. Kam zu spät. Auch die Marsnatur schuf Tiere mit Krallen, mit Hackschnäbeln, Beiß- und Reißzähnen und Muskelstärke. Und die Herrschenden dort, das demonstrierten uns ihre Wappen, auch sie verstanden sich als Raubtiere. Erfreulich aufrichtig. Doch auch Mars hatte wechselnde Zeitalter, besann sich am Schluss auf Anderes. Das *Milchtier* fanden wir nur im letzten *level*. Da war's häufig zu sehen, als Ausschnitt aus unserem *Orion*. Vom Himmel abgekupfert. Vom fast identischen Himmel für Mars wie Erde.

Miller war sich oft nicht sicher, ob er die Fülle der Zeichen stets korrekt hatte deuten können. Auch beim

Rind geriet er kurz in Zweifel, ob er da Vorzeichen verwechselt, eine Abwertung als Lob gelesen hatte. Gibt es doch auch auf Erden inzwischen gute Verdammungen unserer Fleischfresserei samt fataler Massenhaltung des meist friedlichen Viehs, was aber Boden ruiniert, Luft ruiniert, Wald ruiniert. Was mit Methangas unser Klima heimsucht. Worüber auch bei uns der massenhafte Missbrauch der Milchtiere in Verruf geriet. Ach, nächtelang hatten wir unterwegs zu grübeln. Beim Rücksturz zur blauen Wasserkugel.

HECKER: Zurück ins Grandhotel Abgrund?

BRANDT: Zum sehr viel jüngeren Wasserplaneten. Aber mit dem toten und viel älteren Mars auffallend eng verwandt. Gleichfalls vermüllt, verpestet, egozentrisch missbraucht. Wenn Wasser, Luft und Boden weiter ausgeliefert bleiben ans „Private", dann stimmt die alte Mahnung. Grand Hotel Abgrund.

Auch die drei Amerikaner sahen das mehr und mehr so. Als die wasserblaue Kugel nur noch elf Monddistanzen entfernt war und zusehends größer wurde, immer besser zu erkennen die Kontinente, die Meere, da rührte sie uns wieder sehr, diese wahrlich ergreifende Hülle rings um unser Riesenraumschiff Erde. Sanft gewebt ihr dünner, ja zarter Schutz. Noch immer verletzlich dünn, wie ein Hauch rings um diesen einzigartigen Wasserball. Der blaue Schleier, faltenfrei umgibt er trotz allem immer noch den Himmelskörper. Der offenbar all das, was wir gesehen und entziffert hatten, energisch imitieren will. Weiterhin hellauf begeistert vom Privaten. Etwa vom Investieren. Nicht etwa von dem, woran die Parole über der Marsbibliothek erinnerte. Alle gleich, alle einzig.

Beim Blick auf den größer werdenden Planeten murmelte Miller, was auch immer das Leben eigentlich sei, das hätte sich auf der Erde tapfer und ständig neu all den Zumutungen angepasst, die ihr aus dem Kosmos zugemutet würden. Nur erst der Mensch versage. So wie auf Mars die Menschenähnlichen. Das Lebewesen Intelligenz, das sei in seiner Kompliziertheit schlicht zu dumm. „Unpraktisch geschaltet. Zu simpel, um wirklich demokratisch und sozial sein zu können."

Trotz der wachsenden Milliardenzahl, meinte James Cocksfield, werde auch den meisten amerikanischen Jungs weiterhin eingetrichtert, auf welch einzige Weise ihr Leben großartig würde. *Life achievement*, Lebensleistung gebe es am Ende nur durch Besitz. „Durch grandioses Eigentum. Qualmender Schornstein, allein der meldet Erfolg. Also dann doch wieder nur Abgas, verreckter Wald, verölter Fluss, kaputte Luft. Versauter Boden. Krankes Meer." – „Auch geduckte Frauen?" fragte Green. „Auch das", brummte James. „Gilt fast allen immer neu als Nachweis für den ‚richtigen' Mann. Nur wo's qualmt, ist Erfolg. Oder?" – „Verbrennt die Verbrenner", so hörte ich Greens Gemurmel.

Auch beim Wiedereintritt in die Erdgravitation durchstürzten wir erfolgreich, was Erde inzwischen bekanntlich umgibt als Weltraumschrott. Kamen ohne Rammstoß noch mal hindurch, was unseren im All einzigartigen Wasserkörper immer enger einschnürt. Ein einziger Treffer hätte *Weltfrieden* erledigt. Hatten Glück. Mission kam durch.

HECKER: Mission? Marsmission?

BRANDT: „Mission" – das Wort ist belastet. Das blutet. Hat zu oft betäubt, geblendet. Gequält. Will immer neue Opfer. Verbrennen und Auslöschen als „Lösungen". Und nun scheinbar so verschiedene Weltregime des *think positive* und des *be first*, Moskau und Washington. Die haben Offenheit abermals behindert. Auskunft über die denkwürdige Historie unseres Nachbarn. Auch auf dem Mars begann offenbar das Desaster mit fehlender Kommunikation. Und wenn ich einer anderen Familiengeschichte und abermals meiner Oma trauen kann, dann war im letzten Krieg und noch danach kein Wunschkonzert, in dem nicht geweint wurde immer dann, wenn Wilhelm Strienz sang: „Heimat deine Sterne". Schon die alten Deutschen waren große Sterngucker, hatten ein gutes Wort für die Planeten. „Wandelsterne". Im alten Griechisch waren Venus oder Mars „Umherschweifende". Wenn wir alle Infos des Mars – ausgerechnet aus einem *Blindschacht* – richtig deuteten, dann wucherte auch dort das Ruinöseste. Das, was sich bei uns mit prachtvollem Namen schmückt, „Finanzwirtschaft". *Investment banking*. Was für viele nichts anderes ist als das Vermehren von Geld durch Geld. Dabei wurden wir Deutschen schon 1828, trotz Staatszensur, optimal gewarnt, in einem *Märchen*. Das gilt noch heute als „Märchen". Obwohl es da mitten im Märchenzauber heißt: „Wo viel Geld ist, wird alles unredlich. Sein

Hauptgeschäft war, mit Geld zu handeln." Das textete im vermeintlichen Biedermeier einer aus Stuttgart, wo man das gut lernen konnte. Und kann. Wilhelm Hauff starb mit 24, wie Büchner. Den besten Schlüssel für seinen letzten Text lieferte seit je sein Titel. *Das kalte Herz*. Und heute, wir? *Go big or go home. You have to be bullish*. Banker-Sprech. Für *blitzscaling*, für blitzschnelles Gezocke mit Milliarden. Wagniskapital.

HECKER: Wie zeigte sich auf Mars Finanzwirtschaft?

BRANDT: Unter den vielerlei Zeichen in fast allen Ebenen des Schachts war eines nirgendwo zu übersehen. In fast allen *levels* war Finanzwirtschaft ausgestattet aufs Prächtigste und Glänzendste. Wie eben Münzen offenbar sein müssen. Das goldene Rund präsentierte als Hoheitszeichen immer neu Bestien. Raubtiere. Schon in dieser „Vorwelt" zeigte offensichtliches Geld in allen Wappen und Staatssignalen Signale für Stärke, so wie auch in unseren ältesten Texten Besitz gern als Drache auftritt. Namens *Nidgir*, „Neidgier". Auch die Bilder von Marsmünzen gaben sich auf Vorderseiten wie Rückseiten habgierig, gierend nach diesem Geldmachen mit Geld. Geld bot zweifellos auch bei ihnen Spitzen in Profit, in Besitzglück. Verband aber all diese Geldsignale nicht etwa mit Mahnungen, mit Zeichen für sterbende Luft oder ruinierte Böden, sondern mit Signalen für Stärke, für Sieg. Gegenbilder fanden sich erst ganz zuletzt, tief unten, in *Omega*. Da war Wappen nicht nur das *Milchtier*. Da zeigte eine der Münzen an schönem, an menschenähnlichem Leib statt des Kopfes eine übergroße Goldwolke. Als Explosionswolke. Triefend von Blut und Granaten.

Ach, unsere „Mission". Mars starb, vor Ewigkeiten, an Vermondung. Tut mir leid für die armen Milliardäre, die Mars und Mond besiedeln wollen. Weil sie so wenig wissen. Schon nicht mal mehr wussten, wohin mit ihren Geldmengen. Weder Mars noch Mond werden ihnen Freude machen, auch mit denen werden sie sich langweilen, wie beim Anblick ihres sich „von selbst vermehrenden" Besitzes, ihres „arbeitenden".

HECKER: Mars ist also vermondet.

BRANDT: Ist WIE Mond. Aber – randvoll mit Historie. Seit Äonen wieder ungeschützt, wieder malträtiert durch Einschläge von Meteoren, Meteoriten, Strahlung. Doch unter den nun auch dort längst typischen Kratern und Einschlägen, da liegt, verborgen unterm Zerschlagenen, da findet man noch immer, wenn man Glück hat wie wir, Zugang zu unendlich viel älteren vulkanischen Schichten. Ausgebaut zu den Schächten eines Wasserplaneten.

Die Wandbilder in *Omega* informierten, wie schon dort das Verwüsten durch „Intelligenz" *meginfart michil* provozierte, „große Völkerfluchten". Im ältesten Deutsch hießen so Europas erste nachweisliche Völkerwanderungen. Gegen die im berühmten Nibelungenlied ein Siegfried – nein, nicht mordete, sondern Kriege verhinderte. Versöhnungen stiftete, Teilhabe, Ausgleich, Frieden. Obwohl Nationalisten den dann hemmungslos und sofort ohne Textkenntnis fälschten, zum Totschläger, zum Kriegshelden, mit übelster Propaganda, mit Hassklischees, wie gegen Juden. Was Wagner radikal steigerte im Riesenwerk „Ring" zum Mörder, weltweit wirksam für ach so viele „Gebildete", fatal folgenreich für Nationalismus, für Weltkriege. Totale Fälschung des in Wahrheit friedensstiftenden Nibelungenlieds. Bin selber allzu lang drauf reingefallen, bis ich endlich die originalen Texte las. Und ahne, ich selber muss den Skandal beenden. Seh' mich schon umherziehen als *well known* Marsflieger, Nibelungen retten vor folgenreichem Fälschen.

HECKER: Woran scheiterte das Intelligenz- Experiment Mars?

BRANDT: Völkermorde, Terror und Dummheit haben ihn vermondet. Das dokumentierten die letzten und untersten Blindschachtbilder. Tote Gewässer, Vegetation, Atemluft. Vernichtung der Arten. Der Nachbarplanet präsentiert es geradezu modellhaft, das Scheitern saumäßig klugen Lebens. Wie Sternenstaub großartig sein wollte und wieder Staub wurde.

Du schweigst? Marc, gestern, auf meiner nächtlichen Flucht von *Houston* nach *Denver*, da murmelte auch mein Weltenbürger und Menschenfreund XY über irdische Egozentrik, nein, nicht über spießige Nazis, sondern auch XY klagte über jenen „Oberromantiker", obwohl XYs russische Mutter auch den „zutiefst" bewundert hätte. Für XY ein „Betäubungsmusikant". Der habe den Friedensstifter des Nibelungenlieds, der im alten Text weder Menschen mordet noch Drachen, diese frühe Hauptfigur der deutschen Literatur habe der missbraucht, habe den „geschrumpft" zum kindisch kriegerischen Totschläger. Habe die Mission des Nibelungenlieds verdreht zum Recht des Stärkeren als übelste „Leitkultur". Der folgten ein Jahrhundert lang Generationen von Militärs, Germanisten, Nationalisten. Und allseits Millionen „fallender" junger Menschen.

HECKER: Mir dämmert, wie fatal verwandt sie sind – die beiden Wandelsterne.

BRANDT: In den sehr dünnen Luftresten hatten Martin Millers Sensoren noch beim gelingenden Start in den Rückflug Wasserstoff registriert, sogar Sauerstoffreste, also Bauteile des Wassers. Die erwischte er „flüchtig". Ja, die entdeckte er bei ihrer Flucht ins All. Miller errechnete aus dem, was der Planet noch jetzt täglich verliert, 270 000 Liter Wasser pro Tag. Unvorstellbar lang nach dem Finalfeuer verwehen da noch immer letzte Bioqualitäten. Die Planetenleiche kann sie seit Langem nicht mehr festhalten.

HECKER: Was hältst du da in der Hand?

BRANDT: Einen Tropfen. Geschmolzen. Lag unter einer der Figuren, gegen die Green gestoßen war. In der Schwärze von *Saal 1*.

HECKER: Gold?

BRANDT: Lag ungefähr in Halshöhe. War bisschen beiseitegeschoben. Glomm dann in Cocksfields Zitterlicht. Als wollte es auf sich aufmerksam machen, so wie dort auch schon all diese kleinen Figuren am Boden, offenbar Spielbrocken. Dieses hier hob ich mir auf, bleibt seitdem in meiner Jackentasche. Und das rostig Raue, das wische und reibe ich nun seit fast acht Monaten, immer mal so. Hilft beim Grübeln. Kam inzwischen als Gold und als Tropfen fast ganz wieder zum Vorschein, glänzend. Auch dies ist ein Zeugnis. Sah wohl mal sehr anders aus, war sicher mal richtig rund. Kugelrund. Aber das Finalfeuer, diese plötzliche Hitze, die muss auch im *Saal 1* extrem gewesen sein. Durchschlagend. Mindestens eintausendvierundsechzig Grad Hitze. Schmelzpunkt Gold.

HECKER: Frank, toll, eben jetzt mailt mir tatsächlich der Flugkapitän, wünscht einen guten Schluss unseres Gesprächs, bis Berlin hätten wir noch gut zwanzig Minuten. Falls uns dort kein Außenminister schützen werde, könnte es sein – wenn ich jetzt seine Mail richtig deute – dann könnte es sein, dass der berühmte Frank Brandt dort ungewöhnlich empfangen würde. Nicht nur von seiner Familie.

BRANDT: Sondern? Bitte auch von wem?

HECKER: Von Militärpolizei.

BRANDT: Unmöglich. Das kann unmöglich sein. Widerlich. Gibt's wieder amerikanische Besatzungszonen?

HECKER: Als hier der Flugkapitän von den Drohungen aus Washington berichtete, wo blieb da dein Versuch, die Lehmann-Tarnung beizubehalten?

BRANDT: Zu meinen Erfahrungen per *World Peace*, zu denen stehe ich. Und Hoffmann wusste längst, wen er da als Fluggast hatte.

HECKER: Du wolltest also –

BRANDT: Ich wollte, dass wir uns nicht nur duzen, sondern dass es in Sachen Mars/Erde zu offener Kommunikation kommt. Dass auch in Berlin kein Irrtum vorliegt, wer hier und jetzt landet und mit welchen *News*. Mein Bericht scheint bei Freund Lu in optimalen Händen. Wird also wortwörtlich so veröffentlicht, wie ich's lieferte. Sprechsprache. Teils gestammelt. Offenbar ist dir noch immer nicht ganz klar, warum unsere *Mars News* blockiert wurden. Von beiden Supermächten.

HECKER: Ist weiterhin nicht einfach zu verstehen.

BRANDT: Weltweit fehlt uns ein Wir. Die Gewissheit vom gemeinsamen Boot. Von gemeinsamer infernalischer Gefahr. Zukunft der Erde als Wiederholung der Marsvermondung. Ungeniert laufen weiter uralt blutige Nationaltraditionen, mit völkischer Rassen-Idiotie. Und mit Hunger, Massenmast, Artenzerstörung, Luftpest. Würde unser Marsreport verbreitet ohne Beschönigung, forderte der Umkehr. Radikale Wende, *Tur-*

moil. Gab es das je? Von oben? Gibt's heute noch einen Struensee?

HECKER: Unser Magazin, berüchtigt für Enthüllungen, würde deinen Bericht nicht fälschen, dafür stehe ich.

BRANDT: Wäre aber versucht, ihn anders zu stricken. Mit Erzählmaschen, die griffiger sind, aufreizender, profitabler.

HECKER: Immer noch pflegst du deine Vorurteile?

BRANDT: Nun hab' ich in fast sieben Stunden Sätze in Lus Geräte geredet, oft langsam, leise, mit Pausen. Weil die Stimme streikte. Hast mich gemahnt, zeigtest aufs Mikro, ich verstand, hatte zu große Pausen gemacht in der Mühe, genauere Wörter zu finden. Fürs Unsägliche. Für die Logik des Infernos. Den Selbstmord des Lebens. Und nun schüttelt mich die Vorstellung, mein Gestammel würde verschlankt, zu eleganter Schreibe.

HECKER: Unser Vertrag fordert buchstäbliches Abdrucken.

BRANDT: Marc, als wüsste nicht auch ich, dass in Suchtgesellschaften Analyse so gut wie unverkäuflich ist. Der Markt will Schreie, Gefühle, Leid, Jubel, Sex, Gewalt, weinende Kinder, verzweifelte Erwachsene. Grobmotorik wollen die Betäubten, denen die Zusammenhänge weggedröhnt sind. Seit je vom UnteNhaltungsgewerbe. Und deshalb klammere ich mich nun an dich, Marc. Bin einem ausgeliefert, der Psychothriller kann. Pfiffiges UnteNhalten. Mit Schlagzeilen wie *Europas Marsflieger im US-Knast*. Ja, starre dies Goldklümpchen nur an.

HECKER: Versuche, zu begreifen.

BRANDT: Fass es nur an. Das Unfassbare. Auch im *Omega* des Mars ging's bis zuletzt um Hoffnungen. Hoffnungen auf *Turmoil* sind es, die *World Peace* mitbrachte. Die wurden zur „Gefährdung internationaler Sicherheit". Für einige wenige Wochen hatten wir Zugang zu denkwürdigen Vorzeiten. Die *levels* sind inzwischen wahrscheinlich wieder verschüttet. Nur für uns, nur für Augenblicke öffnete sich da eine Zivilisation, die im Erschrecken vor der eigenen Intelligenz und Gier sich anders nicht zu helfen wusste als mit der Fluchtarbeit tief hinein in ihren sterbenden Himmelskörper. Grub sich in alte Höhlungen ein, mit perfekten Techniken, so tief, bis einer der auch dort Machtbesessenen durchknallte und die Finger nicht lassen konnte vom roten Knopf. Und was ich bislang fortließ in meinem Bericht, das sind im untersten *level Omega* zwei Ereignisse oder Orte. Zu erreichen nur über die untersten Gänge im Wappenzeichen des *Milchtiers*. Die verbanden den *Blindschacht* mit den vier übrigen Schächten *Pompejis*. Und kann euch nun zwei letzte *News* nicht ersparen. Als Erstes die, dass wir hinab drangen bis zum untersten Boden im Blindschacht.

Von *Alpha* bis *Omega* existierte in der Tat ein enormes System von Fahrstühlen. Von Förderkörben. Erreichbar in der Mitte der riesigen Blindröhre von allen Seiten, über Brücken. Und diese riesige senkrechte Röhre, so stellte sich nun heraus, was Miller früh vermutet hatte, war ursprünglich der erloschene Schlot eines enormen vormaligen Vulkans. Auch das tolle System der Quergänge – war das Relikt eines in Vorzeiten sehr aktiven Mars-Vulkanismus. Haben uns schließlich vorgearbeitet bis zu den tiefsten und untersten Resten im Schacht. Zu den zerschmettert zerquetschten Resten einst sehr großer Lifts, und zu den Trümmern zahlreicher einst stabiler Brücken. Drei volle Tage, wortlos, stumm versuchten wir zu rekonstruieren. Wie das alles mal gemeint gewesen war.

Nun war es – ineinander zerpresst. Und im Marsmaterial steinern Beinernes. Skelettstücke. Dort unten immerhin minus sechzehn Grad. Nun doch noch um Weniges wärmer als die zwanzig Minusgrade aktuell an der Oberfläche. Zuunterst aber ein Konzentrat der Marsatmosphäre. Abgas. Schwefeldioxyde, Alkale, Nitrosäuren, CO_2, etcetera etcetera. Ist nun penibel dokumentiert. Quecksilberverbindungen, Phosphate, Flugasche, Glas, Schrott. Auch Kunstfaser, Karbonfaser, Beton, Zement. Ultrastrahlung, Blausäure, Asbest. – Hölle.

Und dann die *Omega*-Quergänge. Nicht nur die zum Archivsaal, zum riesigen Raum mit den unendlich vielen schwarzen Kästen. Irgendwann vielleicht trotz alledem zu holen. Und von Könnern zu entziffern. Zu veröffentlichen.

Dahinter aber die weiteren Höhlungen. Waagerecht

tief hinein ins Innere, zu *Pompejis* Schächten, ins hinterste Revier. Diese Gänge erzählten die andere Geschichte, die ich bislang ersparte. Auch unser fast letzter Gang endete wieder sehr anders. Nämlich so, dass, wenn wir auf dem Rückflug, in Erschütterung und Schock, wenn wir davon zu reden versuchten, nur stottern konnten. Von Schlussattacken. Stammelten. Von Sterbesälen. *Saal 31*, über den mich jetzt auch Z hat verhören wollen, ist eine monumentale Folge aus Hallen. Auf scheinbar endlosem Säulenwald prachtvolle Gewölbe. Fast jede Säule markiert mit Zeichen, mit Zahlen. Enormer Raum, der sie noch weit übertrifft, etwa die großen Höhlensäle im Süden Frankreichs. Vormals Mars-Vulkanismus, ausgebaut von verzweifelter Intelligenz zu riesigen Versammlungsräumen. Fürs letzte Mars-Parlament? In dieser Tiefe jedenfalls, ach, da fanden wir sie. In unzählbarer Zahl. In Überlebenshoffnung. In Massen letzte Reste. Der Wesen dort – in ihren letzten Sekunden. In den riesigen Sälen Debattenwände. Seitenmauern, die lückenlos appellierten, mit immer neuen Bildern, anderen Schriftzügen. Erregten Diskursen. Das meiste augenblicks konterkariert, dekonstruiert. Oder grobmotorisch überschmiert. Nein, diese Räume und ihre Überlebenden, die dominierte am Schluss weder eine Maschine noch ein Gott. Unter all ihren Zeichen im Untersten und Letzten, da war nichts, was nicht bis zuletzt wieder verändert worden wäre, durchgestrichen, entstellt. Wände voller zorniger Debatten, erbitterter Erwiderungen, Graffiti gegen Graffiti. Unendlich in Gegenpropaganda wie in Gegengegenpropaganda.

Und dort aber auch, auf den Böden, auf den Liegen, auch auf Bänken und Stühlen, wo immer Cocksfield in diesen Riesensälen sein Batterielicht hinlenkte, wo das hineinstieß ins Schwarze, da traf das – auf – auf – Unbesch – sch –

HECKER: Auf? – Wir haben jetzt noch zehn Minuten. Zwölf. – Auf?

BRANDT: Unbeschreibliches.

HECKER: Wir haben noch Zeit. Du bekommst Paddy.

BRANDT: Totaltod. – Da traf das im Schwarzen auf – Restewüste, beinern. Jeder Winkel, jede Fläche, überfüllt. Von Petrifiziertem. Unzählbar Figuren, petrifiziert.

HECKER: Petrifiziert?

BRANDT: Zersteinert. *Petrus*, das ist der Stein. Der Fels. Denn ja, da waren einzig Steinknochen. Die riesigen Räume allesamt überfüllt. Zwischen all den Steinskeletten auch all die kleineren. Sehr viele Winzlinge. Auch „Jugend", „Halbwüchsige", nicht wahr? Und nicht etwa, in ihrem Ende, nur Sitzende oder Liegende. Auch sehr viele gegenseitig sich Umklammernde, Umarmende. Gestürzte. Seit Ewigkeiten Stein. Einige kniend. Die meisten lagen nur. Nach dem atomarem Glutstrahlblitz. Hochenergiegetrieben schlug der durch, bis fast ganz unten hin.

HECKER: Fast?

BRANDT: Nicht sofort bis ganz ins Unterste fuhr der. Schlug zunächst nuklear über die Zentralschächte in sämtliche Kreuz- und Quergänge. Querte fast jede Öffnung, sprengte Schleusen, Pumpen und *Zerberusse*, alles, was da irgendwie hätte abwehren sollen und schützen. Erste oder oberste Spuren des Finales hatten wir ja im *Saal 1* gesehen in Ebene *Delta*, wo es blitzartig verschmorte, Leiber wie Leben. Um danach, schnell danach und garantiert alle Reste etwa noch vorhandener Marsluft zu verbrennen. Dies Feuerfinale, das lieferte dann auch im Untersten das Unausweichliche. Absolute Atemnot. Ersticken.

Nirgends war Zukunft so gnadenlos zu sehen – so radikal – wie hinter den Blindschächten des Mars.

HECKER: Frank, jetzt – nun kann auch ein Medienmonster – nur stottern. Definitiv *shocking*. Ja, unerträglich. Wie gut, dass jetzt auch das noch in deiner Beschreibung ist. Fetzt jetzt jeden. Und dennoch und trotzdem, verdammt, erlaube ich mir, nun erst recht, eine Frage, eine letzte.

BRANDT: Dank Deinem *Doc* Lu, für den Paddy. Marc, stell deine Frage.

HECKER: Warum hatten diese Technologen und Suiziden, warum fanden die statt ihrer tollen Todeswege, hinunter in die alten Schlote, in die Blindschächte, warum fand diese Marsintelligenz keine andere Lösung? Warum statt marsweit lebenswichtigem Miteinander diese blinde, diese offenbar unvermeidliche Katastrophe, jenseits aller "Wir"-Rechte auch für „Menschenähnliche"? Und wenn dieses „Wir" auf Mars nur in *Omega* gelingen wollte, unter dem *Milchtier*, wo blieb auf dem übrigen Planeten die andere, die technische Lösung, von der du doch gleichfalls berichten konntest, nämlich, wie erstaunlich weit entwickelt ihre Technologien waren, und nicht nur lebensfeindliche, nicht nur Kriegs- und Raketentechniken, sondern zum Überleben offenbar auch hilfreiche, wieso, Frank, haben die nicht auch das genutzt, was nun sogar wir Irdischen ganz gut schaffen, sogar immer perfekter? Warum starteten nicht auch diese Könner die Flucht wenigstens bis zum nächsten Nachbarplaneten, zu dem in der geringsten Distanz, warum nicht hinüber zur blauen Erdkugel, diesem Wasserglobus, technisch auch vom Mars aus garantiert klar sichtbar?

BRANDT: Klar? Klar wurde uns, technisch waren sie dazu fähig – wie nanntest du die? – diese *Suiziden*. Nein, „selbstmörderisch" waren sie ja nicht. Überleben wollten sie. Und sind, ja, sind garantiert auch „bei uns" gewesen, auf der Erde. Das wird das enorme Archiv zeigen, wenn es denn je gelesen wird, wo es dann anschaubar würde, auf authentischen Bildern. Doch, selbstverständlich haben sie Erde gefunden. Und erkundet.

HECKER: Und? Was wurde daraus?

BRANDT: Die schwarzen Kasten und Kästchen werden Zustände „unserer" Erde zeigen. Vor unvorstellbar langen Epochen. Zustände vor Millionen Jahren und mehr. Geologen schildern ja Erdgeschichte immer genauer. Die Marsintelligenz, so sehr viel älter als die unsere, sie traf „uns" im Karbon. Im Perm. Als Leben bei uns erst hatte beginnen wollen. Oder im Jura, vielleicht noch im Tertiär, als Erde heftig beschäftigt war mit Alpenfalten. Und mit dem Verschieben von Kontinentalplatten. Oder als tropische Tiefsee dominierte, Tiefsee dort, wo heute grandios die Alpen stehen. Oder sie erkundeten unsere Kugel in Epochen namens Buntsandstein, wo auch auf Erden tödliche Wüsten herrschten. Der Marsmensch, er lebte halt Ewigkeiten früher, hatte Pech. Auch mit seiner Weltraum-Erkundung. Beim Nachbarn Erde herrschte Öde oder aber wüteten Tropenmeere, brüteten Urwaldsümpfe. Vielleicht war auch alles verpackt unter Eis. Oder überglüht von Vulkanismus und brannte mörderische Hitze. Jedenfalls – wie sag ich's korrekt – Erde begrüßte sie aggressiv. Unmöglich zu überleben. Nicht grundlos haben auch wir Venus oder Merkur gemieden. Auch die wären technisch längst erreichbar. Sind aber voller Gas. Sonnenglut. Strahlung.

HECKER: Frank, im „führenden" Magazin erscheint also dein Bericht. Mit welchen Reaktionen rechnest du? In USA?

BRANDT: Hängt davon ab, ob Miller, Cocksfield, Green, ob auch die drei Freunde freikamen. Ob auch die drei reden konnten. Und ob unsere *Mars News* weiter unter Verschluss bleiben. Greens Bilder.

HECKER: Und wenn auch die frei sind, was dann?

BRANDT: Dann hängt alles davon ab, ob das Reagieren wissenschaftlich ist oder politisch. In den USA nun bekanntlich irrsinnig konträr.

HECKER: Wie reagiert dann Wissenschaft?

BRANDT: Hängt wiederum davon ab, ob Arbeitende reagieren oder Aufseher. Arbeitende haben Respekt. Und Neugier auf alles und Einzelnes. Auf unser Gepäck, auf die Archive, die Beweise. Und werden erleichtert sein – unsere Funde lösen endlich die uralten Widersprüche.

HECKER: Dagegen die Aufsicht in Washington? Die ach so „geheime"?

BRANDT: Von dort rechne ich mit allem. Mit Ideologie. Mit Vorgestern. Nur im Glücksfall mit XY. Die Maßgebenden, sie setzen sich hurtig auf Trends. Bestätigen pathetisch, vom Mars könne man großartig lernen. „Kosmische Dokumente" seien nun zu studieren. „Schon dort also waltete Intelligenz", „Humanes, Menschenähnliches". „Und das alles ist nun nicht etwa, wie behauptet wird, zu verschweigen, sondern aufs Sorgfältigste zu prüfen". Und dann dürfte zu lesen sein: „Was aber wird bleiben, als Botschaft? Es bleibt – eine riesige Rätselhaftigkeit."

Dieses Wortungetüm, so sag ich das mal voraus, das wird zur Hitvokabel. „Riesige Rätselhaftigkeit". Wird in keinem Feuilleton fehlen. In kaum einer Politikerrede. So werden sie um das herumschleichen, was nun eigentlich zu folgern wäre – als *turmoil*.

HECKER: Die Experten in Ost wie West?

BRANDT: Die werden sich wieder treffen müssen. „In solidarischer Sorge". „Zu gemeinsamen Erklärungen". Dem Westen wie dem Osten sei „unabhängig voneinander gelungen die eindrucksvollste Entdeckungsleistung der Menschheit". „Historischer Augenblick". „Bewegende Pioniertat". Unter solchem Qualm wird unsere Tat nicht mehr erkennbar sein.

HECKER: Und ihren Grund für die Sperre, für die verspätete Publikation, werden sie den nennen?

BRANDT: Von ihrem Grund werden sie gut ablenken mit „medizinischer Betreuung", „nach außergewöhnlichen Strapazen so unerlässlich wie intensiv nötig", „auch als psychischer Beistand". Denn „Vermondung", so wird zu lesen sein, „die geht auch psychisch. Als Defekt." Eventuell mit Doppelfoto: Der Autor vorher und nachher. „Um Jahre gealtert."

HECKER: Das zitiert doch nicht etwa mich?

BRANDT: Zitiert den Kenner Marc Hecker. Deshalb sei es unumgänglich gewesen, die russischen wie die westlichen Erkenntnisse und Analysen „auszutauschen, zu präzisen Vergleichen, auf dass die Bedeutung dieser Pioniertaten wasserdicht ermessen werden kann". „Das zwang zu allseitig fälligen Labor-Arbeiten, auch zu langfristigen". Sorgfalt bleibe oberstes Gebot. Sicherheitsgebot. Und niemand, dafür sei man dankbar, nein, keiner sei bereit gewesen, sich voreilig hinreißen zu lassen zu den Phantasmagorien der Fantasy-Vögel und Traumtänzer, die allzu gern futuristische Katastrophen herbei phantasierten, aber auch planetare Parallelen für Unruhen und Aufruhr. Nein, zum Glück sei niemand solchem Furor erlegen. Sondern angesichts der Größe der russischen wie der westlichen Leistung, angesichts zweier fast zeitgleicher Jahrtausendflüge mit einer neuen kopernikanischen Wende, da werde man nur Unangreifbares präsentieren. „Nachprüfbares". „Gesichertes".

„Sicherheit". Das Wort hörte ich bei der Rückkehr zur Erde fast als Erstes. „Pardon für unser Bedürfnis nach Sicherheit", tönte Morton McDean. Ja, Sicherheit, die uns vorm Weiterdenken schützt. Da verbiete sich, werden wir hören, jeder Selbstbetrug, etwa mit Kurzschlüssen vom Mars als Spiegelplanet für Erde. So werden sie weiterhin reagieren, die Aufseher. Obwohl *Mars News* Beweise lieferten, schon seit dem Start hinab ins *Höllental*. Schon *Höllental* kam ins Archiv. Und so war, zum Glück, die Bevölkerung zu keiner Zeit in Gefahr.

HECKER: Frank, danke. Seit zwei Minuten, just bei deinem Wort „*Höllental*", da hatten wir Bodenkontakt. Sind gelandet. Rollen aber weiter. Und jetzt? Nun steht die Maschine. Wir sind in Berlin. Aber nun? Ständig neues Geruckel?

BRANDT: Unentschlossenheit. Offenbar widersprüchliche Order.

HECKER: Wir rollen wieder, aber wohin? Tatsächlich, wir fahren hinüber, wenn mich nicht alles täuscht, zur *Military Airbase*. Zum besonderen Empfang – für den Mann vom Mars?

BRANDT: Ich hatte gehofft, wir landen in Europa. US-Militär, das gebe es nur noch in Frankfurt oder Ramstein. Aber was sehe ich auf meinem Smartphone? Plötzlich nicht mehr gesperrt? Ja, Jubelgrüße, phantastisch real, von meiner Frau, von den Kids, von Ben, von Franka, dazu vierbeiniges Gebell, hollahallo, ja klar, aber sicher, wir sehen uns! Sogar jetzt? Sofort? Na toll! *Viva la libertà!* Dazu eine Mail vom Minister. „Willkommen", das lese ich nun einfach vor, „willkommen in Berlin, wie versprochen begrüße ich Sie hier, wenn auch mit US-Militär. Aber auch mit Ihrer Frau und den Kindern, auch mit Beistand der EU aus Brüssel und der ESA aus Darmstadt. Die politische Führung in West wie Ost, die scheint gründlich irritiert von Ihren Berichten. Sie würden, so heißt es, Zweifel streuen, politische Umkehr fordern, weltweit. Umkehr fällt bekanntlich schwer, wie sehr erst bei Weltmächten. Drum werden wir jetzt nicht nur Ihnen beistehen müssen, Doktor Brandt, Ihnen und Ihren drei weiterhin isolierten Gefährten in Houston, sondern nun gilt es, die Freiheit der Wissenschaften zu schützen. Beschreibungen, wie Sie sie mitbringen, fordern offensichtlich Umdenken und Einsatz und Änderungen. Zu Ihrer Ankunft komme ich mit Kabinettskollegen, aber auch mit den Ihnen offenbar gut befreundeten ESA- Experten aus Darmstadt samt Ihrer Frau und Ihren Kindern, die freuen sich lebhaft – auch ich freue mich – Doktor Brandt, willkommen!"

Und nun, Marc und Lu? Die Maschine gestoppt, alle Düsen still? Jetzt ein Live-Drama? Lasst eure Geräte bitte laufen, so lang wie möglich.

HECKER: Die laufen und senden seit Grönland. Keine Sorge. *Doc* Wang redet zwar selten, meistert aber alles. Auch Notlagen. Soviel ich seine Arbeiten verfolgen konnte, schickte er deinen Report nicht nur unserem Magazin.

BRANDT: Sondern? Auch etwa nach Hongkong?

HECKER: Spricht was dagegen? Gegen ungekürzte Fassungen, auch für China? Jetzt bitte Konzentration und Ruhe. Ich sehe *Doc* Wang so lächeln, wie allein ich lernte, dies als sein Lächeln zu erkennen. Wir dürfen damit rechnen, sogar Peking bekam deinen Bericht, womöglich Moskau. Die Dinos werden zu beißen haben. Dank Wang kann nun niemand mehr löschen und vertuschen.

BRANDT: Friedenspreise für humanes *Whistleblowing*!

HECKER: Vorn lässt man nun offenbar aussteigen. Und noch seh' ich nirgends Polizei. Doch? Denn jetzt – jetzt sehe ich den, der – der auch Wang und mir nicht unbekannt blieb. Kennt nicht auch Marspionier Frank Brandt diesen Herrn?

BRANDT: Tatsächlich. Kenne ich. Kommt nun nicht in Uniform – der – der mich aus US-Knast holte, nach Denver brachte. Ja, das ist dieser internationale Mensch XY –

XY: Willkommen, Frank Brandt, willkommen Medienleute, ja, seit Denver hockte ich hier vorne in den teuersten Reihen, an meinem Hals baumelt noch der Kopfhörer. Eure Gespräche und die Marsbeschreibung, alles hab' ich gut verfolgen können und bin bewegt – weltbürgerlich – das öffnet neue Zeittafeln! Lustvoll werde ich das übertragen, ins Russische, wortgenau, schon ab morgen, in einer sehr schönen Wohnung hier im Berliner Osten, wo auch meine Speicher alles festhielten. Gleichzeitig dolmetscht euren Bericht meine Freundin im „Plastikland Kalifornien", bringt das ins US-Englisch, denn auch Franks „Plastikland 1976" hörte ich. *Mylords*, euer Report wird auch im Kreml Furore machen, weil ich dort als Untertitel melde „Dokument des verfallenden Westens". Zwar verfallen auch Osten und Asien, wenn sie so weitermachen wie bisher, doch dieser Untertitel, der schafft eurem scheinpoetischen Realreport offne Ohren sogar in Moskau, das macht ihn zum Futter für massenhaft selbständig denkende Köpfe, denn gleich vorn im Buch, dafür sorge ich, stehen Zitate, die von Heine, von Coates, von Levi, Levis Wort über die hier in Berlin gesteuerte Großkatastrophe. Und als noch größere nunmehr die des Lebens mit sich selbst.

Auch Schiller wird da zu lesen sein, den meine Mutter innig verehrt hat als Idealisten, was sie bei Germanisten lernte, obwohl Schiller rigoros Realist ist und bis heute kaum einer sein Bestes kennt: „Einstweilen, bis den Bau der Welt Philosophie zusammenhält, erhält *sie* ihr Getriebe durch Hunger und durch Liebe." Da war der Schiller schon fast Büchner!

Helfen wir den Hungernden, den Liebenden, helfen wir der missbrauchten Erde mit Infos über das Vermonden von Wasserplaneten. Zu bitter, dass die Weisheit von Brandts Oma nicht weltweit über die Sender ging: Statt endlich Mutter Erde zu begreifen, müssen Männer Väterländer gründen, lebensgefährlich, immer idiotischer Führerländer, ach!

Schluss mit den Blindheiten, *for indeed there is NO more Planet B*. Aber der US-Präsident, der wollte ja Grönland kaufen und den Süden der USA zumauern gegen Tausende Klimaflüchtlinge aus Hitzewüsten und Riesenstädten, die unbewohnbar werden, weil unter den Kohlenstoffwolken der Schutz der Wasserwolken zerfällt für eine *Uninhabitable Earth*, oh ja, lest auch den Wallace-Wells. Und weil ich nun höre, wie respektvoll ein Minister den Frank Brandt zum Ausgang bittet, da dankt euer *Whistleblower* XY und hofft gleichfalls auf

Kommunikation, auf brennend akute Endspiele in Berlin oder Paris, gern in London, Moskau, New York, Peking, denn Brandts Report ist „endscheidend" – dreimal mit „d" – schon wegen jener Zumutungen des „D", des Deutschen, nicht wahr, erstaunlicher Direktor Doktor Wang? Endscheidend, weil Mars sie nun eindeutig kippt, unsere Grammatiken und Zeittafeln. Das Klimadesaster des Mars wird Lebenslehre für Erde, macht Mars zum Denkmal für Intelligenz, die sich selbst ins Aus befördert, Mars meldet, dass es Menschen schon mal gab und warum sie verschwanden. Aber fast all unsere Staatenlenker, *how dare you kill earth!* Eure Ignoranz macht, dass „Menschheitsrechte" dringend notwendig werden für Heines „zehn Gebote des neuen Weltglaubens". Drum mein Schlussgruß mit ältestem Bergmannsgruß, auch in ihren Blindschächten grüßten so die Bergleute und grüßte so auch Goethe, Deutschlands Geheimrat für bessere Klugheit und Kenntnisse, für Luft und Licht. Jahrzehntelang als Minister zuständig für die Schächte rings um Weimar, so symbolisch wie sachgerecht grüßte der und unterschrieb: GLÜCK AUF!

Einer der stärksten Sätze aber der gloriosen Greta ist, dass keine Hoffnung hilft, sondern nur, was auch mein „Glück auf" will: Aufbruch! Glück und Digitalcourage. Mit Heine.

Verlassen wir also diese Maschine.

Der Kapitän ist längst von Bord.

Bibliografische Information der Deutschen Nationalbibliothek
Die Deutsche Nationalbibliothek verzeichnet diese Publikation in
der Deutschen Nationalbibliografie; detaillierte bibliografische
Daten sind im Internet über http://dnb.dnb.de abrufbar.

© 2020 · Klöpfer, Narr GmbH
Dischingerweg 5 · D-72070 Tübingen

Das Werk einschließlich aller seiner Teile ist urheberrechtlich geschützt. Jede Verwertung außerhalb der engen Grenzen des Urheberrechtsgesetzes ist ohne Zustimmung des Verlages unzulässig und strafbar. Das gilt insbesondere für Vervielfältigungen, Übersetzungen, Mikroverfilmungen und die Einspeicherung und Verarbeitung in elektronischen Systemen.

Lektorat: Lisette Buchholz, Mannheim; Verena Stuhlinger, Tübingen

Internet: www.kloepfer-narr.de
eMail: info@kloepfer-narr.de

CPI books GmbH, Leck

ISBN 978-3-7496-1022-8 (Print)
ISBN 978-3-7496-6022-3 (ePub)

Die Stunde, in der Europa erstmals emotional erwacht, schlägt 1919, in einer vom Krieg verwüsteten Landschaft mitten auf unserem Kontinent. Dort treffen zufällig aufeinander: ein junger Franzose, eine Engländerin, mehrere Deutsche, darunter ein Kriegsgefangener sowie zwei „Grenzlandeuropäer" aus Polen und Spanien, die auf den Schlachtfeldern Metall und Knochen sammeln. Sie verfügen kaum über die sprachlichen Voraussetzungen, sich miteinander zu verständigen. Dennoch werden sie von ihren unterschiedlichen Schicksalen berührt.

Kurt Oesterle
Die Stunde, in der
Europa erwachte
Roman

261 Seiten, Festeinband
mit Lesebändchen
1. Auflage 2019
ISBN 978-3-7496-1004-4

klöpfer.narr

Sind erworbene Fähigkeiten vererbbar? Und deshalb: Ob der Mensch verbesserlich ist? Der Biologe Paul Kammerer und Franz Meguşar, sein Helfer, der Sohn des Sauschneiders, widmen dieser Frage ihr Leben. Am „Vivarium", einer biologischen Versuchsanstalt im Wiener Würstel-Prater, beforschen sie Tiere, die zwei Heimaten haben, das Dunkle und das Helle, den Tümpel und den trockenen Stein. So wird am „Vivarium" die experimentelle Biologie geboren. Aber sauber gelogen und betrogen wird dort auch …

Michael Lichtwarck-Aschoff
Der Sohn des Sauschneiders
oder ob der Mensch
verbesserlich ist
Roman

358 Seiten, Festeinband
mit Lesebändchen
1. Auflage 2019
ISBN 978-3-7496-1005-1

klöpfer, narr

Tom Schollemer vom „Süddeutschen Tagesanzeiger" recherchiert in der „postsowjetischen" Mafia-Szene. Weil er sich von den Drohungen der Mafiosi um Boris Kobiaschwili nicht beirren lässt, ersinnen sie einen perfiden Plan. Der Reporter greift nach den ausgelegten Ködern, er braucht Geschichten. Einen Bombenanschlag auf das Gefängnis Korydallos von Athen, in das sie ihn lockten, überlebt er. Kobiaschwilis vergiftetes Angebot an Schollemer, in Afghanistan Zeuge einer Waffenübergabe an die Taliban zu sein, ist zu verlockend, um es abzulehnen. Dann läuft etwas aus dem Ruder.

Anton Hunger
Die Ikonen des Kobiaschwili
Roman

409 Seiten, Festeinband
mit Lesebändchen
1. Auflage 2019
ISBN 978-3-7496-1008-2

klöpfer.narr

Hat der menschliche Glaube noch Zukunft?

Mehr denn je steht das Glaubensleben der Menschen in der Kritik. Keinesfalls trifft das nur religiöse Haltungen unserer Gegenwart, sondern nimmt auch in politischen, sozialen und alltäglichen Situationen zu. Dabei ist ein Leben ohne Glauben so gar nicht vorstellbar mehr noch: Menschliches Zusammensein kann ohne gegenseitiges Vertrauen gar nicht auskommen.

Andreas G. Weiß
Glaubensdämmerung

411 Seiten, Festeinband
mit Lesebändchen
1. Auflage 2020
ISBN 978-3-7496-1023-5

klöpfer.narr

Die authentische Geschichte eines Neurologen, der durch seinen eigenen Hirntumor auch die andere Seite der medizinischen Versorgung in Deutschland kennenlernt und in großer Offenheit von seinen Erfahrungen, seiner Erschütterung, seiner Hoffnung und Verzweiflung und glücklichen Heilung erzählt.

„Wenn ein Arzt hinter dem Sarg eines Patienten geht, so folgt manchmal die Ursache der Wirkung."
– Robert Koch

Klaus Scheidtmann
Seitenwechsel
Ein Arzt als Patient

130 Seiten, Festeinband
mit Lesebändchen
1. Auflage 2020
ISBN 978-3-7496-1032-7

klöpfer. narr